An die ferne Geliebte

Holger Kiefer

Auch eine Liebe

Wichtig allein wohl nur für uns

© 2021 Holger Kiefer

Autor: Holger Kiefer

Verlag: tredition GmbH
Halenreie 40-44
22359 Hamburg

978-3-347-40920-0 (Paperback)
978-3-347-40921-7 (Hardcover)
978-3-347-40922-4 (e-Book)

Inhalt

1. Morgenstimmung

Der Himmel zeigte sich aquarellverschwommen: blaugraue Töne verschleierten sich mit hellgelben Nuancen. Und rosa Fetzen wanden sich durch das sich langsam nach Westen wabernde Wolkengewöll, durch das kein Sonnenstrahl hindurchstach. Das schwache Licht aus der Ferne diente wie in einem Schattentheater nur als Mittel zum Zweck und stand nicht im Zentrum des Geschehens.

Nur ein paar Menschen nahmen dieses Phänomen wahr. Sie waren zufällig darauf gestoßen, hatten aus dem Fenster ihrer Wohnung geschaut und waren mit ihrem Blick an dieser Pracht hängen geblieben oder hatten an einer Bushaltestelle gewartet und den Kopf frei für solche außergewöhnlichen und kurzzeitigen Erscheinungen. Zu ihnen gehörte auch Olos Enegard, der gegen Mittag aufgestanden war und seinen ersten Kaffee und seine erste Zigarette zu sich nahm, nachdem er sich an seinen Schreibtisch gesetzt hatte und verschlafen schweigend den ersten freien Tag des Wochenendes beginnen ließ.

Im Hintergrund hörte man nichts, denn die Musikanlage hatte er noch nicht eingeschaltet. Und es war ruhig im Mietshaus. Diese seltene Ruhe wollte er noch ein wenig genießen. Im Vordergrund war fast nichts zu hören. Nur ab und zu rauschte ein Auto vorbei, dessen Dezibel aber zu neunzig Prozent in den vollisolierten Fenstern hängen blieben. Er starrte in die ferne Atmosphäre und beobachtete die Geschwindigkeit der bunten Gase, suchte konkrete Formen auszumachen und ließ sich einige Momente lang bewusst farbtherapieren.

So saß er etwa eine halbe Stunde da: rauchend schauend und schweigend schlürfend. Nichts geschah für ihn, außer dass am Himmel gasförmige Gebilde in verschiedenen Farben sehr langsam ihren einmaligen Weg von links nach rechts zogen und außer Sichtweite geweht wurden. Ein kurzer Genuss. Die Wolken wurden dunkler, die Farben verschwanden ganz und mischten sich zu einem fast einheitlichen Dunkelgrau. Ein paar Schneeflocken sanken lautlos herab und lösten sich auf der Straße oder den Bäumen still auf, als wäre das ihre alleinige Aufgabe und letzter Auftrag gewesen.

In einer anderen Stadt lag Mona Kanzer neben ihrem noch schlafenden Freund in einem hellblauen Bett mit rosa Kissen und starrte gegen die Decke, an die ein kleines Schauspiel geworfen wurde: Das helle Licht der Sonne drang in Strahlen durch die Schlitze der herabgelassenen Rollläden und ließ die wankenden und zitternden Schatten der Blätter des Baumes, der sich vor dem Balkon befand, hin und her tanzen. Mona hatte die Arme hinter dem Nacken verschränkt und versuchte lächelnd herauszufinden, nach welchem Rhythmus sie sich bewegten. Es waren ein paar Tangoschritte zu entdecken. Aber dann wechselte der Takt und alles sah nach Rumba aus.

Nach einer halben Stunde etwa neigte sie ihren Kopf zu Jörg, der noch immer schlief, stand auf und zog langsam und vorsichtig die Rollläden hoch. Sie wollte diesen schönen Tag genießen und nicht an die Arbeit denken. In der Küche setzte sie Wasser auf und wartete neben dem Kocher, bis das Wasser sprudelte, goss einen Teil davon in ihren Becher und stellte sich ans Balkonfenster.

Auf der Straße waren ein paar Leute unterwegs – vielleicht auf dem Weg zum Markt oder zur U-Bahn. Mona phantasierte ein bisschen und schrieb den einzelnen Personen kleine Geschichten zu: Der alte Mann mit dem grauen Mantel macht seinen Morgenspaziergang. Er geht am Kiosk vorbei und kauft den Kölner Anzeiger. Seine Frau ist vor vier Jahren gestorben. Er macht immer um diese Uhrzeit seinen Morgenspaziergang. Und wenn er in seine Wohnung zurückkehrt ist, trinkt er seinen zweiten Kaffee und liest in der Zeitung – Todesanzeigen und lokale Meldungen. Amerikaner und Russen interessieren ihn nicht mehr.

Ein Mädchen (vielleicht fünfzehn) geht unten geschminkt und eine Zigarette rauchend auf Mona zu, sieht sie am Fenster aber nicht, weil sie auf ihr Smartphone starrt und zwischendurch darauf herumtippt. Russen und Amerikaner interessieren sie auch nicht. Mona lächelt. Fünfzig Meter dahinter eine Gruppe von drei männlichen Jugendlichen in breitbeinigem Schritt sich abwechselnd an die Schulter stoßend und dabei grinsend. Zwei Hunde begegnen und beschnüffeln sich, wedeln mit dem Schwanz und werden von ihren Frauchen weitergezogen.

Mona geht zur Musikanlage und legt ein Klavierkonzert von Mozart ein. Zeit auch für Jörg, um aufzustehen. Noch hat sie nicht entschieden, was sie machen wollen. Die Sonne scheint zwar, aber es ist auch etwas kalt. Vielleicht ein Spaziergang am Rhein? Oder ein Bummel durch die Stadt? Ein Eis, einen Kuchen, einen Kuss vor dem Dom? Der Tag ist offen.

2. Wahlverwandtschaften

Olos hatte geduscht, saß in Boxershorts und T-Shirt wieder am Schreibtisch, trank seinen zweiten Kaffee und löste ein dänisches Kreuzworträtsel, als Emily anrief und ihm ein unternehmungslustiges ‚Guten Morgen, mein Schatz' ins Ohr liebte. Ihr Mann sei für zwei Tage verreist – Konferenz in Oslo – und würde vor Sonntagabend nicht zurückkommen.

Eigentlich hatte Olos sich vorgenommen, sein Dänisch ein wenig aufzufrischen – ein paar grammatische Übungen, zehn oder zwölf Seiten in Høegs ‚Smilla' und vielleicht noch eine Stunde Dansk Radio hören. Aber die Zeit mit Emily war selten und kostbar. Daher änderte er seine Pläne und stimmte einem Treffen zu – in einer Stunde zum Frühstück im Rosencafé.

Emily war eine tolle Frau, zehn Jahre älter als er, hielt ihren Körper in Schuss, indem sie zweimal wöchentlich ins Fitnessstudio ging und die meisten Wege, wenn irgend möglich, mit dem Fahrrad erledigte. Zu arbeiten brauchte sie nicht, da ihr Mann eine Menge Kohle nach Hause brachte und beide sich auf die Rollenverteilung ‚Versorger – Versorgte‘ geeinigt hatten. Sie kümmerte sich darum, dass das Haus sauber blieb und der Garten gepflegt wurde, so dass sich Georg stets nach anstrengender Arbeit in die abgeschiedene Ruhe und wohltuende Gemütlichkeit ihres gemeinsamen Hafens zurückziehen konnte. Ihre zweite Aufgabe bestand darin, ihn hin und wieder zu Empfängen oder offiziellen Abendessen zu begleiten und ihre Schönheit und Eloquenz seinen Partnern, Kollegen und Vorgesetzten zu präsentieren, um ihm kleine, aber feine Vorteile im Berufsleben zu verschaffen.

Kennen gelernt hatte Olos sie vor drei Jahren im Rosencafé, als sie ihm am Nachbartisch gegenübersitzend im ‚Peer Gynt‘ las. Und da es nicht viele Menschen gibt, die in diesem Buch lesen, und sie ihn außerdem durch ihr schmales Virginia-Woolf-Gesicht anzog, wagte er es, möglichst beiläufig und unbefangen ein Gespräch zu beginnen. Zu seiner Überraschung ging sie sofort auf seine Fragen und Bemerkungen ein, forderte ihn auf an ihrem Tisch Platz zu nehmen und trug dazu bei, dass sie sich erst nach einer guten Stunde trennten, weil sie Vorbereitungen für eine häusliche Einladung zu treffen hatte. Später beichtete sie ihm, dass sie schon beim Betreten des Cafés auf ihn aufmerksam geworden sei und sich absichtlich in der Hoffnung von ihm bemerkt zu werden in sein Blickfeld gesetzt hätte. Was sie damals anzog, war angeblich sein abwesender Blick, der sie herausforderte. Seitdem hatten sie sich ein paar Mal wie zufällig dort wiedergesehen und waren auch irgendwann zum ersten Mal bei ihm in der Wohnung gelandet, um ein neues Terrain zu

erkunden. Die geistigen und körperlichen Wechsel-
spiele funktionierten wie geschmiert und einwandfrei, so dass sie keinen Grund sahen, diese Geschichte vorzeitig enden zu lassen. Sie befanden
sich bereits in der dritten Staffel und sorgten immer
noch für Überraschungen und Vergnügen.

Als er das Rosencafé betrat, war sie noch nicht
da – wie immer. Und es war für ihn auch ganz natürlich, dass er auf sie warten sollte und nicht um-
gekehrt. Schließlich war sie die Dame und nicht er.
Gemäß ihrer gemeinsamen stillen Übereinkunft
nannte sie die Uhrzeit; er erschien pünktlich, und sie
kam etwa eine viertel Stunde später. So auch dieses Mal. Die Tür ging auf. In schwarzem Mantel,
schwarzer Pelzmütze und schwarzen Handschu-
hen trat sie herein und schritt langsam und lächelnd
auf ihn zu, während sich ihr ein paar Männerköpfe
wie hypnotisiert zuwandten und die Anna-Karenina-
Erscheinung sprachlos mit ihren immer gieriger
werdenden Augen verfolgend begleiteten. Aber es
war hier kein Wettbewerb und affiges Streiten nötig;
denn sie hatte bereits ihre Wahl getroffen und ließ
die geifernden Verlierer links und rechts liegen.

Nach dem Frühstück gingen sie ins Museum
Brandhorst und setzten sich mit neuen Materialien
und Fertigungsmethoden auseinander, beschäftig-
ten sich zunächst theoretisch mit einem neuen Kör-
perbegriff in der statuellen Kunst, den sie zwei Stunden später in Olos' Wohnung in die Tat umsetzten,
und überließen sich für den Rest des Tages, der am
Horizont ausglühte, einer intuitiven Permanenz kör-
perlicher Relevanz.

Am nächsten Morgen entdeckten sie, dass die Glut noch nicht ganz verloschen, der Durst noch nicht abschließend gelöscht war. Die Erde wandte sich erneut dem gleißenden Himmelskörper zu und wollte wieder erwärmt werden, hatte sich mit der dunklen Nacht nur notgedrungen abgefunden. Also verlängerte das Paar die magnetische Verschmelzung um weitere Stunden, bis Emily auf die Uhr sah und die vorläufige Unterbrechung mit dem Gang unter die Dusche einleitete. Ein sanftes Streicheln seines Kinns mit der linken Hand und ein ausgiebiger Kuss auf seine satten Lippen versprachen ihm ein baldiges Wiedersehen – irgendwann, bald, später, auf jeden Fall noch in diesem Leben. Er lächelte zufrieden.

Mona saß am Frühstückstisch und las in Jonas' ‚Prinzip Verantwortung'. Jörg kauerte ihr gegenüber und schaufelte verschlafen sein Müsli in sich hinein.

„Dass du so früh morgens schon lesen kannst!", wunderte sich Jörg immer noch, obwohl sie bereits seit zwei Jahren zusammen waren.

„Ich lese fast immer morgens. Solltest du eigentlich wissen."

„Nein. Warum?"

„Weil wir schon zwei Jahre zusammen sind?!"

Jörg mmte mit geschlossenen Lippen.

Das war wieder solch ein Moment, in dem Mona einen Schatten über ihrer Beziehung zu Jörg wahrnahm. Er interessierte sich oft für ihre Gedanken nicht – oder nicht wirklich – tat nur so, verriet sich aber durch zu schnelles Wechseln des Themas.

„Worum geht es denn in diesem Buch?", fragte er nachträglich.

„Das hast du letzten Samstag auch schon gefragt. Um unsere Verantwortung der Umwelt gegenüber – darum, dass wir als Menschen nicht mehr alles machen dürfen, was wir machen können."

„Und was zum Beispiel?"

„Um unweltschädigende Technologien zum Beispiel – Atomkraft, Fracking und so weiter."

„Und woher sollen wir die Energie nehmen, die wir brauchen?"

„Wir dürfen halt nicht mehr so viel Energie benötigen."

Jörg mmte wieder mit geschlossenen Lippen. Er mümmelte sein Müsli aus und steckte sich, nachdem er gedankenlos ihre Schale heruntergezogen hatte, eine Banane in den Mund. Aber darüber wollte Mona jetzt nicht auch noch reden. Es war schließlich Samstag; die Sonne schien; und sie wollte den Tag genießen und nicht streiten.

„Hast du etwas dagegen, wenn ich mich heute Abend mit den Jungs treffe? Wir wollen Manchester gegen Real sehen."

Mona dachte nach. Dachte an die vergangenen Samstage. Dachte daran, dass sie ihre Vorstellungen von einem gemütlichen Samstagabend wieder einmal aufgeben konnte.

„Schon wieder?! Wir wollten doch einmal wieder einen Samstag ganz für uns alleine verbringen – ohne Fußball, ohne die Jungs."

„Ja, ich weiß. Aber heute spielt Manchester gegen Real. Nächsten Samstag machen wir was zusammen. Ich verspreche es dir. Okay?"

Dieses ‚Okay' ging ihr langsam auch auf die Nerven. Überhaupt wuchs die Anzahl der Dinge, die ihr auf die Nerven gingen. Dabei überlegte sie oft, ob es früher anders gewesen war, nachdem sie sich kennen gelernt hatten. Aber sie war überzeugt, dass es am Anfang nicht so war. Sie verbrachten oft die Samstage zusammen und hatten viele gemütliche Stunden auf dem Sofa; sie las in einem Buch und er entspannte, hatte die Augen geschlossen und schlief auch einige Male einfach ein. Sie blickte ihn zwischendurch kurz an und las daraufhin in Ruhe weiter, während ihr Kopf auf seinen Beinen lag. Irgendwann wachte er wieder auf, holte ein paar Salzstangen und ein zweites Bier und nahm wieder seine typische Sofaposition ein.

Er war nicht der Lektüretyp, interessierte sich nicht für Literatur. Er war Ingenieur und kam manchmal mit verschmutzten Klamotten nach Hause. Das fand sie toll, weil es nach Arbeit und Geldverdienen aussah. Sie flog ihm zu, küsste ihn auf den Mund und sog den Geruch von kaltem Mörtel und hartem Beton ein, was sie in gewisser Weise stimulierte. Sie war auch stolz auf seinen Beruf: Er baute Häuser und schaffte Menschen damit ein Zuhause. Er packte an und ließ etwas entstehen. Das war praktische und sinnvolle Arbeit. Das war gut. Aber das war leider auch quadratisch, mathematisch, physikalisch. Alles, was darüber hinaus ging, interessierte ihn nicht. Philosophie bedeutete für ihn sinnloses Geschwafel über unbedeutende Themen. Dass Philosophie auch dazu beitragen kann, Gerechtigkeit unter den Menschen entstehen zu lassen oder die Art und Weise des Denkens vervollkommnen kann, um weniger Fehler zu machen, war für ihn in gewissen Sinne ‚zu hoch'. Das sagte er zumindest manchmal, wenn sie versuchte, ihm diese Vorteile der Philosophie zu erklären. Wahrscheinlich hatte er eine schwierige Kindheit.

Immer häufiger versuchte sie sich daran zu erinnern, warum sie eigentlich zusammengekommen waren und warum sie eigentlich immer noch zusammen waren. Sie waren sich in der Universität begegnet, als seine Firma einen Umbau des Eingangsbereichs der Romanistischen Fakultät vornehmen sollte. Eines Morgens waren die Türen zu den Seminarräumen mit Folie verhängt, und sie wusste nicht, ob sie trotzdem weitergehen sollte oder durfte, und ob ihr Seminar in einem der Räume stattfinden konnte. Jörg unterhielt sich gerade mit einem Bauarbeiter in zehn Metern Entfernung und schaute kurz zu ihr herüber. Daher fragte sie ihn, ob sie ihr Seminar hier noch abhalten könne. Er erklärte ihr lapidar, dass das alles hier eine Baustelle sei und es auch bald etwas lauter werden würde. Sie ging daraufhin ins Sekretariat und klärte die Angelegenheit. Sie mussten auf einen anderen Trakt der Fakultät ausweichen. Alles war in Ordnung. Doch Jörg begann damit, ihr mal nach dem Seminar, mal in der Kantine aufzulauern. Zweimal stand er auch wie zufällig vor dem Dozentenzimmer und sprach sie an. Nun: Sie verabredeten sich – mehrmals – schliefen irgendwann miteinander – und waren ab dem Zeitpunkt auch irgendwie zusammen.

Am Anfang war auch alles in Ordnung: Er Ingenieur, sie Dozentin für Romanische Literatur und Sprache. Er Mann, sie Frau. Er anders, sie anders. Er neugierig, sie neugierig. Er verliebt, sie verliebt. Er anspruchslos, sie anspruchslos. Er lieb, sie lieb. Er sexuell befriedigend, sie sexuell befriedigend. Er trug sie manchmal auf Händen, sie nahm auch manchmal seinen Schwanz in den Mund. Er brachte den Müll hinunter, sie verschonte ihn mit Freundinnengewäsch. Alles funktionierte.

Aber so war es eigentlich schon lange nicht mehr. Irgendwann kamen die Jungs dazu – und der Fußball wurde immer wichtiger. Irgendwann nahm sie sich auch immer öfter eine kleine Auszeit; wollte allein sein und lesen, besuchte ihre Eltern öfter als vorher, blieb länger im Seminar. Irgendwann verschwand alles dieses Verliebtsein, das Neue, das Neugierige, das Anspruchslose. Plötzlich wurde sie anspruchsvoller – er aber nicht. Er ließ seine verschwitzten Socken vor dem Bett liegen, nahm es für selbstverständlich, dass sie seine Wäsche mit wusch, beschwerte sich indirekt, wenn sie nicht rechtzeitig an frische Milch oder neues Müsli gedacht hatte.

Und jetzt? Jetzt führen sie eigentlich nur noch eine Beziehung. Das ist alles: In einer Wohnung wohnen. In einem Bett schlafen. Ab und zu den Trieb befriedigen. Das ewiggleiche Begrüßungs-

und Willkommensgelaber. Der erkaltete Kuss am Morgen und am Abend. Das verlorene Zuhören. Die gestorbene Neugier. Das geschwundene Interesse. Alles zusammen. Aber nichts mehr gemeinsam. Sie hatte ihn schon oft gefragt, was sie anders machen könnten, um Neues zu erleben – hatte Vorschläge gemacht. Er hatte daraufhin aber nur dumm und unwissend gefragt, was sie meine. Es sei doch alles wunderbar. Er fühle sich wohl.

3. Konzerte

Deshalb ging sie am Donnerstagabend auch allein ins Konzert. Zu den Rolling Stones oder 4you wäre Jörg mitgekommen, aber mit klassischer Musik konnte er nichts anfangen. Das war für ihn langweilig und ermüdend; da ginge nicht richtig die Post ab, wie er sich ausdrückte. Mona schaute ihn in diesen Augenblicken nur mitleidig an und bedauerte, dass er keine richtige Erziehung genossen hatte – also nur eine Erziehung, in der unter anderem auch klassische Musik fehlte.

Sie dachte zuerst daran, Pia zu fragen. Die würde wahrscheinlich mitgehen. Aber als sie vor dem Bildschirm ihres Laptops Karten bestellte, änderte sie die Anzahl von 2 auf 1 und freute sich, mal wieder allein zuhören zu können ohne Kommentare abgeben zu müssen. Die anderen Nichtalleinigen um sie herum würden eh genug Wortgesabber aus ihren Mündern fließen lassen.

Also saß sie im zweiten Rang in der dritten Reihe ganz links, hatte von dort einen freien Blick auf das Orchester; und der Flügel war so aufgestellt, dass sie der Pianistin auf die Finger sehen konnte. Glücklich über diese Fügung steckte sie sich ein em-eukal in den Mund. Das Licht erlosch – ein kurzer Moment der Aktionslosigkeit, bevor eine Seitentür hinter der Bühne geöffnet wurde und eine Frau in dunkelblauem Satinkleid in Richtung Flügel schritt und sich nach einer kurzen Verbeugung davor auf die Bank setzte. Wieder ein kurzer Moment der Aktionslosigkeit.

Die ersten Orchestertöne des 3. Klavierkonzerts von Beethoven erklangen. Mona schloss die Augen und ergab sich ganz der Harmonie und Rhythmik, die ihr im alltäglichen Leben so oft fehlten. So beruhigt und glücklich war sie, dass sie bis zum Ende des ersten Satzes vergaß, wo sie sich befand. Die endlich schweigenden Menschen um sie herum waren wie Pappfiguren, die sie nicht mehr störten und jetzt nur dazu dienten, der Akustik das Hohle eines leeren Raumes zu nehmen. Jörg war, auch was ihre Gedanken betraf, zu Hause geblieben; vergessen auch das, was sie sonst beschäftigte: Korrekturen, Gesichter, Lehrpläne, Zweitrangiges, Unwichtiges.

Erst im dritten Satz öffnete sie ab und zu die Augen, um der Pianistin auf die Finger zu schauen, um nachvollziehen zu können, mit welcher Leichtigkeit diese die schwierigen Passagen meisterte, die Mona selbst an der Tastatur verzweifeln ließen. Nach den Schlussakkorden das Negative, was diesen Akkorden leider immer folgt: Das gehörfickende Prasseln hunderter gegeneinanderschlagender

Händepaare der Zuhörer, das meistens von schwindsüchtigem Husten und erleichterndem Hüsteln begleitet wird – als ob man sich in einem Lungensanatorium befände.

Nach dem überflüssigen Reinraus der Solistin und dem dieses Spiel begleitenden Klatschen der erfreuten Affenbande wieder der kurze Moment des Verdunkelns und der Aktionslosigkeit. Die Finger spielten den ersten c-moll-Akkord der 32 Variationen über ein eigenes Thema. Monas Augen schlossen sich diesmal nicht, sondern verfolgten jede Bewegung auf der Tastatur. Denn obwohl sie diese Variationen schon zweiunddreißig Mal gehört hatte, war es immer wieder ein neues Erlebnis, wenn sie erst einmal begonnen hatten.

Danach eine fünfzehnminütige Pause. Mona ging ins Foyer und kaufte sich ein Glas Rotwein – nicht der beste, aber dafür auch nicht billig. Sie stellte sich in eine Ecke vor einen dicken Pfeiler und blickte ziellos in der Menge umher ohne etwas oder jemanden zu suchen und nippte an ihrem Wein. Nach etwa fünf Minuten sprach sie ein Mann an und fragte sie, ob sie mit ihm auf seine Gesundheit anstoßen würde; er hätte heute das Blutuntersuchungsergebnis erhalten, auf dem ein fettes „negativ" stände. Was sollte sie tun? Er stand mit erhobenem Weinglas vor ihr und blickte sie wartend, aber vor allem lächelnd an.

Sie war zu überrascht, um seine Frage abschlägig zu beantworten, wie sie es wahrscheinlich unter anderen Umständen getan hätte. Aber in diesem Augenblick fragte sie sich selbst insgeheim nur:

Warum eigentlich nicht? Schließlich ist das für jeden eine freudige Nachricht, auch wenn sie den Menschen noch nie gesehen hatte.

„Das freut mich für sie.", sagte sie ehrlich lächelnd. Und nach einer kurzen Pause: „Dann also auf ihre Gesundheit!"

Sie stießen an und vernahmen den nachhallenden Zweiklang der Gläser, der besser war als der Wein. Danach wusste Mona nicht, was sie sagen sollte. Ihr fiel hierauf keine passende Frage oder irgendetwas anderes Passendes ein. Eine Unterhalterin oder Small-Talk-Expertin war sie nicht, wollte es auch nie sein. Sie fand dieses ganze Worthülsengeschwalse zum Kotzen und wollte dieses schon tausendmal Erbrochene auch nicht erlernen. Es stank und schmeckte ekelerregend – wie Kotze eben.

Ihm ging es fast ähnlich, aber auch nur fast; denn sonst hätte er sie ja gar nicht erst angesprochen. Nach einer Pause des Wägens und lächelnden Blickens hob er zuerst an.

„Sie müssen entschuldigen, wenn ich Sie jetzt überfallen habe. Das wollte ich natürlich nicht. Aber ich bin allein hier, bin gleich vom Arzt hierher und wusste nicht, mit wem ich meine Freude teilen sollte. Ich stand dort hinten mit meinem Glas Wein und sah Sie hier alleine stehen. Ich habe zuerst gewartet, ob ihre Begleitung vielleicht noch auftaucht. Aber nach ein paar Minuten dachte ich: Nein, da taucht niemand mehr auf. Und sie ist auch alleine hier. Und Sie gaben mir die Zuversicht, dass ich es durchaus wagen durfte – gewagt habe."

Nach dieser Ansprache hatte Mona auch wieder die Zuversicht zu sich selbst gefasst, selbstbewusst zu reagieren. „Und was gab Ihnen die Zuversicht – gerade bei mir?"

Der Mann zögerte, weil er überlegte. Danach antwortete er: „Sie haben auf mich den Eindruck gemacht, als ob Sie die Musik verständen – oder zumindest eine sehr persönliche Beziehung zu dieser Musik haben."

Mona staunte. „Wie kommen Sie darauf?"

„Ich bin mir nicht sicher. Aber sie schauten genauso, wie ich manchmal schaue, wenn ich Beethoven gehört habe: Zufrieden, erleichtert, mit sich selbst im Reinen. Stimmt das?"

„Ja." Mona musste bei diesem ‚Ja' auflachen – spontan, ohne dass sie es erwartet hatte. Und das war ihr ein Zeichen.

Der Pausengong erklang zum dritten Mal. Sie mussten austrinken und sich auf ihre Plätze begeben.

„Darf ich Sie nachher noch zu einem Drink einladen?", fragte er hektisch.

Mona überlegte kurz, dachte an Jörg, dachte an morgen, dachte an sein Blutuntersuchungsergebnis und sagte ‚Ja'.

Nach der Pause hörten sie – getrennt, aber schon miteinander – die 3. Sinfonie von Beethoven. Deshalb hatte Mona sich auch so auf dieses Konzert gefreut, weil es endlich einmal wieder ein ganz normales Konzert war, in dem Werke eines einzigen

Komponisten gespielt wurden wie zu seinen Lebzeiten – und nicht dieses ewige moderne Gedöns von oft wahllos oder falschwählerisch zusammengewürfelten Potpourris wie: Sonate von Brahms – Sinfonie von Huggendapf – Skizzen von Leckmichfett – und zum Abschluss eine Ode an die Gemütlichkeit.

Nein. Jetzt die Dritte – neben der Siebten eine ihrer liebsten.

Und nach einer dreiviertel Stunde die neue Begegnung – mit ihm. Mit wem? Das wusste sie nicht. Aber sie saß gedankenversunken auf ihrem Platz, lächelnd, mit geschlossenen Augen. Und niemand – nicht einmal sie selbst – hätte jetzt sagen können, woran sie dachte. Sie genoss wahrscheinlich die Harmonien und die Rhythmik der komponierten Musik Beethovens.

Der neue Mann – nennen wir ihn Alfred – stand schon lächelnd wartend am Eingang und suchte mit Blicken nach ihr, die auch das ewige Klatschen am Ende abgebrochen hatte, um schneller an die Garderobe zu kommen und somit schneller den Bums verlassen zu können.

„Hat Ihnen das Konzert gefallen?", fragte er höflich

„Ja. Es war schön. Ich habe das lange vermisst."

Zum Glück fing er jetzt nicht an sich im Einzelnen über die Musiker oder das Interpretationsgeseiere auszulassen, um Eindruck zu schinden oder einfach nur zu unterhalten. Nachdem sie ein paar Meter gegangen waren, schlug er eine sich in der Nähe befindende Bar vor, die Mona kannte. Man konnte dort in schummriger Abgeschiedenheit sitzen und bei Appetit auch eine Kleinigkeit zu essen bestellen. Aber vor allem war diese Bar an diesem Tag um diese Uhrzeit kaum besucht, so dass es ruhig sein würde, weil auch der Bartender eine Vorliebe für leise Musik hatte – nicht unbedingt Klassik, aber auf jeden Fall etwas Entspannendes.

Der Restabend verlief für beide sehr angenehm. Sie sprachen weder über die Arbeit noch über das Konzert; sie erwähnten auch nichts Banales oder Überflüssiges. Sie kamen oft auf unerwartete Themen wie bestimmte Bücher, die beide gelesen hatten, oder sprachen über ihre Vergangenheiten und erwähnten kleine Anekdoten, lachten gemeinsam und – für beide offensichtlich auch ein sehr wichtiges Bedürfnis – schwiegen gemeinsam; manchmal für ein paar Minuten, in denen sie ihren eigenen Gedanken nachhingen, auf den Wein in ihrem Glas schauten, es schwenkten und die Reflexionen des Lichts in ihm und dem Wein beobachteten – vor sich hinlächelnd.

Nachdem sie das zweite Glas geleert hatten, kündete Mona ihren Aufbruch an. Alfred bezahlte die Rechnung, während Mona ihm einen Zehn-Euro-Schein auf dem Tisch hinüberschob. Er schaute sie kurz an, sagte nach kurzem Überlegen aber nur: „Einverstanden." Er half ihr ins Jackett und hielt ihr die Tür auf, als sie das Lokal verließen. Mona nahm das goutierend zur Kenntnis. Vor der Tür fragte er nach einem weiteren Treffen und bot Mona seine Telefonnummer an. Sie lehnte ab, doch sagte sie zum Abschluss: „Wenn wir uns wiederse-hen wollen, werden wir uns bestimmt einmal wieder hier treffen, im Konzert." Alfred schaute sie neugie-rig an und antwortete: „Gut. Dann also bis zum nächsten Mal!" Daraufhin gingen sie in unterschied-lichen Richtungen ihrer Wege.

Am gleichen Abend saß Olos in der Philharmonie und lauschte der siebten Sinfonie Beethovens – schrieb während des zweiten Satzes ein paar Noti-zen an seinen älteren Bruder, was dieser bei Olos' Bestattung beachten sollte: Kremation in München und Überführung der billigsten Urne an die Nord-see; dort die Versenkung und ein Glas Tullamore auf den Verstorbenen. Keine Musik, kein Requiem und vor allem keine Tränen. Dessen Leben ginge weiter; sein Leben sei gelebt. Schlussaus und wei-ter gehts.

Das fünfte Klavierkonzert – wieder mit einem herausragenden zweiten Satz, für ihn der schönste langsame Satz der gesamten Klavierliteratur, ob-wohl er das Adjektiv ‚schön' nicht gern für die Be-schreibung von Musik benutzte. ‚Schön' ist eventu-ell eine Frau oder eine Blume, ein Pferd oder die Reaktion auf die Mitteilung einer Schülerin, dass sie eine Prüfung bestanden habe. Aber ihm war bisher noch nichts Besseres eingefallen.

Sobald die Musik verklungen war, verfielen die Umsitzenden in dieses affenartig zuckende Anei-nanderklatschen der Hände, was ihn immer öfter reizte. Und außerdem dieses Husten! Wie in einer Hustenburg (wie Eingeweihte Thomas Manns

‚Zauberberg' nennen). Der letzte Dreck, der um ihn herum saß. Und da ihn heute Abend zwei Damen in der Reihe hinter ihm besonders mit ihrem Geschwätz nervten, das sie erst nach den ersten Takten eines Satzes einstellten, sah er sich bemüßigt, sich umzudrehen und die Frage an sie zu stellen: „Hatte ihr Psychotherapeut heute Urlaub oder wurden Sie gestern nicht gefickt?"

Daraufhin sah er sie noch ein paar Sekunden lang streng an und gab ihnen die Möglichkeit zu antworten. Diese waren aber so geschockt von den Worten und wollten gerade etwas erwidern, als er sich umdrehte und die bereits begonnene Musik ihnen keine Gelegenheit mehr bot etwas vergleichbar Hartes zu entgegnen ohne sich den Anfeindungen der anderen Zuhörer auszusetzen. Man vernahm nur noch ein unterdrückt empörtes Tuscheln, das aber in der Musik erstickte.

Als zur Pause das Licht anging, erhob Olos sich, knöpfte sein Jackett zu und bewegte sich in Richtung Bar. Die zwei Weiber schauten ihn böse an, wagten aber nicht, den Streit noch einmal zu beginnen. Der ‚böse Blick' schien ihnen ein ausreichendes Mittel zu sein, diesen ‚unverschämten Kerl' zu bestrafen. Allein es half nichts und war ohne Wirkung.

Nach der Pause, in der Olos einen Wein nippend an einer Säule des Foyers gestanden hatte, begab er sich wieder auf seinen Platz und stellte fest, dass diese zwei Xanthippen wohl keine Lust mehr hatten, den zweiten Teil des Konzerts zu hören; denn ihre Plätze blieben frei, und damit auch Olos' Rücken, was er sehr begrüßte. Denn nun begann das Violinkonzert von Beethoven ohne einen Laut zweier übergewichtiger Faltenköniginnen – ein Moment, den er völlig entspannt und aufnahmebereit auf sich wirken lassen konnte. Auch hier wieder das Außergewöhnliche: Das schönste Violinkonzert der klassischen Musikliteratur. Und auch hier war ihm noch nichts Besseres eingefallen, außer dass es bisher noch kein Komponist geschafft hatte dieses Konzert zu übertreffen – auch Mendelssohn und Bruch nicht, und es auch keinen Komponisten mehr geben wird, der es übertreffen wird. Was für eine Feststellung! Was für eine Realität in einer Gesellschaft, in der die Menschen glauben, dass es immer noch weitergehen könnte; dass alles immer noch besser oder schneller oder bequemer oder angenehmer ablaufen könnte. Nein. Hier nicht. Das Optimum vor zweihundert Jahren erreicht und keine Steigerung mehr möglich. „Könnten sie das doch auch in anderen Zusammenhängen begreifen!", dachte Olos immer öfter.

Das Konzert verließ er als Erster, als die Affenmeute mit dem Gegröle und dem Klatschgrinsen begann. Er holte seinen Mantel und nahm Kurs auf ‚Dianas Bar', um ein paar Absackern Gelegenheit zu geben einen Sinn zu erfüllen.

Diana hatte nicht viel zu tun, so dass sich wieder einmal ein Gespräch zwischen ihnen ergab, das sie nur unterbrach, wenn sie einen Besoffenen rausschmeißen oder einzelne Gäste, die ihr gesamtes Geld für diesen Abend an den Automaten verspielt hatten, abkassieren musste.

Wenn Olos mit Mantel und Krawattennadel das Lokal betrat, erriet Diana natürlich bereits beim Hereinkommen, woher er kam; schließlich kannten sie sich schon seit fast zehn Jahren. Und jedes Mal machte sie die Bemerkung, dass sie gerne einmal mit ihm zusammen ein Konzert besuchen würde – aber nur im Sommer – irgendwo draußen – im Botanischen Garten oder im Innenhof des Schlosses. Aber dabei blieb es auch. Denn Diana war eine Frau, die immer freundlich zu ihm war und immer Neues erdachte, allerdings nur wenig davon in die Wirklichkeit umsetzte. Dadurch war sie jedoch berechenbar. Und dafür liebte er sie. Er kam, sie lächelte. Er trank, sie lächelte. Er bezahlte, sie lächelte. Er verabschiedete sich, sie lächelte. „So einfach kann es sein.", dachte er immer öfter.

Als er zu Hause ankam, legte er seine Konzertkleidung ab, zog die verwaschene Jeans und das kragenlose, weiße Hemd an und machte es sich in seinem Lesesessel gemütlich: Er öffnete den Rotwein, goss sich ein Glas ein, legte das vierte Violinkonzert von Vieuxtemps ein und hörte zu – das Wohnzimmer nur durch zwei Kerzen erleuchtet, alle Türen geschlossen – endlich allein und glücklich. Gegen zwei Uhr sagte ihm sein sich öffnender Mund, dass es Zeit sei ins Bett zu gehen – unausgesprochene Worte am Ende eines langen Tages.

4. Altersschwach und lebensmüde

Am nächsten Morgen rief ihn sein ältester Bruder an und teilte ihm mit, dass er ihre gemeinsame Mutter vor zwei Tagen auf die Demenzstation des Caritas-Stifts gebracht habe. Sie hatte es leichter akzeptiert als erwartet, und alles sei so weit in Ordnung.

Was ‚in Ordnung' ist, stellt sich für jeden als interpretationsfähig dar. Es war jetzt auch für Olos in Ordnung, dass seine Mutter die letzten Monate oder Jahre ihres Lebens hilf- und kraftlos sowie in Angst und Verzweiflung auf ihr Ende wartete – unfähig allein Körperpflege zu betreiben, unfähig auf regelmäßige Ernährung zu achten und immer öfter unfähig sich erinnern zu können, Dinge zu machen, denen kein Ziel abzugewinnen war, oder die sogar gefährlich waren, und Worte zu äußern, die keinen Sinn ergaben und niemand verstand. Es war ein generelles Nicht-Mehr, in dem sich seine Mutter nun befand. Nur Atmung und eine stark verminderte Art von Bewegung und Hirntätigkeit funktionierten noch. Und auch das würde sich kontinuierlich verringern.

Vor etwa zwei Jahren, nachdem ihm seine Mutter mitgeteilt hatte, dass der Arzt eine beginnende Demenz diagnostiziert hatte, die unweigerlich voranschreiten würde, hatte er das Gespräch auf das Thema gelenkt, dass er sich bei Sterbehilfe-Organisationen in der Schweiz erkundigt hätte und zu dem Schluss gekommen sei, dass er sein Ende selbst in die Hand nehmen werde, sollten sich ähnliche Anzeichen bei ihm bemerkbar machen. Abgesehen davon hatte er bereits mit fünfzehn, nachdem er Hemingways ‚Indian Camp' gelesen hatte, die Entscheidung getroffen, dass er seinem Leben auf jeden Fall selbst ein Ende setzt. Und im Laufe der folgenden fünfunddreißig Jahre hatte sich an diesem Entschluss nichts geändert.

Nun ging es aber zunächst um seine Mutter. Nach dem Abschluss des Studiums war er nach München gezogen, um möglichst weit entfernt von der Mutter und seiner Jugendliebe zu wohnen, die ihn, sobald er sie besuchte, immer wieder damit nervten und bedrängten, doch wieder gemeinsam zu wohnen und das Leben gemeinsam zu verbringen. Da er weder der einen noch der anderen ins Gesicht sagen konnte, dass er sie nicht liebe, verwies er sie regelmäßig auf seine Arbeit in München und war froh, wenn er wieder im Zug oder Flugzeug saß.

Was ihn während des Suizid-Gesprächs mit seiner Mutter aber doch erstaunte, war die kurze Bemerkung seiner Mutter: „Das will ich auch." Es bezog sich auf seine Darstellung der letzten Minuten seines Lebens, bevor er in Anwesenheit der Sterbehilfe-Mitarbeiter seine letzten zwei Getränke zu sich nehmen würde – das erste, um den Magen zu öffnen, das zweite, um seine Lebensfunktionen zu unterbinden.

Nun wusste Olos, dass es erst einmal eine unverbindliche Äußerung war. Ihm reichte es in diesem Moment seine Mutter auf diese Möglichkeit hingewiesen zu haben. Alles andere musste sie selbst überlegen und entscheiden. Schließlich wollte er sie nicht töten und als Mörder dastehen. Aber nach diesem Abend kam nichts mehr. Seine Mutter sprach ihn nicht mehr darauf an, lamentierte bei den folgenden Besuchen immer nur darüber, dass immer mehr nicht funktioniere, sie abgenommen habe und der Arzt ihr linkes Bein amputieren wolle. Ob das schon ins Reich ihrer Phantasie gehörte, wollte der Sohn nicht wissen. Er stellte nur fest, dass sie sich über einen Freitod keine Gedanken mehr machte und ihn auf dieses Thema nicht mehr ansprach. Er beließ es dabei, wie gesagt wollte er sie doch nicht erst dazu überreden müssen. Abgesehen davon hätte es eine Auseinandersetzung mit seinen älteren Geschwistern gegeben, die als gläubige Christen dieser Sache kategorisch ablehnend gegenüberstanden. Nein; das muss jeder mit sich selbst ausmachen und am besten mit niemandem darüber reden, wenn er nicht Freund ist, und so unerwartet wie möglich durchführen, so dass nicht mehr zu helfen ist – wie Michi, der seinen Hals eines Morgens nach einer Familienfeier auf die Schienen gelegt hatte, bevor der Regionalzug von Garmisch nach München ihn überrollte. Keine Diskussion, kein Abhalten, kein Psychoklempner und kein Notarzt mehr.

Olos dachte oft über das Leben seiner Mutter nach. Kurz vor dem Krieg geboren – ein strenger und ungerechter Vater, Mitläufer bei den Nazis – dementsprechende Erziehung. Sie war auch als Siebzigjährige noch stolz darauf, den rechten Arm beim Morgenappell in der Schule als Beste vorgestreckt zu haben. Ihre Ausländerfeindlichkeit blieb während ihres gesamten Lebens latent. Es mussten nicht gleich die Juden sein; die waren ja auch weitestgehend nicht mehr da. An ihre Stelle rückten aber sofort Russen und Russlanddeutsche, Türken und andere Individuen aus Galizien, Bessarabien, Siebenbürgen, der Bukowina und selbst Ostdeutsche. Das waren alles Menschen, die anders waren – in deren Anwesenheit sich seine Mutter anders fühlte, unwohl fühlte, bedroht fühlte, und die deswegen nicht hierher gehörten – nicht in ihre Welt, nicht in die Nähe ihrer Kinder, nicht nach Deutschland.

Nur gut, dachte Olos, dass seine Mutter nicht mehr mitbekam, wie viele Syrer, Afghanen und Schwarze jetzt einströmten.

Auf der anderen Seite stand sie auch unter dem Einfluss positiv und offen denkender Frauen: Ihre Mittelschullehrerin lud sie oft am Nachmittag oder Wochenende zusammen mit anderen Mädchen zu sich nach Hause ein, um gemeinsam Werke der klassischen deutschen und englischen Literatur zu lesen und darüber zu diskutieren. Die Schülerinnen durften sich Bücher von ihr ausleihen und konnten mit ihrer Lehrerin über private Probleme sprechen – Pubertät, Jungs, Eltern. Wo gibt es das heute noch?

Nach der neunten Klasse die Ausbildung zur Krankenpflegerin (damals sagte man noch Krankenschwester) in Hannover. Dort lernte sie die Schwester Oberin kennen und schätzen, weil sie gerecht und einfühlsam war. Sie hatte ihren Verlobten an der Ostfront verloren und blieb den Rest ihres Lebens ledig, wollte keinen anderen Mann mehr kennen lernen. Und auch sie war eine ältere Freundin. Da Olos' Mutter im Schwesternheim wohnen musste, entkam sie mit fünfzehn Jahren auch ihren Eltern und war froh sich ganz ihrem Job widmen zu können. Wollte nach Lambarene und mit Albert Schweitzer zusammenarbeiten, vielleicht auch ihm dienen. Dann, kurz vor der abgeschlossenen Ausbildung und dem Zertifikat, die Heirat mit Olos' Vater, einem elf Jahre älteren Ex-Soldaten. Fünf Kinder aufgezogen. Als die aus dem Gröbsten rauswaren, sich wieder mehr um den Mann gekümmert; durch ihn in die Kommunalpolitik eingestiegen (Schulpolitik, Versorgungspolitik, Wasserwirtschaft, Verkehr). Als ihr Vater bettlägerig wurde, jede Woche dreimal nach Celle. Als die Mutter eines ihrer Enkelkinder wegen Borderline keine Lust mehr auf Erziehung hatte, sprang sie ein und fuhr dreimal pro Woche nach Diepholz, damit der Junge nicht auf die schiefe Bahn geriet, was ihr auch glückte.

Olos stockte bei diesem Wort ‚dienen'. Aber das war das, was seine Mutter eigentlich ihr ganzes Leben lang gemacht hatte. Sie hatte gedient wie ein Soldat. Ihr Vater Soldat – ihm gedient, danach den Kranken gedient, daraufhin dem Ehemann gedient, ihren Kindern gedient, der Politik gedient, anderen hilfsbedürftigen Frauen gedient. Gedient, gedient, gedient. Und hatte es ihr selbst gedient? Vielleicht. Oder sogar wahrscheinlich. Manche Menschen brauchen diesen Dien-Effekt, um sich wohl und nützlich zu fühlen – dem Leben einen Sinn zu geben. Was sollte man sonst machen? Was würde der Herrgott denken?

Auf der anderen Seite war da noch ihre Großmutter, der rettende Anker, wenn sie in den Sommerferien sechs Wochen lang in Eschershausen wohnen durfte – weit ab von ihren Eltern: Ein Leben voller Ausgelassenheit und Zufriedenheit: In den Wäldern spazieren gehen, der Großmutter freudig im Haushalt helfen, lobende Worte erhalten, ein Streicheln über die Wangen, einen Kuss, ein Lächeln bei jeder Begegnung – eine glückliche Kindheit für sechs Wochen im Jahr. Nur blieb die eine Antwort ihrer Großmutter so tief in ihren Gedanken und ihrem Gemüt stecken, dass sie vieles, was sie von ihrer Lehrerin oder der Schwester Oberin gelernt hatte, vergaß oder zumindest sträflich vernachlässigte; denn die Strafe ließ sich nicht abwenden. Auf die Frage, warum die Großmutter so zufrieden und glücklich war, antwortete diese:

„Nimm dir einen älteren Mann und habe sechs Kinder mit ihm wie ich. So machst du alles richtig und wirst glücklich."

Als Olos' Vater nach der Gefangenschaft als Finanzbeamter im mittleren Dienst und Kollege ihres Vaters vor ihr stand und sie zu diesem Eins-achtzig-Mann aufschauen musste, war es um sie geschehen. Er groß und gerade gewachsen, elf Jahre älter als sie, blaue Augen, blonde Haare, und er sprach sie mit ‚wertes Fräulein' an. Weil sie weg von ihren Eltern wollte, aber nicht wusste, wie sie jetzt so schnell nach Lambarene entkommen konnte, ließ sie sich auf den Vorschlag des starken Mannes ein so schnell wie möglich zu heiraten – auch ohne anerkannte Ausbildung zur Krankenpflegerin. Und das wars dann.

Sie war eigentlich auf dem besten Weg, wurde aber doch zurückgehalten, besser zurückgezogen –

ließ sich verführen von dem ewig betrügerischen Gedanken des Kinderglücks, wie es nicht nur die Nazis propagierten. Hatte also trotz der Bemühungen der Lehrerin und der Schwester Oberin versäumt, weiterhin selbst nachzudenken, selbst zu entscheiden und schließlich selbst ihr Leben zu führen und zu beenden. Wie auch, wenn sie es selbst nie gelebt hatte? Damals dachten viele anders. Nur war es noch nicht so lange her. Aber eigentlich hätte sie sich vor einem Jahr – nach der Diagnose des Arztes – das Leben nehmen müssen.

Mona wachte auf und dachte an diesen Mann, der da plötzlich während des Konzertes vor ihr gestanden hatte: Groß, blond, blauäugig und äußerst charmant. Sie lächelte.

Es war noch früh, erst sechs. Jörg schlief wie gewöhnlich. Und da kam sie plötzlich auf eine Idee und kramte aus den Fotokartons, die sie im oberen Fach des Schranks im Flur verstaut hatte, das Bild der Großmutter heraus. Mona hatte während des zweiten Satzes des Klavierkonzerts am gestrigen Abend an ihre Oma gedacht, weil diese ihr einmal dieses Stück vorgespielt und dazu gesagt hatte: „Wenn ich ganz bei mir bin und alle außer Haus sind, spiele ich dieses Stück – und alles ist wieder gut.“

„Was ist wieder gut, Oma?“, fragte Mona damals als Kind.

„Ach“, sagte die Oma nur und lächelte und spielte vor sich hin. „Das wirst Du vielleicht auch erleben.“ Dabei blieb es. Mona wollte ihre Oma beim

Klavierspiel nicht stören und entschied sich fürs Zuhören.

Jetzt war Mona fünfunddreißig, und sie hielt ihre Oma immer noch für eine tolle Frau: Margarethe Luise von Lübben war in Memel, heute Klaipėda, aufgewachsen. Sie hatte dort eine glückliche Kindheit erlebt, hatte geliebt, gelacht, gespielt, Klavier gelernt. Dann kam der Krieg – und vieles verging, zuerst das Lachen, danach die Heimat. Ihr Vater und ihr Bruder überlebten die Kriegszeit nicht. Das Unbeschwerte war verloren; und in Westdeutschland musste sie von vorn anfangen – ohne Geld, ohne Schutz, ohne Träume. Es ging ums Überleben. Und es ging um die Zukunft.

Sie arbeitete zunächst als Dolmetscherin für die Engländer, lernte dabei George kennen und hatte plötzlich drei Kinder von ihm. Naja, sie kamen schon im Abstand von jeweils zwei Jahren und das erste auch erst, nachdem sie zwei Jahre zusammen gewesen waren und geheiratet hatten. Aber im Nachhinein erscheint vieles wie im Zeitraffer; und jedes Jahr vergeht schneller als das vorangegangene, als ob wir uns auf einer Zeitspirale befänden. Die Frage ist bei jedem nur, ob die Spirale nach oben führt oder nach unten. Im ersten Fall würden wir am Ende himmelhoch hinausgeschleudert werden; im zweiten Fall landeten wir mit Schmackes im heißen Dreck der Hölle.

Margarethe entschied sich für die erste Möglichkeit. Sie hatte sehr viel Schlechtes und Niederschmetterndes gesehen und erfahren. Aber sie wollte nicht diese ewige Traurigkeit mit sich herumschleppen. Dass die Menschen keine Engel waren, wusste sie ja. Aber dass man sie stets verteufeln sollte, wollte ihr nicht in den Kopf.

Mit George begann sie einfach ein neues, ihr eigenes Leben. Er war ein sehr zuvorkommender und einfühlsamer Mann, wenn auch manchmal in bestimmten Situationen ein bisschen zu rational denkend. So stellte er, als sie ihn von der dritten Schwangerschaft in Kenntnis setzte, nur lapidar fest: „I hope it won't eat us out of house and home." Aber das war bei George natürlich nur ein Spruch. Er liebte seine Kinder, auch das dritte – und immer wieder Margarethe – über alles. Und sie liebte ihn und die Kinder. Und die Kinder liebten ihre Eltern. Alle waren glücklich.

Die Kinder wuchsen zweisprachig auf. Sie lebten in Deutschland, verbrachten aber fast alle Sommerferien in Wales an der Küste, wo Georges Eltern wohnten. Nach fünfzehn glücklichen Jahren begann jedoch die Zeit des Abschiednehmens. Zuerst starb Georges Vater. Er war ein begeisterter Jäger und ging jedes Wochenende auf Pirsch, auch wenn er eigentlich nichts erlegen wollte. Es gehörte einfach nur zu seinen Freizeitbeschäftigungen und Ausgleichsmomenten im Wald herumzustapfen und bei den Tieren – vor allem allein – zu sein. Beim letzten Mal allerdings fand man ihn, nachdem er nicht wie zur üblichen Zeit nach Hause gekommen war, erschossen neben seinem Jeep vor. Obwohl jede Möglichkeit untersucht worden war, kam die Polizei zu dem Ergebnis, dass es sich um Freitod handeln müsse. Er habe die Schrotflinte geladen, den Lauf in seinen Mund gesteckt und abgedrückt. Überlegt und endgültig.

Nachdem sich nach ein paar Wochen die Aufregung gelegt hatte und alle wieder normal zu denken anfingen, unterrichtete Georges Mutter ihre Kinder davon, dass ihr Mann es eigentlich angekündigt hatte. Es sei ihm unheimlich peinlich gewesen, dass er nachts ins Bett gemacht hatte und seine Frau es am nächsten Morgen bemerkte. Er habe über Erinnerungsprobleme geklagt und immer wieder davon gesprochen, dass er so ein Ende nicht hinnehmen werde. Es sei schwierig für sie; aber sie könne es akzeptieren. Ein Leben ohne Jagd und ohne Gedächtnis, womöglich im Rollstuhl unter anderen schwachsinnigen Mitbewohnern hätte auch sie ihrem geliebten Andrew niemals zugemutet. Er habe seine Entscheidung gefällt; aber sie sei jetzt unheimlich traurig.

Drei Monate später starb auch sie. Einfach so. Natürlich vermuteten die Kinder, dass auch sie sich das Leben genommen habe. Aber der Arzt versicherte ihnen, dass das Herz versagt habe. Ihre Mutter habe in den vergangenen Jahren zwei Male abgelehnt sich einen Stand setzen zu lassen, nachdem der Arzt ihr nach Herzanfällen dazu geraten hatte. „Und nicht sterben können, wenn der Kopf aussetzt? Oder haben sie fürs Gehirn auch einen Stand parat?", hatte sie nur geantwortet.

„Wer so lange wie ihre Eltern zusammengelebt hat, ist auch körperlich in gewisser Weise abhängig", erklärte der Arzt. „Es gibt Untersuchungen, nach denen bei Paaren nicht nur die Mundflora, sondern auch der Herzschlag von beiden identisch sind. Und ich bin sicher, dass dieses Phänomen auch auf andere Organe zutrifft. Ihre Mutter war, nehmen Sie es mir nicht übel, wenn ich mich so ausdrücke – in gewisser Weise zum Leben ohne ihren Ehemann nicht mehr fähig oder nicht mehr willens. Was von beidem letztendlich zutraf, weiß nur sie selbst."

Monas Großmutter hatte ihr halbes Leben über ihren eigenen Tod nachgedacht. In Ostpreußen hatte sie viele tote Leute gesehen: alte, friedlich in ihrem Bett gestorbene, den kleinen Jungen, der vom Heuboden gefallen und mit dem Kopf gegen die Egge geschlagen war; später Verhungerte und Erschossene. Manche hatten es selbst gemacht, bei anderen war es gemacht worden.

Als Andrew gestorben war, gingen ihr diese Gedanken natürlich auch wieder durch den Kopf. Doch fühlte sie genauso stark, dass sie jetzt noch nicht an der Reihe sei. Die Kinder waren zwar aus dem Haus, teilweise schon lange verheiratet. Aber da waren noch die Enkel, um die sie sich manchmal kümmerte, die sie besuchten und sich freuten, wenn die Oma ihren Lieblingskuchen backte und ihnen Geschichten von früher erzählte. Außerdem war sie noch fit, sowohl im Kopf als auch auf den Beinen. Es gab also keinen Grund auszuchecken.

Zum Schluss allerdings tat sie es doch. Sie hinterließ einen Brief, in dem sie es kurz erklärte: Die Zeit zu gehen und anderen Platz zu machen sei gekommen. Mit ihren achtundachtzig Jahren habe sie ein erfülltes Leben gehabt und sei jetzt auch zu müde, um sich noch an irgendetwas zu erfreuen. Und die letzten Monate wolle sie nicht nur darauf warten müssen – womöglich ans Bett gefesselt, bis es so weit sei. Das sei wertvolle Zeit für die anderen, die nicht ebenfalls an ihrem Sterbebett warten sollten, sondern Besseres zu tun hätten.

Sie hatte ein Fieberthermometer zerbrochen und das Quecksilber daraus geschluckt. Das hatte sie von einer Patientin gelernt, die einmal im Krankenhaus neben ihr lag, und der man nach einem Unfall beide Beine abgenommen hatte. Gift ist meistens Frauensache.

Mona blickte noch einmal auf das Foto, bevor sie Geräusche aus dem Schlafzimmer wahrnahm und den Karton wieder verstaute, sich in die Küche begab und Kaffee kochte. Sie überlegte, wie sie sich vielleicht einmal umbringen würde, wenn es so weit sei. Aber das blieb vorerst offen, da Jörg im Türrahmen der Küche erschien und ein müdes „Morgen" murmelte.

5. Austern und Kaviar …

… oder lieber doch Senfeier? Olos musste einkaufen. Der Kühlschrank war leer, der Magen auch. Und da er weder vorhatte zu sterben noch ein paar Kilo abzunehmen, war es geboten für Nachschub zu sorgen. Und außerdem hatte sich Emily angesagt. Er könne kochen, und sie würde dieses Mal in seiner Wohnung übernachten. Für ihn hieß das: Er will kochen und war froh, dass sie die Nacht über bei ihm blieb.

Also musste er zweimal einkaufen, oder zumindest zweigleisig denken: Zum einen das Normale in den Einkaufswagen legen und zum anderen das Besondere. Daher überlegte er zunächst, was fehlte. Er ging in die Küche, kontrollierte den Brotkorb und den Obstteller, sah kurz auf die Gemüseablage und warf einen Blick in den Kühlschrank: Demnach Eier, Toast, Schwarzbrot, Aufschnitt, Birnen, Fleisch, Apfelsaft, Cola, Whiskey, Rotwein, rote Beete und Erbsenkonserven, Tiefkühlpizza.

Und für heute Abend? Mal sehen. Inspirieren lassen! Spontan entscheiden! So ging er los, besser gesagt fuhr den kurzen Weg mit seinem neu gekauften, hellblauen Fahrrad um ein paar Straßenecken zum Supermarkt, weil es einfach bequemer war, die schweren Flaschen auf dem Gepäckträger zu transportieren. Deswegen hieß ja auch das obere, hintere Gestell am Fahrrad ‚Gepäckträger' und nicht er. Im Supermarkt: Die normalen Dinge waren schnell eingesammelt, also das Wichtigste besorgt – die nächste Woche ernährungstechnisch gesichert. Jetzt also das Besondere – für Emily und sich, eigentlich nur für Emily, denn für sich hatte er ja bereits gesorgt. Naja, vielleicht doch für sie beide; denn sie würden es ja gemeinsam genießen.

Sie hatte keine Wünsche geäußert, sagte nur „etwas Schönes". Zwar hatte er eine gewisse Vorstellung davon, was in verschiedenen Situationen ‚schön' sein konnte. Auf der anderen Seite lehnte er dieses ‚Schön' aber auch ab, weil es im Grunde genommen nichts aussagte und viel zu individuell interpretiert werden kann. Das Wetter ist für ihn nicht schön, wenn draußen bei wolkenlosem Himmel 30°C gemessen werden und kein Wind weht. Eine Frau ist für ihn nicht schön, wenn sie ihre grobdeutschen Gesichtszüge mit Schminke verkleistert und mit einem Arsch wackelt, aus dessen Nähe schon zwei Kinder hervorgekrochen sind. Generell kann Musik nicht schön sein. Ein Urlaub kann nicht schön sein. Eine Landschaft kann nicht schön sein und das Leben schon gar nicht. Dieses Wort ‚schön' benutzen Leute, die nicht fähig sind, etwas genau zu beschreiben, nachdem sie darüber nachgedacht haben. Vielleicht sind diese Leute auch generell nicht fähig nachzudenken. Und so wird alles plötzlich schön: Die Fahrt auf einem KdF-Dampfer war auch schön. Der Urlaub zwischen den Kinderprostituierten in Thailand war auch schön. Die Reise in das stinkende Venedig zu Ostern war auch schön. Der Abend mit langweiligen Nachbarn und nichtssagenden Kurzdialogen war schön. Wahrscheinlich alles nur, weil man es sich schön säuft oder einfach keine Ansprüche stellt. Europa ist eine Alkoholgesellschaft – nicht umsonst und nicht ohne Grund und nicht von ungefähr.

Also was soll für Emily einkaufen? Er stand vor dem ‚Feinkost'-Regal. Meine Güte: Was die Leute oder Marketing-Experten nicht alles als ‚Feinkost' bezeichnen! Aber was solls?! Emily war dieser modernen Religion auch verfallen, so wie viele Menschen in der Vergangenheit schon Dingen nur verfallen oder nachgelaufen sind, weil sie neu waren, und in der Gegenwart Dingen nur verfallen oder nachlaufen, weil sie neu sind. Es war daher relativ einfach, sie kulinarisch zu befriedigen. Allerdings käme so eine Trockenscheiße wie Tofu nie auf seinen Tisch. Aber wenn er Emily gegenüber beteuern würde, dass der Champagner aus biologischem Anbau stammte, würde sie ihn wegsaufen wie Sprudelfusel aus Eisenhüttenstadt, auf dem kein gefälschtes Qualitätssiegel prangen würde, der aber fast genauso prickelte. Also eine Flasche von dem Biosekt für doppelt-so-teuer. Dazu natürlich frischen Salat, der zwischen den Zähnen knackt und kracht, als würde King Kong Bambus zermalmen. Im Vorbeigehen noch zwei Hände voll Bohnen als Sättigungsbeilage. Oder doch lieber den grünen Spargel aus Flaginien? Der würde während der Verdauung nicht geräuschen. Ja, lieber etwas Leiseres. An der Fleischtheke vier zarte Medaillon-Steaks und eine Rolle Kräuterbutter. Dazu eine Flasche Schattonöff dü Papp. Oder doch lieber zwei? Nein, danach würde es sowieso in die Kiste gehen. Und danach stünde das Zeug wieder wochenlang bei ihm herum, weil er es eigentlich gar nicht mag. Am Ende würde er es wegkippen, weil er Ladenhüter nicht mag und den Platz lieber einem fruchtigeren Merlot überließ.

Am Abend stand Emily in ihrem roten Kleid und einem weißen Tuch um Kopf und Schultern wie Grace Kelly vor seiner Wohnungstür und lächelte. Olos hatte bereits ein paar Dinge in der Küche vorbereitet. Doch wie sich herausstellte, musste das Gemüse auf seine Zubereitung warten, weil Emily zuerst ins Bett und danach kochen wollte. Also gut. Dann eben so herum. Schließlich gehörten Flexibilität und Teamfähigkeit zu seinen Stärken; und schöne Frauenbeine zu seinen Schwächen.

Das Essen gelang ihm. Und Emily bedankte sich und lobte ihn mit einem langen und, wie ihm schien, noch in der Nachbarschaft zu hörenden Schmatzkuss. Den weiteren Abend verbrachten sie Musik hörend und kuschelnd auf dem Sofa, erzählten sich das eine und andere, gingen zwischendurch getrennt pinkeln und ließen die Augen in Ruhe schwerer werden sowie das Geschirr in der Küche schmutzig stehen.

Am nächsten Morgen saß Emily in seinem hellblauen Bademantel am Frühstückstisch und hatte tatsächlich schon Brötchen geholt.

„Warst du so beim Bäcker, Schatz?", fragte Olos.

„Ja, natürlich, Schatz. Deswegen habe ich die Brötchen auch umsonst bekommen. Der Gürtel löste sich plötzlich, und der Verkäufer bekam meine Brüste zu sehen."

„Na, dann ist ja gut."

Nach dem Frühstück gingen sie ein Stück im Park spazieren und verabschiedeten sich vor der Chopin-Statue. Sie hielt ihm zögernd ihre Hand entgegen, zog sie aber gleichzeitig millimeterweise zurück, als ob sie ihm andeuten wollte, dass sie lieber bleiben wolle, das Schicksal sie aber von ihm losriss. Sie hatte einen Hang zu diesen theatralisch romantischen Gesten und konnte es nicht lassen, sich am Ende eines Treffens irgendeinen Schmarrn auszudenken: eine Geste, einen Seufzer, ein gehauchtes Wort oder einen über die Handfläche gepusteten Kuss, der leise durch die Luft ihm entgegenflehte.

Mona und Jörg standen im Supermarkt und diskutierten über den Einkauf. Jedes Mal das Gleiche. Wenn Mona die Eier prüfen wollte und dazu eine Schachtel öffnete, kam von Jörg irgendein Kommentar: „Ich weiß nicht, ob wir dieses Mal überhaupt Eier kaufen sollten. Da war doch neulich dieser Skandal. Erinnerst du dich?"

„Nein, ich erinnere mich nicht. Ich möchte Eier essen. Die Salmonellen kannst du mir ja vorher herauspicken.", sprach sie und legte die Schachtel in den Einkaufswagen.

Wenn sie auf das Ablaufdatum auf dem Toasttütenverschluss sah, kam so etwas wie: „Oh, schau mal! Die haben heute wieder dieses saftige Urkernbrot, das ich so gern mag."

„Dann packs halt dazu, Schatz!"

Beim Aufschnitt las Jörg die außerfleischlichen Zutaten laut vor: Glukosesirup, Kaliumnitrat, Dextrose, Natriumascorbat; und bei dem Wort

‚Schweinedarm' runzelte er die Stirn, und er schaute sie ganz vorwurfsvoll an.

„Du musst es ja nicht essen, wenn du es nicht magst.", antwortete sie nur.

Selbst beim Apfelsaft konnte er nicht einfach die Packung mitnehmen, sondern verglich den Zuckergehalt der verschiedenen Säfte. Bei der Roten Beete faselte er etwas von Farbstoff, und Tiefkühlpizza nannte er eine raffinierte Verlockung der Geschmacksverstärkermafia.

„Ja, du hast Recht, Schatz: Pizza und Mafia. Das gehört unweigerlich zusammen."

Zusammen stellten sie sich an der Kasse an – er zufrieden ob seiner Beratertätigkeit, sie einfach nur genervt. Sie zahlten, packten, gingen – alles wortlos.

Irgendwie geht das so nicht weiter, dachte Mona. Ich habe keine Lust mehr mir ständig diese unterschwellige Kritik anzuhören. Immer diese indirekten Anspielungen! Diese Besserwisserei! Diese Selbstgefälligkeit! Sie hatte schon mehrmals mit ihm darüber gesprochen. In diesen Momenten tat er immer ganz verständnis- und reuevoll; versprach Besserung, culpa mea und dieser ganze Scheiß. Doch er verfiel immer wieder aufs Neue in seine alten Muster, die er vielleicht von seiner Mutter übernommen hatte. Das konnte sie sich so richtig vorstellen: „Jörg, pack das wieder weg! Das hat viel zu viel Zucker." Oder: „Nein, Jörg! Das gehört nicht in unseren Einkaufswagen. So etwas essen wir nicht."

Abhilfe war geboten. Rettung musste her.

Am Sonntagabend saßen sie zusammen beim Abendbrot und aßen ihre getrennt eingekauften Lebensmittel. Mona wählte die brasilianische Eröffnung:

„Ich möchte mich von dir trennen."

Jörg blieb der Bissen fast im Hals stecken. Das wäre auch eine Lösung gewesen. Sie hätte den Notarzt gerufen, der nur noch seinen Bolustot festgestellt hätte; und die ganze Sache wäre vorbei. Aber der Bissen blieb ja auch nur fast stecken. Jörg schluckte und sah sie zunächst stumm an.

„Ich habe einfach keine Lust mehr auf dieses Ehepaargetue. Wir leben schon wie unsere Eltern: Routine hier, Routine da. Deine schmutzigen Socken hier, meine schwarzen Haare dort. Dein Fußballgeplärre, von dem ich außer einem lauten ‚jooh' und ‚jääh' nichts höre, und meine Lektüre, die dich offenbar auch stört."

„Aber die stört mich doch gar nicht."

„Aber du lenkst mich ständig ab, als ob deine Vorhaben besser wären."

„Ich will doch nur, dass du entspannst."

„Das ist es eben: Ich entspanne mit Lektüre. Und du lässt mich nicht, weil du unter Entspannung etwas Anderes verstehst. – Wie auch immer! Wir haben bereits mehrmals darüber gesprochen. Ohne Ergebnis. Ohne Verbesserung. Und jetzt habe ich einfach keine Lust mehr."

„Hast du einen Neuen?"

„Nein. Aber ich möchte mein Leben leben und nicht deins. Wir haben es jetzt fast zwei Jahre probiert, und es funktioniert eben nicht."

„Was funktioniert nicht?"

„Genau das, was ich dir eben erklärt habe."

„Aber wir könnten es doch nochmal versuchen."

„Wir haben es versucht, Jörg. Aber ich will nicht mehr. Kannst du das verstehen?"

„Nein."

„Dann nicht. Ich werde nächste Woche zu Monika ziehen. Du kannst ja überlegen, ob du in dieser Wohnung bleibst oder dir auch etwas Neues suchst."

„Du hast das schon länger geplant?"

„Ja."

„Wie lange?"

„Ich weiß nicht. Das ist jetzt auch egal. Es ist einfach vorbei, Jörg."

Mona schmierte sich ein neues Toastbrot und belegte es mit Salamischeiben aus der Packung mit Natriumascorbat. Dazu pickte sie mit der Gabel zwei dicke Gewürzgurken aus dem Glas. Jörg sah zu und überlegte kurz.

„Du bist schwanger.", sagte er trocken.

Nach einem kurzen Stocken antwortete sie: „Lass gut sein, Jörg!"

Nach einer Woche war sie ausgezogen, hatte die wichtigsten Sachen mitgenommen und Verzichtbares zurückgelassen. Jörg sah ihr beim letzten Besuch wehmütig hinterher, bis ihm einfiel, dass am Abend Real Madrid gegen Juventus spielen wird. Er warf einen Blick in den Kühlschrank und checkte die Bierreserven, rief Pit an und lud ihn und Frank zu sich ein. Sie sollten noch eine Palette Bölkstoff und eine Flasche Wodka mitbringen.

Als er seinen Kumpels die Neuigkeit mitteilte, sagte Pit nur: „Weiber. Da kannste nichts machen." Und Frank: „Zur Mitte, zur Titte, zum Sack – zack zack!" Jörg stimmte ein und trank sein Bier.

6.   Die graue Stadt am Meer

Olos wollte einen Artikel über die deutsch-dänischen Streitigkeiten in Norddeutschland während des neunzehnten Jahrhunderts schreiben. Wenn man aus heutiger Sicht auf die Geschichte blickt, scheint Vieles absurd und makaber, aber vor allem traurig. So viele Menschen wurden abgeschlachtet oder ließen sich abschlachten, als hätte man auch noch zu Zeiten der fortgeschrittenen Aufklärung einem zürnenden Gott Opfer darbringen müssen; als könnten die Mächtigen nur leben und ihre herausragende Stellung behaupten, indem sie täglich Blut vergießen. Wahrscheinlich hatten alle – Mächtige und Untertanen – nur zu viel Zeit und zu wenig Bildung, um sich um Philosophie und Musik zu kümmern.

Aber man muss darüber schreiben, dachte Olos, und alles erklären, damit die Heutigen verstehen und erinnert werden, wie alles gekommen ist und was es bedeutet, einen Krieg anzuzetteln, den niemand auf Dauer gewinnen kann. Krieg und Hass und Kampf führen nur zu mehr Krieg und Hass und Kampf. Aber das wissen nur einige von uns Heutigen, die wir die Nachfahren der Menschen sind, die immer wieder neue Kriege provoziert haben. Schade und gefährlich ist es aber gerade heute wieder, da die Menschen vergessen, was Krieg bedeutet. Sie fangen wieder an zu stacheln und zu brüllen, zu verachten und zu trennen. Den Leuten geht es zu gut. Sie nehmen den Frieden als selbstverständlich hin und kümmern sich nicht um seinen Erhalt. Kosmetik, Freizeit und Unterhaltung sind die Götter der Neuzeit, denen viele huldigen ohne zu ahnen, dass der Schatten der Vernichtung schon wieder am Horizont auftaucht – genauso wie immer schon, wenn die Gesellschaft wieder einmal unbekümmert und reif für einen Krieg war. Am Ende werden alle nur wieder stöhnen und lamentieren und sagen, dass sie nichts dafürkönnten. Aber natürlich kann jeder etwas dafür. Jeder ist schuld. Denn wir sind nicht nur für das verantwortlich, was wir machen, sondern auch für das, was wir nicht machen. Das könnten wir nicht erst seit Molière wissen, sondern schon seit ein paar Jahrtausenden Menschheitsgeschichte. Das Problem ist immer nur wieder, dass es niemanden interessiert. Deshalb die Wiederholung: Krieg – töten – Kraftlosigkeit – Frieden – Unzufriedenheit – Sticheleien – Hass – Krieg – töten – Kraftlosigkeit – Frieden – Unzufriedenheit – Sticheleien – Hass – Krieg – töten – Kraftlosigkeit –

Frieden – Unzufriedenheit – Sticheleien – Hass – Krieg – töten – Kraftlosigkeit – Frieden – Unzufriedenheit – Sticheleien – Hass – … und so weiter.

Aber Unwichtiges beiseite! Olos wollte zwar über das Thema schreiben, doch war es ihm wichtiger einmal wieder eine Auszeit aus dem alltäglichen Berufstrott zu nehmen. Er würde gern einmal wieder in einem Hotel oder einer Pension aufwachen, die Gardinen zur Seite ziehen und etwas Ungewohntes sehen: neue Häuserfassaden, die Sonne aus einem anderen Winkel, fremde Menschen auf der Straße, Hunde, die an eine andere Stelle kackten und vor allem einen Tag begrüßen, der anders verlaufen würde als all die anderen. Also setzte er sich an den Rechner und rief die Mutter aller Wunscherfüllungsprogramme auf, buchte ein Zimmer in Husum und machte sich schon zwei Wochen später auf den Weg dorthin. Er freute sich auf das Meer, den Wind, den Regen und Theodor Storm.

Mona fühlte sich befreit. Die Wohnsituation bei Monika war zwar nicht optimal. Aber das würde sich auch noch ergeben. Schließlich wollte sie nicht lange bleiben. Während sie ihre Koffer und Kartons auspackte, entdeckte sie eine alte Reclam-Ausgabe des Schimmelreiters und hielt sie lange in der Hand, blätterte darin herum, las all die angestrichenen Stellen, die sie einmal während der Lektüre – es muss in der zehnten Klasse gewesen sein – markiert hatte, und überlegte. Warum nicht einmal nach Husum fahren? Sie war noch nie da gewesen, wollte aber eigentlich einmal die Stadt sehen, in der sich Theodor Storm bewegt hatte. Mit Jörg war das unmöglich gewesen. Dauernd hatte er eine Ausrede parat: Keine Zeit, keine Lust, kein Interesse. Eben halt immer das Gleiche. Das war jedoch jetzt vorbei. Sie hatte Zeit, sie hatte Lust, sie hatte das Geld, und sie hatte Interesse. Gleich morgen würde sie sich an den Computer setzen und alles klarmachen. Die Semesterferien standen kurz bevor; und in zwei Wochen würde sie abhauen können. Alles andere ließ sich aufschieben.

Olos kam am frühen Abend eines Samstags am Bahnhof in Husum an. Die Fahrt war lang und ermüdend gewesen: überfüllte Waggons, nervende Kinder, telefonierende Idioten und keine Gelegenheit zum Rauchen. Desto glücklicher war er bei der Ankunft, als er endlich aussteigen konnte und am Ziel angekommen war. Er zündete sich eine Zigarette an, sobald er den kurzen Weg vom Bahnsteig zum Ausgang zurückgelegt hatte. Dort ein paar tiefe Züge genommen – und die Welt war wieder in Ordnung.

Da er nicht zu den faulen Säcken gehörte, ging er langsam in Richtung Innenstadt und zog seinen kleinen Rollkoffer hinter sich her, schaute sich lächelnd um und genoss das eigene Fremdsein in der fremden Stadt am Meer. Zwar hatte er die kindliche Neugier verloren, wenn er etwas bisher Ungesehenes betrachtete; aber er war trotzdem zufrieden, hatte er sich doch wieder einmal einen lang gehegten Traum erfüllt und war vor Ort, stand und ging da, wo Er gestanden hatte oder gegangen war – wie vor drei Jahren in Weimar: Endlich einmal seinen Fuß dorthin setzen, wohin Er seinen Fuß gesetzt hatte; etwas anblicken, was Er angeblickt hatte. Nicht immer gibt es dieses Erlebnis einem Großen post mortem über die Schulter zu schauen. Bei Thomas Mann in Nida zum Beispiel hatte es nicht funktioniert, weil alles nach der Zerstörung neu aufgebaut werden musste. Aber bei Goethe, Schiller und Beethoven gelang es. Und bei Storm würde es auch gelingen. Denn hier waren dessen Fußabdrücke und Empfindungen nicht im Feuer oder unter der Walze vernichtet worden.

Er hatte sich ein Hotel in der Nähe des Bahnhofs ausgesucht, das aber auch nicht allzu weit vom Zentrum entfernt liegen sollte. Zingel 7 lautete die Adresse, und so schlenderte er den Aistieg entlang und überquerte die Mühlenau, hielt sich links und stand schon bald vor der Tür seines ersten Anlaufpunktes. Er meldete sich an und ging auf sein Zimmer, inspizierte die Räume und Schränke und ließ sich auf das Bett fallen. Nach fünf Minuten erhob er sich wieder und trank seinen ersten Whiskey, den er vorsorglich mitgebracht hatte. Denn man weiß ja nie, ob es eine Minibar gibt und ob diese Minibar auch vernünftig bestückt ist. Das heißt: Gibt es wenigstens einen Miniwhiskey oder Miniwodka? Steht eine große Flasche Mineralwasser bereit? Und stand der Rotwein außerhalb des Kühlfaches und der Weißwein innerhalb?

Da Olos Erfahrungen gesammelt hatte, wurde er diesmal nicht enttäuscht, obwohl alles, was sich um Getränke auf dem Zimmer drehte, gegen seine Erwartungen sprach. Es gab zwar eine so genannte

Minibar, jedoch bestand sie aus einem leeren Schrank mit einem innen angeklebten Zettel: ‚Bestellungen nehmen wir gerne an der Rezeption – auch telefonisch – entgegen.' Nun gut; deshalb hatte er seine Flasche Whiskey mitgebracht. Man konnte Hoteldirektionen eben nicht vertrauen. Auch die 119,-€ pro Nacht waren keine Garantie für umfassenden Service. In Husum bezahlte man den Namen Storm eben überall mit. Wenigstens waren die Zahnputzgefäße aus Glas, so dass er eines davon in ein stilvolles Trinkutensil verwandeln konnte. Und während er noch die Ankunft genoss und sein Körper sich langsam an die Entspannungsphase gewöhnte, stellte Olos Überlegungen an, wie er den ersten Abend verbringen könnte. Zuerst das Glas austrinken, eine Dusche nehmen und frische Kleidung anziehen; einen kurzen Abendspaziergang ohne Ziel – dabei vielleicht irgendwo einkehren und etwas essen und trinken; abschließend im großen oder kleinen Bogen – je nach Müdigkeitsfaktor – zurück zum Hotel und langsam in den Schlaf finden.

Mona war eine Stunde früher als Olos angekommen. Sie war ebenfalls mit dem Zug gefahren und überlegte, nachdem sie auf dem Bahnsteig gewartet hatte, bis der Zug wieder abgefahren war, wie sie zum Hotel ‚Hinter der Neustadt' kommen sollte. Auf dem Stadtplan schien ihr der Weg etwas zu lang, um ihn mit dem Koffer zu Fuß zu gehen. Ein Taxi wollte sie nicht nehmen; das erschien dekadent. Also studierte sie den Fahrplan des Nahverkehrs und nahm den nächsten Bus in Richtung Norden; irgendwo würde sie schon in der Nähe des Hotels aussteigen und den Rest zu Fuß gehen können. Auf der Fahrt blickte sie aus dem Fenster und genoss lächelnd die ersten Eindrücke der für sie neuen Stadt. Sie war gierig auf das Neue: auf die nächsten Tage, auf die Informationen über Storm, auf die Seeluft und die Spaziergänge am Meer und auf das, was sie jetzt noch nicht wissen konnte. Sie erinnerte sich an die Reisen mit der Familie, aber besonders an die, die sie mit ihrem Vater alleine unternommen hatte – nach Barcelona, Málaga, Hamburg, Wien und andere: Sie war damals zwischen zwölf und fünfzehn Jahre alt gewesen, ihre jüngere Schwester zwei Jahre jünger, ihre ältere zwei Jahre älter; die eine zu klein und desinteressiert, die andere zu alt und desinteressiert. Deshalb konnte sie es auch genießen auf diesen Reisen ihren Vater ganz für sich allein zu haben. Es war so toll, dass sie nicht diskutieren mussten, weil sie alles gemeinsam anschauen wollten und echtes Interesse in den Dingen bestand, die sie ansehen und erfahren wollten. Mit den anderen gab es immer Diskussionen und Abstriche: Mal wollte Cristina nicht, mal wollte Mammi nicht, mal wollte Mercedes nicht; das nervte. Aber wenn sie alleine waren, gab es kein ‚aber' oder ‚wir könnten doch lieber'. Ihr Vater machte einen Vorschlag, und sie gingen. Oder sie machte einen Vorschlag, und sie gingen; immer abwechselnd, immer einverstanden, immer zufrieden nebeneinander spazieren zu können. Und das Eis zwischendurch, das sie bezahlte, und das Abendessen in einem feinen Restaurant, das er bezahlte. Schön war das.

Vor drei Jahren ist er an ALS erkrankt – der bisher schrecklichste Moment in Monas Leben, die einschneidenste Erfahrung bisher. Aber sie hatte es überwunden – gelitten und überwunden – geweint und überwunden, weil ihr Leben noch nicht zu Ende war. Und jetzt dachte sie daran, dass ihr Vater sie begleiten würde in Husum, das er einmal allein besucht hatte. Naja, eigentlich nicht allein; aber Mammi durfte davon nichts wissen. Er hatte es nur ihr erzählt, seiner zweiten Tochter, weil er wusste, dass er ihr vertrauen konnte und sie ihn gefragt hatte, warum sie nicht gemeinsam führen. Er hatte sie nicht angelogen, indem er gesagt hätte, dass er allein sein müsse. Nein. Er hatte ihr gesagt, dass er dort eine alte Freundin träfe und die Zeit gern mit dieser allein verbringen wollte. Also nicht allein, sondern mit einer Frau allein. Mona hatte kurz nachgedacht und sich vergewissert: „Willst du uns verlassen? Oder kommst du wieder?"

„Natürlich verlasse ich euch nicht. Und natürlich komme ich wieder. Aber ich möchte diese vier Tage mit dieser alten Freundin verbringen. Kannst du das verstehen?"

Nach einem Moment des Nachdenkens sagte die dreizehnjährige Mona nur: „Ja, das kann ich verstehen. Aber ich warte auf dich. Und komm bitte wieder!"

Sie umarmten sich heftig. Und da wusste Mona, dass ihr Vater wiederkommen würde.

Als sie im Hotel ankam, spürte sie plötzlich die Anstrengung, die sie die Reise gekostet hatte. Es war zwar nicht so weit von Köln nach Husum; aber trotzdem musste sie stundenlang in einem viel zu engen Zug sitzen und die vielen anderen Menschen um sich herum ertragen: einen aufdringlichen Mittdreißiger, der meinte, dass sie seine Erzählungen von seinem so genannten erfolgreichen Berufsleben interessierten, doch sie eigentlich nur ficken wollte. Daraufhin der Schaffner, der ihr Fragen zur weiteren Reise stellte und dachte, dass seine Uniform auf sie Eindruck machen würde; auch er wollte sie eigentlich nur ficken. Außerdem dieses quasselnde Ehepaar aus Wuppertal, das stinkende Käsebrote auspackte und bis Osnabrück nur Scheiße laberte. Der Ehemann schaute ihr zwischendurch unauffällig auf die Brüste und wollte sie eigentlich auch nur ficken.

Aber das war jetzt vorbei. Sie lag rücklings auf dem Bett und schaute entspannt an die Decke. Sie dachte an die 119,-€ pro Nacht für das Zimmer und überlegte, ob sie bereuen sollte so viel Geld für ein paar Tage und eine spontane Laune ausgegeben zu haben. Doch sie kam zu dem Ergebnis, dass irgendetwas sie schließlich dazu gebracht und davon überzeugt hätte. Und sie dachte an ihren Vater und den Moment einfach hier sein zu können – es sich einfach leisten zu können (Zeit, Geld, Lust). Und dann war sie froh es gemacht zu haben – sich entschieden zu haben jetzt hier zu sein. Sie stand auf, inspizierte die Räume und Schränke und fand unter der Garderobe eine kleine Minibar vor, der sie einen Piccolo entnahm. Sie setzte sich auf den alten, gepolsterten Stuhl am Fenster, goss sich ein Glas ein und blickte aus dem Fenster hinaus auf einen kleinen Teich, auf dem ein Entenpärchen ruhig und sorglos über die Oberfläche glitt – er hinter ihr aufpassend, sie ab und zu gründelnd. Mona musste lächeln und trank den Piccolo gut gelaunt aus. Sie zog sich aus und ging unter die Dusche. Während das warme Wasser auf sie herabprasselte, überlegte sie, wie sie den Abend verbringen könnte. Wahrscheinlich würde sie noch einmal rausgehen und einen Spaziergang machen. Der Abend war nicht verplant. Vielleicht würde sie sich auch noch kurz an die Hotelbar setzen und den Plan für den nächsten Tag schmieden, obwohl sie eigentlich schon wusste, was sie vorhatte.

Olos hatte in einer der gemütlichen Innenstadtkneipen ein paar Biere getrunken und schlenderte durch die Straßen, als er ein Schild entdeckte, das auf den nahegelegenen Schlosspark hinwies. Da er schon einmal in der Nähe war, bog er ab und ging den Weg in Richtung Storm-Denkmal. Schon von weitem sah er den alten Dichter und lächelte ihm entgegen. Vor der Statue stand eine junge Frau – vielleicht dreißig Jahre alt – und schien ebenfalls den Verfasser so vieler ihrer Gedanken zu begrüßen.

Als Olos näherkam, blickte die junge Frau kurz zur Seite zu ihm hin und wandte sich wieder der Statue zu. Es war dunkel geworden. Deshalb verabschiedete sie sich wortlos und ging in die entgegengesetzte Richtung von der, aus der Olos kam. Dieser schaute der Frau etwas länger hinterher, während er gleichzeitig auf das Denkmal zuging. ‚Bestimmt auch eine Verehrerin‘, dachte er und lächelte. In dem Moment schaute sich die Frau noch einmal kurz zu ihm um. ‚Eine kurze, aber schöne Begegnung', dachte Olos. ‚Und ein positives Zeichen. Vielleicht sehe ich sie ja noch einmal wieder. Dann werde ich sie ansprechen. Aber beim ersten Mal scheint das wohl etwas ungeschickt'. Außerdem war ihm im Moment auch gar nicht nach reden. Er wollte schweigen und betrachten – für sich sein.

Mona stand vor dem Storm-Denkmal und blickte hinauf in die bronzenen Gesichtszüge des alten Dichters.

„Tja, da bin ich nun, Herr Storm. Ich freue mich Sie kennen zu lernen." Sie lächelte, zog eine Reclam-Ausgabe aus der Jackentasche und las ‚Die Stadt' mit leiser Stimme vor. Das hatte sie sich als Begrüßungsritual schon vor der Reise überlegt. Und nun stand sie in diesem Moment an diesem Ort, allein, und konnte ihr Vorhaben in die Tat umsetzen; kein Mensch war in der Nähe. Sie las langsam und endigte: „Doch hängt mein ganzes Herz an dir, Du graue Stadt am Meer; der Jugend Zauber für und für ruht lächelnd doch auf dir, auf dir, Du graue Stadt am Meer." Da bemerkte sie, ohne dass sie etwas gehört hatte, in noch sicherer Entfernung eine Person hinter sich. Sie drehte sich um und sah einen etwa fünfundvierzigjährigen Mann auf sie zukommen. Wahrscheinlich kam er nicht zu ihr, sondern wollte auch das Denkmal betrachten. Aber es war schon dunkel; und sie hatte keine Lust auf Auseinandersetzungen oder Belästigungen. Sie ging in die entgegengesetzte Richtung von der, aus der der

Mann kam, und nahm Kurs auf ihr Hotel. Dort würde sie sicher noch ein wenig lesen und bald einschlafen können. Der Tag war lang genug gewesen.

Olos betrachtete die bronzenen Gesichtszüge und hielt stumme Zwiesprache mit seinem Bruder im Geiste, dachte an Ausschnitte aus dessen Leben und sinnierte über den rätselhaften Ausdruck um dessen Augen, der irgendwo zwischen Glück und Trauer zu finden war. Bevor auch Olos sich wieder auf den Rückweg machte, rezitierte er sein Lieblingsgedicht, begann leise mit „Ein Punkt nur ist es, kaum ein Schmerz ..." Und endigte mit etwas stärkerer Stimme mit der letzten Strophe: „So seltsam fremd wird dir die Welt, und leis verlässt dich alles Hoffen, bis du es endlich, endlich weißt, dass dich des Todes Pfeil getroffen." Er war zwar erst fünfundvierzig. Doch meinte er schon fühlen zu können, wie das Leben sich verabschiedet – langsam, aber stetig. Er hatte diese Momente schon erlebt, die ihm offenbarten, dass es eine Müdigkeit gibt, die sich nicht mehr vertreiben lässt; dass es die Auffassung gibt, dass man alles erlebt zu haben meint und ein Hang zum Nicht-mehr-Sein sich breitmacht; dass es eine Zeit gibt, in der der Tod willkommen sein wird.

Er ging in Richtung Süden und war nach zwanzig Minuten in seinem Hotel angekommen. Er zog seine Schuhe aus und bereitete alles für die letzte Stunde dieses Tages vor: Das Glas und die Flasche auf den Nachttisch, das Buch mit den Storm-Gedichten daneben, Zigaretten und Aschenbecher in Reichweite, das Licht gedämmt. Er setzte sich aufs

Bett und las noch etwa eine Stunde, bis ihm die Augen zufielen und er nach dem langen Tag in einen schnellen Schlaf verfiel.

Am nächsten Tag hielt er sich nicht lange am Buffet auf und frühstückte wie immer zügig. Er hatte einen Blick auf den Stadtplan geworfen und begann mit einem Bummel im Binnenhafen. Er sah sich die Fassaden der alten Häuser an und bewunderte vor allem die Eisenbahnbrücke, die hochgeklappt werden konnte, wenn größere Schiffe in den Binnenhafen einlaufen wollen. Olos ging die Hafenstraße entlang, kehrte in die Wasserreihe und besuchte das Storm-Haus. Nach einer knappen Stunde bummelte er langsam in nördlicher Richtung durch die westliche Seite der Stadt, machte nach dem Mittagessen einen Bogen, der ihn wieder in den Schlossgarten führte und beendete seinen ersten vollständigen Tag mit dem Besuch des Schlosses, wo er auch Material für seinen Artikel fand, das er in einem gemütlichen Lokal schon einmal sichten wollte. ‚Genug Kultur für heute', dachte er. ‚Den Abend will ich einfach nur ausruhen.'

Mona hatte lange geschlafen und die Frühstückszeit verpasst. Deshalb suchte sie das nächste nette Café auf und setzte sich auf einen Pott Kaffee und ein Rundhörnchen an einen kleinen Tisch vor das Haus.

Die Stadt roch nach altem Holz und nassen Steinen – ein seltsam eigentümlicher Geruch, den sie noch nirgendwo wahrgenommen hatte. Das war wohl der typische Husum-Geruch, dachte sie und speicherte ihn in ihrem inneren Aromenkästchen ab. Plötzlich dachte sie jedoch an ihren Vater, sah ihn vor sich stehen und lächeln. Und da erinnerte sie sich, dass sie diesen Geruch doch schon einmal wahrgenommen hatte: Ihr Vater roch danach, als er aus Husum zurückgekehrt war und sie umarmte. Er trug dieses schwarze Wolljackett, das er am liebsten anhatte, und legte seine rechte Hand um ihren Hinterkopf, was sie so gerne mochte, während sie ihre Nase an seine Brust drückte und tief einatmete – still in sich hineinlächelnd.

Jetzt lächelte sie wieder. Vielleicht war er ja auch durch diese Straße gegangen – mit ihr zusammen, der fremden, unbekannten Frau; vielleicht eine schöne, geheimnisvolle Frau in einem langen Mantel – Händchen haltend und sich ab und zu zulächelnd, sich umarmend, küssend, verliebt eben. Mona konnte ihrem Vater nicht böse sein. Sie war es damals nicht gewesen und hatte jetzt erst recht keinen Grund dazu. Im Gegenteil: Sie freute sich für ihren Vater, dass er diese Momente hatte erleben dürfen. Sie war sich nicht sicher, ob sie wegen ihres Vaters so dachte, oder ob sie unabhängig von ihm und selbstständig einmal zu dieser Überzeugung gelangt war: Zumindest war es für sie eine Tatsache, dass Menschen nicht monogam sind. Nicht nur Männer. Mit ihrem Vater hatte sie nie über dieses Thema gesprochen. Dazu war sie damals viel zu jung. Und als sie hätten darüber sprechen können, nachdem auch sie ihre Erfahrungen gemacht hatte, war das Thema unwichtig geworden. Aber sie war sich inzwischen sicher, dass sowohl Männer als auch Frauen einfach so ausgestattet sind, nicht unbedingt mit einem Partner und schon gar nicht das ganze Leben zusammen zu bleiben. Das entspricht nicht der menschlichen Natur, war nur wieder eines dieser von Lobbyisten aufgezwungenen, idiotischen Gesetze, die Menschen nur unglücklich oder zu Betrügern machen. Wenn Frauen an diesen Humbug glauben, dass man seine Liebe fürs Leben finden kann, und sei es auch nur in Form eines durch den Ehemann gesicherten und versorgten Daseins, sollen sie eben in diesem Glauben weiterleben. Irgendwann werden sie aufwachen und wie die Araber, die Europa mit seinen überquellenden Flüssen besuchen, entsetzt feststellen, dass ihre brutalen Führer sie mit ihrer selbstgefälligen Religion nur verarscht haben.

Mona liebte ihren Vater. Und sie liebte die Wahrheit. Und sie genoss diesen Moment, in dem sie hier im Café saß und diese freidenkerischen Gedanken hatte. Vielleicht mochte ihr Vater sie deshalb auch mehr als die anderen Töchter. Mercedes heiratete mit fünfundzwanzig, nachdem sie zwei Ausbildungen abgebrochen hatte. Und sie war so glücklich, ihren Steffen gewonnen zu haben: Zahnarzt, reiche Eltern, Sportwagen. Sie glaubte das große Los gezogen zu haben. Nach drei Jahren stellte sich das Ganze allerdings als Niete heraus: Steffen fand Susi mit den blonden Haaren doch attraktiver. Denn die war sportlich, sprach nicht von Kindern und war eine Granate im Bett; außerdem hatte sie im Bereich Marketing eine ganze Menge drauf, reiste nach Singapur und in die USA, passte überhaupt besser zu ihm, wie er fand. Dass er bereits mit Mercedes einen Nachfolger bzw. einen Erben für die Familie gezeugt hatte, störte ihn nicht besonders. Er überwies Mercedes per Dauerauftrag genug Geld und legte keinen gesteigerten Wert darauf, seinen Sohn zu sehen. Das war doch irgendwie alles zu früh passiert, wie er fand. Und eigentlich sei er auch noch zu jung, um jetzt schon jeden Abend wie ein Sesselfurzer zu Hause zu verbringen und sich von den Tagesberichten seiner Ehefrau über die Entwicklung ihres Kindes langweilen zu lassen. Das Leben hatte doch mehr zu bieten, wie er feststellte. Und Susi war einfach toll.

Cristina dagegen schien sich nicht richtig im Griff zu haben. Sie hatte nach jeweils sechs Monaten einen neuen Freund und nahm es mit der Verhütung nicht allzu genau. Zwei Abtreibungen und eine Fehlgeburt hatte sie hinter sich gebracht. Und was die Ausbildung betraf, konzentrierte sie sich nicht auf das Wesentliche. Sie verfolgte zwar irgendwie eine durchgehende Linie; aber oft kam irgendetwas dazwischen, so dass sie wichtige Prüfungen nicht schaffte und immer wieder ein halbes Jahr dranhängen musste, um es noch einmal zu versuchen. Ihr Vater hatte mehrmals mit ihr gesprochen und sie seiner Unterstützung versichert; doch Mona wusste, dass er in seinem Inneren nicht überzeugt war und nur geduldig blieb, weil er eben der Vater war und niemanden im Stich ließ. Er war noch ein Mann, der nach dem Beischlaf und der Entstehung von Nachwuchs Verantwortung übernahm – egal, was passierte. Er ertrug Rückschläge, bezahlte doppelt für seine Töchter, verhalf ihnen zu weiteren

Möglichkeiten; mit einem Wort: blieb an ihrer Seite, bis sie es geschafft hatten. Vielleicht war sie auch gestern deswegen so lange vor dem Storm-Denkmal stehen geblieben, weil sie in den bronzenen Gesichtszügen eigentlich ihren Vater erkannte oder sehen wollte.

Sie bezahlte das Frühstück und flanierte in Richtung Schlossgarten, sah in die Schaufenster der kleinen Geschäfte und genoss die freie Zeit. Im Park angekommen verlangsamte sie ihren Schritt noch mehr und beobachtete die Enten und Möwen am Schlossgraben, wie sie hin und her schwommen, aufflogen und nach Futter schnappten. Ihr ging regelmäßig das Herz auf, wenn sie Möwen sah, denn diese Vögel waren für sie der Inbegriff für Freiheit und Leben am Meer. Und jedes Mal, wenn sie welche traf, schickte sie ihre Wünsche zu ihnen und schwebte mit ihnen dem Meer entgegen. Wenn sie ihre Existenz tauschen könnte, würde sie das Leben einer Möwe wählen. Sie glaubte daran, dass ein Möwenleben manchmal besser sei als das eines Menschen.

Sie ging in das Schloss, um sich in die alte Welt hineinzuversetzen. Und als sie die alten Möbel und Türen sah, stellte sie sich die Frauen und Männer vor, wie sie in ihren alten Kleidern miteinander sprachen, in einer Ecke ein Buch lasen oder rauschende Feste feierten, wahrscheinlich die gleichen langweiligen Gespräche führten wie die Leute bei heutigen Gesellschaften. Mona wandelte durch die Räume und blickte sich aufmerksam um. Als sie an einem Fenster verweilte und etwas verträumt auf den Schlosspark schaute, meinte sie den Mann von gestern Abend zu sehen, der gerade auf einem der Wege in Richtung Schloss ging. Der Mann blickte zu ihr hoch, als er kurz vor dem Eingang angekommen war und lächelte. Mona wandte sich vom Fenster ab und wandelte weiter durch die Räume in Richtung Ausgang. Sie hatte alles gesehen und wollte weiter, wieder an die frische Luft und noch einmal an den Möwen vorbei, um ihnen weitere Wünsche mit auf den Weg zu geben.

Sie hatte noch genug Zeit, um sich das Storm-Haus anzusehen. Es war nicht weit bis dorthin; und schließlich wollte sie noch etwas schaffen, bevor die Sehenswürdigkeiten schlossen. Im Haus des sensitiven, alten Mannes sah sie Manuskripte mit seiner gleichmäßigen Handschrift, das mit einer Schleife unter die Grundlinie gezogene, kleine ‚h' und das altdeutsche ‚z', wie es ihr Großvater auch noch geschrieben hatte.

Alle Gegenstände riefen Erinnerungen hervor und luden zu Geschichten ein: Das Viola-Tricolor-Zimmer, die Geschirrstube und das Wohnzimmer, in dem sie das Tafelklavier überraschte. Denn noch nie hatte sie daran gedacht, dass Storm auch Klavier spielte, obwohl es ihr jetzt, als sie davorstand, selbstverständlich erschien, dass jemand, der schreibt, auch eine starke Zuneigung zur Musik empfindet. Musik und Literatur laden gleichermaßen dazu ein sich für einen Moment oder etwas länger in andere Welten und andere Leben zu begeben – Welten und Leben, die nicht unbedingt einfacher scheinen, aber aus der heutigen Perspektive übersichtlicher sind, weil sie abgeschlossen waren. Und oft tröstete es Mona, wenn sie etwas las, das jemand vor Jahrhunderten geschrieben und dabei die gleichen Gedanken, Gefühle und Erkenntnisse geäußert hatte wie sie sie in ihrem eigenen Leben vorfand. Es ist einfacher, sich damit abzufinden, dass wir nicht zum Glück geboren sind, sondern einfach nur eine gewisse Zeit lang existieren. Ob wir dabei glücklich oder unglücklich sind, spielt keine Rolle. Wir leben und sterben – wie die Vögel. Manche fallen nach dem Schlüpfen aus dem Nest und werden gleich gefressen oder erfrieren. Andere haben noch die Möglichkeit fliegen zu lernen und erforschen ihre Umgebung, fressen täglich, scheiden die Endprodukte wieder aus und sterben etwas später – wie wir Menschen. Welche Rolle spielt es, ob wir gelebt haben oder nicht? Welche Rolle spielt es, wie lange wir gelebt haben? Keine.

Als sie wieder auf der Straße stand, lenkte sie ihren Schritt in Richtung Binnenhafen. Sie ging zuerst die Wasserreihe entlang und bis zum Alten Rathaus. Dort kehrte sie um und umrundete den Binnenhafen, kam an der hochziehbaren Eisenbahnbrücke vorbei und steuerte vom Zingeldamm ab in Richtung Hotel. Genug für heute, dachte sie. Vielleicht noch irgendwo in Ruhe einen Wein trinken, wo sie kein samenverstreuendes Männchen angeilen würde, und ein bisschen nachdenken oder vielleicht lesen. Morgen war ja auch noch ein Tag. Und das Heute war schön: entspannt, interessant, ungewöhnlich, neu und bald zu Ende.

Am nächsten und letzten Tag ging sie nach dem Ausschlafen zuerst in das Schifffahrts- und danach ins Nordsee-Museum, in dem sie noch einmal die Welt Theodor Storms und ihrer Sehnsucht anschauen konnte. Sie wandelte still durch die Räume und genoss den Anblick jeden Gegenstands. Jedes Tier, jede Schiffsplanke und jedes Foto schien ihr plötzlich einen Sinn zu ergeben, eine Aufgabe zu haben. Auch wenn es noch so unscheinbar war und die meisten Menschen hier in dieser versteckten Ecke Norddeutschlands nicht interessierte, bekam es für Mona eine Bedeutung. Es wurde zu einem positiven Teil in ihrem Leben und zu etwas Positivem, an das sie sich erinnern konnte. Ihr wurde hier klar, dass die vielen kleinen Dinge, die sie in ihrem Leben gesehen hatte, allein diesem Zweck dienten: Das eigene Leben zu erhellen und zu bereichern. So hat auch die Kalkschale einer Muschel, die schon lange nicht mehr lebte und daraus verschwunden war, die Aufgabe durch ihre Farbe und Form zu erfreuen und durch ihre Anordnung in unserer Wohnung und in unserem Gedächtnis unser Leben und unser Wohlbefinden mitzugestalten. Darin besteht eben auch der Unterschied und die Unkenntnis anderer Menschen: Ein Gegenstand, der für viele ohne Wert und Nutzen ist, stellt für uns manchmal eine ganze Welt und wertvolle Erinnerung dar und ist so ein nützlicher Begleiter unserer Gedanken und unseres Alltags.

Bei dem Anblick eines Tintenfasses im Museum dachte Mona zum Beispiel an ihr eigenes Tintenfass auf ihrem Schreibtisch. Und als sie das Bild hervorrief, wie das Fass im Sonnenschein neben dem Füllfederhalter stand, wurden Briefe und Empfänger evoziert. Themen tauchten wieder auf, die irgendwo im Verborgenen geschlummert hatten und die sie meinte verloren und vergessen zu haben.

Nachtstunden formulierter Gefühle traten wieder in den Vordergrund ihrer Betrachtung und versicherten sie eines reichen Schatzes, den kein anderer entdecken und entwenden konnte, weil er sicher und für andere unauffindbar war.

Nun sammelte sie neue Kostbarkeiten ein und legte sie an die Seite der vielen Preziosen in einem der vielen Gänge ihrer geheimen, unterseeischen Grotte.

Sie schlenderte nach den Museumsbesuchen langsam durch die Altstadt in Richtung Meer und ging den Porrenkoogsweg entlang, von dem aus man direkt auf die Verlandungsflächen vor der Küste sehen konnte, wo Buhnen und Lahnungen künftiges Weideland vorbereiten sollen. Auch hier wieder die Frage, ob sich der ganze Aufwand lohnen wird. Oder ob es eigentlich nicht zu spät oder umsonst ist, einer Gewalt wie dem Meer diese paar Hektar abtrotzen zu wollen. Doch wir drücken auch ein Herz mit zwei Namen in den feuchten Sand an der Wasserlinie eines Strandes, obwohl wir wissen, dass die heranrollenden Wellen alles in ein paar Minuten oder spätestens einer Stunde mit sich ins Unsichtbare gezogen haben werden. Wichtig allein für uns wohl nur die Tatsache, dass es einen Moment existiert hat – wie unser gesamtes Leben: Wichtig allein wohl nur für uns.

Olos hatte alles gesehen, was er sich zu sehen vorgenommen hatte und verbrachte den gesamten letzten Tag seines Aufenthaltes im Kreisarchiv in der Asmussenstraße. Dort fand er alles, was er für seinen Artikel brauchte. Er fand sogar viel mehr dort, so dass er schon überlegte, ob er nicht irgendwann – oder lieber gleich – ein Buch über die deutsch-dänischen Verhältnisse schreiben sollte. Aber im nächsten Moment wusste er bereits, dass das wieder einmal einer dieser Über-das-Ziel-hinaus-schießen-Gedanken war. Der Aufwand für ein solches Buch war viel zu hoch, als dass es sich lohnen würde; ‚lohnen' im Sinne von Geld verdienen und geistiger Befriedigung. Zu gering war das Interesse an diesem Thema. Zu wenige Leute interessierten sich für diese Nische der Geschichte. Schon bei der Verlagssuche würde er wahrscheinlich wahnsinnig werden. Um das zu verhindern, ließ er den Gedanken wieder fallen und konzentrierte sich auf den Artikel. Ein bisschen Anspruch lässt sich in einem geeigneten Blatt unterbringen, aber nicht die volle Ladung. Das verkraften die meisten Menschen nicht. Einen Säugling sollte man schließlich auch nur löffelweise füttern und ihm nicht die ganze Schale auf einmal in den Hals stopfen; er würde ersticken – und später keine Zeitungen mehr kaufen können.

Am späten Nachmittag hatte Olos so viel Material zusammengetragen, dass er dieses Gefühl des perfekten Vorbereitetseins verspürte und sich für die getane Arbeit belohnen wollte. Er spazierte mit seinen Kopien und Aufzeichnungen quer durch die Stadt in Richtung Nordwesten und schritt den Porrenkoogsweg südwärts ab, blickte zum Abschied noch auf die Verlandungsflächen sowie den ewigen Kampf der hiesigen Bevölkerung gegen das Meer und kehrte in der Nähe seines Hotels in den

‚Leuchtturm' ein, wo er sich auf das letzte Abendessen und ein paar Biere freute, um seinen Husumbesuch gebührend abzuschließen.

Während das Mahl in der Küche vorbereitet wurde, lächelte er auf den Stapel Papiere hinab, der vor ihm auf dem Tisch lag, und ließ den Abend in Vorfreude auf die Arbeit der nächsten zwei Wochen beginnen.

Am nächsten Tag standen Olos und Mona gegen zehn Uhr auf dem Bahnsteig und warteten unter anderen Reisenden auf den Zug in Richtung Süden. Sie standen etwa einhundert Meter voneinander entfernt, aber konnten sich aufgrund der anderen, zwischen ihnen stehenden Personen nicht sehen; sonst hätten sie sich vielleicht erkannt und sich an ihre erste Fast-Begegnung erinnert und sich eventuell angesprochen. So stiegen sie in unterschiedliche Waggons ein und suchten sich ihren reservierten Platz – Mona in einem Großraumabteil am Fenster, Olos in einem anderen Großraumabteil am Gang. Sie wollte den garantierten, freien Blick nach draußen, er wollte die garantierte Freiheit, jederzeit aufstehen zu können, ohne jemanden bitten zu müssen ihm das Aufstehen zu ermöglichen.

Auf der Fahrt nach Hamburg riefen beide die in den vergangenen Tagen gespeicherten Bilder in ihren Köpfen in Erinnerung und saßen teilweise gleichzeitig wie verzaubert da und starrten über die saftigen Felder Dithmarschens hinweg auf den Horizont. Beide hatten, bevor sie sich setzten, ein Buch aus ihren Taschen genommen und es in der Absicht auf den Schoß gelegt, es nach Anfahrt des

Zuges aufschlagen zu wollen. Mona hatte sich in einem Husumer Buchladen einen Band mit Briefen Storms gekauft. Olos hatte im Schloss ein kleines Büchlein über die Herzöge von Schleswig-Holstein-Gottorf erstanden und staunte später darüber, dass aus diesem kleinen Adelsgeschlecht schwedische Könige und russische Zaren hervorgingen. (Die Welt war noch kleiner als er dachte.) Aber beide kamen nicht zum Lesen, weil die neuen Eindrücke und das abwechslungsreiche Wolkenbild am Himmel sie davon abhielten, sich auf etwas Anderes zu konzentrieren.

In Hamburg stiegen sie gleichzeitig aus dem Zug und gingen zu ihren Anschlusszügen – Mona auf Gleis 5 in Richtung Köln, Olos auf Gleis 12 in Richtung München. Sie nutzten den kurzen Aufenthalt, indem sie sich in den Raucherbereichen auf den Bahnsteigen eine Zigarette anzündeten und so auf ihre Verbindung warteten.

Auf den mehrstündigen Fahrten in Richtung Wohn- und Arbeitsort fanden sie ausreichend Zeit und Gelegenheit sich ihren Lektüren zu widmen. Sie kauften sich zur gleichen Zeit einen Kaffee beim mobilen Getränkeverkäufer und legten bei der Gelegenheit eine Lesepause ein, in der sie wieder aus dem Fenster in den wolkenreichen Himmel schauten und die Farbspiele der Sonne an den weiß-grauen und zum Abend hin langsam rosagelb werdenden Gasgebilden beobachteten.

Zu Hause angekommen packten sie als erstes den Koffer aus und sortierten den Inhalt wieder an die angestammte Stelle im Regal, im

Kleiderschrank oder auf der Ablage der Kommode. Der Koffer wurde im Kellerraum verstaut und das Abendessen zubereitet. Da sie vor der Reise keine frischen Sachen eingekauft hatten, schoben sie eine Pizza in den Ofen und duschten.

Der Abend verlief ruhig und entspannend. Und beide gingen früher ins Bett als sonst, denn sie waren sehr müde.

7. Neue Liebschaften

In der neuen Wohnung lebte Mona nun schon vier Monate. Sie hatte nur zwei Wochen bei Monika übernachten müssen, als sie von einem Kollegen hörte, dass seine Mutter gestorben sei und die Familie eine Nachmieterin suche. Das ‚super‘ als Reaktion auf diese erfreuliche Nachricht unterdrückte sie gerade noch, wollte sie es doch nicht so aussehen lassen, als ob sie sich über den Tod der Mutter freue. Aber super war es trotzdem. Denn der Kollege unterließ jedwede Anzeigenschaltung und sprach ihr die Wohnung sofort zu. Sie konnte sofort einziehen, weil sowohl die tote Mutter als auch die gesamte Einrichtung bereits weggeschafft worden waren.

Am ersten Tag stand sie in einer fast leeren Wohnung; nur die Küche und das Badezimmer waren komplett eingerichtet, worüber sie sehr froh war. Aber sie hatte kein Bett, keinen Schreibtisch, keinen Kleiderschrank und keinen Lesesessel. Nebenbei fehlten ihr noch die vielen kleinen Dinge wie Bilder,

Regale und Ablagen jeder Art, die eine Wohnung gemütlich machen – die Harlekin-Marionette, die sie einmal von ihrem Vater bekommen hatte; diverse Muschelgläser aus den verschiedenen Urlauben, die alte Standard-Schreibmaschine und zwei Stehlampen. Aber das kaufte sie nach und nach in den ersten zwei Wochen oder holte es aus der alten Wohnung, so dass sie das Studenten-Besucher-Übernachtungsgefühl bald wieder loswurde.

Sie konnte jetzt wieder Zwiesprache mit Federico García Lorca halten, der sie von der Wand mit seinen südspanischen Augen durchdringend ansah, oder das gerahmte Gedicht von Gustavo Adolfo Becquer lesen, während sie davorstand und an dem Weinglas nippte, mit dem sie das Wochenende einläutete.

Die Bücher waren jetzt auch wieder alle vollständig. Jörg war so nett gewesen und hatte sie vorbeigebracht und sogar in den dritten Stock getragen. Sie hatte das nach ihrer Flucht nicht erwartet. Aber er schien die Trennung leichter verkraftet zu haben, als sie dachte. Er schaute sie zwar nach getaner Arbeit noch einmal lange an, als ob er ihr die Gelegenheit geben wolle, alles noch einmal zu revidieren. Doch es war entschieden, und ehrlich gesagt, war sie froh, dass sich die Gelegenheit ergeben hatte sich von ihm zu trennen. Ein Zurück würde es mit Sicherheit nicht mehr geben. Sie hatte nicht nur die Zeit nach der Trennung genossen, sondern sich auch längst schon wieder an das Leben mit sich allein gewöhnt. Die Lücke, die aus dem Fehlen einer täglichen Gewohnheit entstanden war, schloss sich relativ schnell, nachdem diese Gewohnheit erst einmal beseitigt war. So groß kann sie also nicht gewesen sein.

Im gerade angefangenen Semester saß ein junger Litauer in ihrem Literaturseminar, der ihr unter den siebzehn Studierenden nicht nur deswegen aufgefallen war, weil er aus Klaipėda stammte, sondern weil er sie in der ersten Stunde auch in Verlegenheit gebracht hatte. Als er sich vorstellte, erwähnte er, dass er in Klaipėda Architektur studierte und nur ein Semester lang in Köln bliebe, um Deutschland kennen zu lernen und sein Deutsch zu verbessern. Auf die Frage, warum er in diesem Fall bei ihr im Spanisch-Literaturseminar säße, antwortete er: „Weil ich auch Spanisch lerne und Sie eine wunderschöne Frau sind."

Zuerst war es still im Raum. Nach ein paar Sekunden jedoch kicherten und tuschelten ein paar Studentinnen. Mona und Mindaugas sahen sich an – er lächelnd, sie ernst, weil sie überlegte, ob er sich über sie lustig machen wollte oder es ehrlich meinte. Doch sie begann ebenfalls zu lächeln und antwortete: „Danke für das Kompliment! Sie sind aber auch ein Hübscher." Jetzt wurden die Studentinnen ernst und tuschelten wieder.

In den kommenden Wochen brachte er ihr zu jeder Veranstaltung etwas aus seinem Heimatland mit, zuerst das eine oder andere Landschaftsfoto, das er ihr überließ, später kleine Keramikarbeiten wie Figuren und Vasen, darunter auch eine Teufelsfigur. Dazu erklärte er ihr, dass es in Kaunas ein

Teufelsmuseum gäbe, das sie unbedingt einmal besuchen müsse.

Mona unterhielt sich gern mit diesem jungen Mann. Er war frischer als die anderen Studenten, die permanent an ihrem Smartphone herumfummelten, als ob sie keinen Penis mehr hätten. Er schien überhaupt keines zu besitzen, denn sie sah ihn nie telefonieren oder anderen kommunikatorischen Schwachsinn treiben. Und da er aus der Welt ihrer Großmutter kam, nahm sie jede Information über das, was die Leute heute dort machen und denken, dankbar auf.

Eines Tages fragte er sie, ob sie nicht Lust hätte, einmal etwas zusammen trinken zu gehen. Sie schaute ihm in die Augen und überlegte: Lust, Gelegenheit, Dozentin und Student, üble Nachrede, Job, Risiko. Sie antwortete, dass sie es sich überlegen würde. Er müsse es verstehen. Es sei für sie als Dozentin in Deutschland nicht leicht, einfach so mit einem Studenten etwas trinken zu gehen. Darauf entgegnete er: „Das ist in Litauen auch nicht so leicht.", und lächelte. Im Grunde genommen hatte sich in diesem Moment das Überlegen schon erübrigt. Aber sie wollte dem nicht so schnell zustimmen und wirklich noch einmal in Ruhe darüber nachdenken.

Kurz vor Ende des Semesters trafen sie sich schließlich. Allerdings wollte sich Mona nicht mit dem Studenten in einer Bar oder sonstwo sehen lassen, wo eventuell auch andere Studenten oder Dozenten abhingen. Deshalb lud sie ihn zu sich in die Wohnung ein. Schließlich hatte sie jetzt die

Möglichkeit alles zu tun, ohne Jörg vorher fragen oder in Kenntnis setzen zu müssen. Außerdem war das in gewisser Hinsicht auch ihre Retourkutsche für das freche Kompliment Mindaugas' in der ersten Veranstaltung. Und dieses Mal hatte sie das Erstaunen auf ihrer Seite.

Die Wohnung war ja zum Glück inzwischen vollständig eingerichtet, so dass Mona sich den Spaß machte und ein litauisches Gericht kochte. Sie bereitete alles für Zeppelinas vor und war damit fertig, als er klingelte. Sie ließ ihn herein und eine Flasche Rotwein öffnen, während sie die Herdplatte anstellte und die Teigklößchen dreißig Minuten kochen ließ. In dieser Zeit sprachen sie über die vergangene Woche und seine baldige Rückreise nach Litauen. Dabei übergab er ihr das wohl wertvollste Geschenk seiner inzwischen auf dreizehn Stücke angestiegenen Geschenke-Reihe. Es war ein weinbeerengroßer Anhänger aus Bernstein mit Einschluss inklusive silberner Kette dazu.

„Aber – das kann ich nicht annehmen – das ist doch viel zu viel – warum machst du das?", fragte Mona.

„Du bist eine tolle Frau, Mona", sagte er. „Und ich habe nicht geglaubt, bevor ich hierherkam, dass es so etwas wie dich gibt. – Eigentlich habe ich überhaupt nichts gedacht. Ich wollte nur ein Auslandssemester hier verbringen. Und dann habe ich dich kennen gelernt." Er nahm ihre Hand und schaute lange auf die Leberflecke unterhalb ihres rechten Handgelenks, die in Form der Cassiopeia angeordnet waren.

Mona sah ihn an und ließ alle Bedenken fallen. Sie umarmte ihn und küsste ihn auf den Hals. Allerdings war das auch der Anfang eines wunderbaren Austausches an Liebkosungen und Körperflüssigkeiten; denn aus diesem Kuss ergaben sich weitere Küsse auf Hals, Mund und Ohren. Die Kleidungsstücke öffneten sich wie von selbst, und plötzlich war eine halbe Stunde und der erste Geschlechtsverkehr vorbei. Die Zeppelinas waren gar.

Sie aßen und grinsten sich an. Nach dem Essen stand Mindaugas auf und schaute sich etwas in der Wohnung um, während Mona das schmutzige Geschirr in die Küche räumte und ihm jedwede Hilfe dabei untersagt hatte.

Er blieb vor einem Bild Honoré Daumiers stehen und blickte es eine Weile lang an. Als Mona nach dem Aufräumen aus der Küche herauskam, drehte er sich um und fragte sie:

„Hast du das Bild gemalt?"

Mona musste kurz auflachen. „Nein, natürlich nicht. Es ist von Honoré Daumier, einem französischen Maler. Gefällt es dir?"

„Nein. Das Pferd sieht aus, als ob es schon tot wäre. Ein Pferd muss stark sein."

„Aber das muss für das Bild so sein. Es zeigt einen alten Mann auf seinem Pferd, das ebenfalls schon zu alt für Abenteuer ist, die es nicht mehr gibt. Der alte Mann lebt in der Vergangenheit und kann die Wirklichkeit nicht mehr als solche wahrnehmen. Er verkörpert ein überkommenes Ideal, von dem niemand mehr etwas wissen will."

„Warum macht er das? Ist er dement?"

Mona musste schmunzeln. „Vielleicht war er das. Vielleicht war ihm das Neue aber auch einfach nur zu langweilig."

„Dann sollte er Marihuana rauchen."

Mona hatte sich während ihres Gesprächs langsam genähert und umarmte Mindaugas von hinten. Es begann wieder das Spiel von Lippen und Fingern. Da sie ihre Kleidung zum Essen nicht wieder angezogen hatten, entfiel dieses Mal das lästige Ausziehen. Und bis sie erschöpft ins Bett fielen, vergingen noch zwei ruhige und genussreiche Stunden.

Olos hatte seinen Artikel über die deutsch-dänischen Streitigkeiten verkauft und war bei den Recherchen auf neue Themen gestoßen, die ihn zu interessieren begannen: Den Deutschen Orden, die Hanse und schließlich Litauen. Die Existenz jener zwei Welten in Europa, die durch höchste Feindseligkeit getrennt waren, gehörte nun schon über fünfundzwanzig Jahren der Vergangenheit an. Aber außer einem Kurzbesuch in Prag und Weimar konnte er noch keine weiteren Reisen in den ehemaligen Ostblock verzeichnen. Er hatte ein typisch westdeutsches Leben geführt und sah dessen Beschränktheit erst jetzt nach und nach klar vor Augen. Nach dem Sieg der USA über das Deutsche Reich hatte sich schon Vieles amerikanisiert, als er geboren wurde. Alle sagten ‚okay' statt ‚einverstanden' und tranken Cola statt Brause. Die

Austauschprogramme der Schulen waren auf westliche Länder ausgelegt. Also besuchte man als Schüler einer gehobenen Anstalt entweder Saumur in Frankreich, York in Großbritannien oder Philadelphia in den Staaten. Man bereitete sich auf das Leben im Westen vor, da der Osten, der kurz hinter Helmstedt in der Mitte Deutschlands begann, tabu war. Dort hauste der Russe. Dort war alles grau und billig, kein Spaß und nur Bespitzelung, Überwachung und psychische Enge. Sie gingen sogar so weit, dass sie für die westdeutschen Schulkinder Atlanten druckten, in denen östlich des Todesstreifens die Landmassen nur gelb skizziert waren, also keine genaueren geografischen Angaben zu Städten, Bergen oder Flüssen enthalten waren, da das ganze Gebiet östlich von Niedersachsen und Hessen nicht zu interessieren hatte. Es sah aus wie Niemandsland oder Wüste, in die es sich nicht zu gehen lohnte oder in die zu gehen sogar gefährlich werden konnte. Man könnte dort verdursten, weil es ja nichts gab und die Leute nichts hatten.

Und als die Grenzen nach knapp dreißig Jahren endlich wieder geöffnet wurden, hatte Olos seine Kindheit und Jugend bereits so westlich hinter sich gebracht, dass ihn das Dahinter gar nicht mehr interessierte, obwohl sein Vater aus Thüringen stammte. Außerdem hatte er zwei Jahre seines Lebens der militärischen Verteidigung seines Heimatlandes zur Verfügung gestellt und seine Waffe gegen die Aggressoren aus Wittenberge, Halberstadt und Eisenach gerichtet und hielt es danach für unwichtig, seine ehemaligen Gegner, die nun Gleiche sein sollten, kennen zu lernen und all die Länder und Kulturen zu entdecken, die hinter der gelernten Front existierten.

Erst nach und nach, ganz langsam und durch allmähliche und zufällige Begegnungen entwickelte sich wieder die ursprüngliche, durch die Politik verschüttete und bekämpfte Neugier eines Menschen, der nach dem Experiment streitender Ideologien und Demagogen wieder normal geworden war – zu vergleichen mit einem Kind, das wichtige Jahre seines Lebens ein- und weggesperrt gewesen war und nach seiner Befreiung plötzlich entdeckt, dass es neben seinem Kellerverlies auch noch eine andere, viel größere und schöne Welt gibt. Das gilt für die Menschen aus Ost und West gleichermaßen.

Olos fiel mit etwa 45 Jahren auf, dass er Europa nicht kannte. Er hatte lediglich Westeuropa kennen gelernt, hatte alle Länder in dieser Hälfte bereist, aber kein einziges im Osten; und das waren genauso viele. Er fühlte sich plötzlich wie einer dieser Halbmenschen aus Platons ‚Gastmahl‘, die nervös herumlaufen und auf der Welt die andere Hälfte suchen, die zu ihnen passt, weil sie ihre Unzulänglichkeit erkennen und als peinlich empfinden – die Hände vor dem entblößten Geschlecht und gebeugt mit großen Augen einen Schutz suchend.

Inzwischen hatte er einiges an Interesse nachgeholt, hatte sich über Tschechien, Russland, Ungarn und Rumänien informiert, las Artikel über Polen und die Ukraine – hatte Leute aus diesen Staaten getroffen; aber gesehen hatte er nichts. Das sollte sich nun ändern. Er hatte den Großteil seines Lebens gelebt und sich dabei auf Westeuropa konzentriert.

Aber von Spanien und Italien, mit denen er sich während seines Studiums intensiv befasst, und die er oft besucht hatte, war die Trennung bereits vollzogen. Die Vereinigten Staaten waren durch zwei Besuche auch abgehakt. Dänemark blieb aktuell. Aber gerade von Dänemark gelang ihm der gedankliche Sprung ins Baltikum, weil diese Länder viel mehr verbindet als sie durch die Sowjetzeit getrennt hat.

Damit brach ein neues Kapitel in seiner geistigen Auseinandersetzung mit der Geografie seiner Umgebung an. ‚Seltsam, wie auch geistige Grenzen, die man zuvor nicht wahrgenommen hat, fallen können und ganz neue Wege aufzeigen, von denen man vorher zu wissen gemeint hat, dass es sie nicht gibt.‘, dachte er immer öfter.

Eines Abends meldete sich Emily, weil sich ihr Mann wieder auf Geschäftsreise befand. Es war klar, was sie wollte. Und so verabredeten sie sich für das nächste Wochenende. Dieses Mal brachte sie Sushi mit und versprach sich davon, dass Olos nach dem Verzehr besonders gut aufgelegt sein würde, sprich die Erektionen noch länger halten könnte. Sie hatte Fernsehsendungen über fernöstliche Sexualpraktiken und Potenzmittel gesehen und war nun eine Expertin im Bereich von Nashornpulver und Tigerkralle.

Nachdem sie sich ausgetobt hatten, glitt Emily mit ihren Fingern über Olos' Arme, zeichnete kleine, unsichtbare Muster auf seine Haut, kreiste um mehrere Sternbilder wie zum Beispiel um das der Cassiopeia, das sich knapp unterhalb seines linken

Handgelenks befand, und eröffnete ihm, dass sie sich eine längere Zeit nicht sehen könnten. Ihr Mann sei nach Singapur versetzt worden, und schon in einem Monat würden sie gepackt und Deutschland verlassen haben. Sie wartete auf seine Reaktion und erwartete ein kleines Rührstück, eine romantische Abschiedsszene mit ein paar Tränen und ein bisschen Schluchzen. Aber Olos antwortete nur trocken: „Das ist in der Tat ein wenig weit weg.", und schwieg eine Weile. Er verließ das Bett, schenkte sich einen Whiskey ein und stellte sich vor das Bild von Sorolla, das ein kleines Mädchen am Strand zeigte, welches ernst auf die ausrollenden Wellen blickte, während im Hintergrund nackte Jungen im Meer badeten.

„Bist du nicht traurig, dass ich gehen muss?", fragte Emily.

„Siehst du dieses Mädchen?", fragte er.

Emily verließ nun auch das Bett und stellte sich neben Olos.

„Ja. Was ist mit diesem Mädchen?"

„Es darf nicht baden, weil es ein Mädchen ist. Es hat nur dieses Unterkleid und keine Schuhe an, weil es sehr heiß ist. Eigentlich würde es wie die Jungen gern in das kühlende Wasser gehen und ein bisschen plantschen. Aber das ist ihm verboten. Also kann es nur dort stehen und auf das Wasser blicken und sich vorstellen, wie es wäre, wenn es seinen ganzen Körper ins Meer tauchen würde."

Emily schaute einen längeren Moment auf das Mädchen und fragte: „Warum darf es nicht baden? Ist es krank?"

„Nein. Die Kirche hat es verboten. Die Mädchen durften damals nicht Kinder sein. Sie mussten still sein, durften nur reden, wenn sie gefragt wurden, und mussten vor allem ruhig sein und nicht zu viel umherlaufen. Die Kleidung hätte verrutschen können, und man – sprich der Vater und Pater – hätten ihre Beine oder andere entblößte Partien ihrer Haut sehen können."

„Aber das Mädchen ist doch bestimmt nicht älter als acht."

„Spielt keine Rolle. Das gehörte ja bereits zur Erziehung: nicht wild sein, nicht ausgelassen sein, keinen eigenen Kopf haben, sondern gehorchen und dienen. Und in diesem Moment, den Sorolla festgehalten hat, siehst du, dass es gehorcht. Aber sein Blick verrät, dass es nachdenkt und überlegt, ob es noch weiter gehorchen soll, oder ob es das Verbot jetzt nicht einfach missachtet, um sich selbst eine Freude zu bereiten und den erhitzten Körper abzukühlen. Es entdeckt gerade die Stärke seines eigenen Willens und die Möglichkeit zu rebellieren."

„Und die Jungen durften offensichtlich nackt baden. Hatten die Pfaffen denn nichts dagegen. Die haben ihre Haut doch auch gezeigt."

„Nein, dagegen hatten die Pfaffen nichts – aus den bekannten Gründen."

Mona dachte kurz nach. „Ja, ich weiß, was du meinst. Fürchterlich. Aber du hast mir meine Frage noch nicht beantwortet."

„Doch, habe ich. Ich habe dir dieses Mädchen gezeigt. Ich stehe genauso wie dieses Mädchen am Strand und überlege, ob ich rebellieren soll – dich halten und nicht gehen lassen, oder ebenfalls nach Singapur ziehen, mich mit deinem Mann duellieren oder dich einfach entführen soll."

„Oh, mein Held! Das wäre ein Abenteuer. Aber du weißt doch, dass ich meinen Mann auch liebe – wie dich, nur anders. Außerdem…"

„Ja, ich weiß schon. Außerdem kann ich dir diesen Lebensstandard nicht bieten."

„Richtig. Aber das musst du doch auch gar nicht. Das macht doch schon mein Mann."

Olos ließ es dabei. Dies war eben der letzte gemeinsame Abend. Sie würde nach Singapur ziehen, und er würde in München bleiben – oder auch wegziehen. Wer weiß? Alles fließt.

8. Wunsch und Wirklichkeit

Es war wieder einer dieser schönen Sonntage im Sommer: Die Sonne war am Mittag hinter einer dicken, dunkelgrauen Wand aus Wolken verschwunden, und es hatte angefangen zu regnen – erst leicht und leise, dann immer stärker werdend, bis schließlich große Tropfen in großer Zahl und nasser Intensivität auf alles hinabfielen und in eine angenehme Einsamkeit verwandelten. Wo gestern oder am Vormittag noch nervende Familien mit ihren nörgelnden Kindern störten, breitete sich eine Atmosphäre schweigenden Lebens aus – ein Ort meditativer Gelassenheit und ostentativen Glücks. Schon allein die Abwesenheit der Menschen reicht aus, um dieses an Sonnentagen lärmende Grill- und Stimmental in ein ruhiges und naturflüsterndes Paradies zu verwandeln.

Olos genoss es dem Prasseln des Regens auf seinen regenbogenfarbigen Nylonschirm zuzuhören und dabei von der Brücke aus auf die Millionen kleiner Wasserkrater zu schauen, die andere Tropfen in die Oberfläche des dahinfließenden Wassers schlugen. Seine Blicke streiften zwischendurch an den Ufern entlang, entdeckten aber keine anderen menschlichen Wesen, weshalb er mehrmals vor sich hinlächelte und tief ein- und entspannt wieder ausatmete. Und je länger er dort auf den Holzbohlen der Brücke stand, desto mehr fielen die alltäglichen Gedanken über Beruf und Erledigungen von ihm ab, so dass sich ein ungestörtes Betrachten der Natur und deren Vorgänge einstellen konnte, bei dem sein Herz langsamer und regelmäßiger zu schlagen schien.

Auch die Vögel schwiegen, weil ihnen bei all der Nässe nicht nach zwitschern, krähen oder quaken zumute war. Ein Mandarinenten-Pärchen schwamm auf der Suche nach Futter oder aus Zeitvertreib am Grasstreifen des Ufers entlang und verschwand kurzzeitig hinter den langen Halmen, die im Bogen auf das Wasser hinabhingen, als Olos an die junge Frau aus Husum denken musste, die er zweimal nur kurz gesehen und danach nicht wiedergetroffen hatte. Er sah ihr schmales Gesicht hinter dem Fenster des Stadtschlosses und meinte, dass sie ihn auch ansehen würde. Es ist immer ein magischer Moment der Anziehung, wie er glaubte, wenn zwei Menschen sich für eine Sekunde wie jener in die Augen schauten.

Jetzt wiederholte sich dieser Moment und erzeugte andere Gedanken.

Als überzeugter Junggeselle war er mit seinem Leben zufrieden. Es gab niemanden in der Wohnung, der ihn bei seiner Arbeit, seiner Lektüre oder seinem Umherdenken störte. Keine Frau platzte mit überflüssigen Fragen in diese Ruhe, und kein Kind riss ihn aus einem Gedanken, der zu Ende gedacht werden sollte. Die freie Zeit konnte er spontan und ohne Absprache verbringen. Das Cello konnte er jederzeit zur Hand nehmen oder sich am Nachmittag einfach nochmal eine Stunde hinlegen, ohne zu einer bestimmten Zeit wieder aufstehen zu müssen, weil sie essen oder gemeinsam einkaufen, spielen oder zusammen spazieren gehen wollten. Niemand wartete auf ihn. Niemand erwartete etwas von ihm. Das war ein Luxus, an dem er sich nicht sattgenießen konnte. Herrlich.

Trotzdem dachte er manchmal zurück oder stellte sich ein Leben mit einer Partnerin vor. Aber was sollte das für eine Partnerin sein, die ihm nicht früher oder später auf die Nerven gehen und ihn zu einer weiteren Trennung zwingen würde. Mit Bettina hatte er den besten Sex seines Lebens; sie war hemmungslos und genauso wie er damals jederzeit und überall bereit; nie wieder hatte er in einer katholischen Kirche zu einem Ave Maria, das der Kirchenchor vor dem Altar probte, auf der Orgelempore eine Vagina penetriert (Schmunzeln auf seinem Gesicht). Und nie wieder hatte ihm eine Frau zur Begrüßung nach einem anstrengenden Tag als Erstes seine Hose geöffnet, sie zusammen mit der Shorts über seinen Hintern nach unten gezogen und sein erigiertes Glied mit Lippen und Zunge umschmeichelt.

Doch nach neun Monaten verlief das Verhältnis im Sande des Überdrusses. Er beanspruchte immer mehr Zeit für sich allein, um sich intensiver den großen Werken widmen zu können; Nietzsche und Plutarch warteten immer ungeduldiger in seinen Regalen, und Seneca litt an jedem einzelnen Staubkorn, das täglich neu dazukam und die Anzahl der Artgenossen auf dem Buchrücken vergrößerte. Bettina hatte dafür kein Verständnis und wollte weiterhin immer nur das Eine. Sie musste den Streit in ihrer Familie und die schlechter werdenden Noten in der Schule kompensieren. Doch dieses Eine alleine war nicht mehr genug für Olos; er hatte offenbar das

Karnickelalter der spätgymnasialen Phase überwunden, das für Bettina gerade angebrochen war.
Sie sahen sich immer seltener, bis sie es eingese-
hen hatte und sich einen anderen Liebesjünger er-
koren hatte.

Katja hingegen erwies sich auch auf anderen
Gebieten als ergänzende Partnerin. Sie wohnten
während des Studiums sogar neun Monate zu zweit
in einer Wohnung, die beide Väter bezahlten, und
lebten ein glückliches Künstlerpaarleben: Sie malte
und zeichnete, was das Zeug hielt, und er schrieb
fast jede Nacht an einem Gedicht oder einer kurzen
Erzählung und las ihr das Ergebnis nach einver-
nehmlichen Beischlaf bei Kerzenlicht vor. Da war er
also schon einen Schritt weitergekommen – und sie
vielleicht auch. Doch das erfuhr er nicht mehr, weil
sie auf einer Party, die er frühzeitig, ohne ihr Be-
scheid zu sagen, wegen akuter Langeweile verließ,
mit einem seiner angeblich besten Freunde im Bett
landete. Darüber sprechend jammerte sie ihm vor,
dass sie sich allein gelassen gefühlt habe und er ihr
sowieso nicht immer zuhöre. Olos verstand unter
dem so genannten Seitensprung allerdings nichts
Anderes als eine kleine Racheübung, die ihn immer
wieder treffen konnte, wenn sie sich mal wieder allein gelassen fühlt. Seltsamerweise konnte er sie
auch nicht mehr berühren, nicht einmal zur Versöh-
nung eine Hand auf ihren Oberschenkel legen. Deshalb beschloss er kurzerhand dem Risiko eines er-
neuten Allein-gelassen-Anfalls einen Riegel vorzu-
schieben und beendete das Ganze; also auch kein
verträumtes Vorlesen mehr, kein Henry-Miller-
Anaïs-Nin-Getue mehr, kein Verpassen der

Vorlesungen mehr, und keine nächtliche Gefahr mehr durch brennende Kerzen.

Petra schließlich hätte seiner Meinung nach die vollkommene Ergänzung sein können. Allerdings hatte sie ihre vollkommene Ergänzung schon in Form eines anderen Mannes gefunden und schätzte an Olos nur die anregenden Gespräche und den intellektuellen Humor, was wiederum Olos auf Dauer nicht genügte. Es war auch zum Verrücktwerden, weshalb er damals folgendes Gedicht schrieb, an das er sich komischerweise heute erinnerte, obwohl er es nie auswendig gelernt hatte:

Liebe zur Unzeit

Ich liebte Janine, doch Janine liebte Pierre.

Dann liebte ich Pierre, doch der wollte mehr.

Pierre liebte Rosy, die in Robert vernarrt war.

Robert liebte mich; er sagt' es an der Salatbar.

Rosy mochte das nicht und liebte den Samuel.

Samuel liebte Janine und

erhielt den Korb sehr schnell.

Dann liebte sie endlich mich,

der zu alt geworden war und schon verblich.

Tja, und dann war da noch Carla, die er im Nachhinein als letzten Versuch bezeichnete, denn sie war die Einzige, der er einen Heiratsantrag gemacht hätte, wenn sie nicht vorher noch schnell ein Auslandssemester in Arizona absolviert hätte und dort im roten Wüstensand den Gitarrenklängen eines lockigen Kommilitonen am Lagerfeuer erlegen wäre. Sie kam zwar zwei Jahre später noch einmal an und wollte da weitermachen, wo sie aufgehört hatten. Doch für Olos war das zu dem Zeitpunkt bereits kalter Kaffee, der sich nicht wieder aufwärmen ließ bzw. nicht mehr schmeckte, da er eben auch bei ihr wie bei Katja nicht wusste, ob er ihr noch vertrauen konnte.

So hatte es sich also nicht gefügt. Oder es hatte sich eben gerade auf diese Weise gefügt, dass er allein bleiben und ungestört seinen vielfältigen Beschäftigungen nachgehen durfte. Trotzdem überlegte er in unregelmäßigen Abständen, wie eine Partnerin für ihn eigentlich sein sollte; so auch jetzt bei strömendem Regen auf der Brücke aus Holz und in Anwesenheit zweier Mandarinenten, die wie Trauzeugen die Szene beobachteten.

Der Körper so wie Carlas – schlank und mit wohlgeformten Händen und Füßen. Ihm war aufgefallen, dass beides oft korrespondierte, soll heißen: Wenn eine Frau wohlgeformte Füße hat, sind auch die Hände meist von schlichter Eleganz. Pierre hatte einmal mit einer Freundin Schluss gemacht, weil ihm ihre Füße auf die Nerven gingen. Olos hatte damals zwar nicht erkannt, warum sie Pierre so abstießen, denn Olos fand Fatmas Füße recht interessant und anziehend. Aber das zeugt von der ungeheuren Wichtigkeit, die Füße und ihre Form auf den Partner haben können. In Olos' Fall also keine Platt-, Senk-

oder Spreizfüße, keine Froschzehen oder Bauern-quanten geschweige denn Ballenzehen, sondern einfach schlanke Füße mit wohlgeformten Zehen, die alle der Größe nach wie Orgelpfeifen aufgereiht sind und nicht, wie als Ideal in der Renaissance gemalt, der zweite Zeh länger als der große. Das war nicht symmetrisch, nicht erotisch, nicht harmonisch. Harmonie ist doch so wichtig.

Die Brüste passen in Orangengröße perfekt zum Rumpf und lassen zwischen ihnen zwei Finger breit Platz, so dass man vom Bauchnabel herkommend wie durch einen geraden Pass hinauf zur Kehlmulde gleiten kann – mit was auch immer. Sie hat flachs-blondes Haar, so wie man es häufig bei Frauen in Dänemark sieht; und das Haar lässt sie immer so lang wachsen, dass sie entweder nur einen einfachen Knoten machen oder auch zur Abwechslung einen Zopf am Hinterkopf oder einen Kranz auf dem Kopf binden kann. Ihre Augen sind groß und die Iris von hellem Sternenblau. Das Gesicht ist schmal, jedoch nicht die Lippen. Die Haut ist mittelbraun, was jedoch im Sommer schnell dunkler wird, wodurch ihre Augen noch stärker zu strahlen scheinen. Und am ganzen Körper finden sich vereinzelt kleine Le-berflecke, die es immer wieder neu zu entdecken gilt. Von der Größe passt sie genau zu ihm, soll hei-ßen, dass sie etwa einen halben Kopf kleiner als er ist.

Die Interessen sind die gleichen – und vielfältig. Ein Handy benutzt sie so gut wie nie, da sie keine Labertasche ist, die alles mit irgendwem nur be-sprechen muss, um ihrem Rededrang freien Lauf zu lassen; der existiert bei ihr nämlich nicht. Sie lehnt sich ab und zu einmal an ihn und streichelt seine Wange, ist aber nicht anhänglich oder permanent liebesbedürftig. Sie mag es, wenn er ihren Kopf in beide Hände nimmt und sie lange auf die Lippen küsst.

Essen und andere Gewohnheiten sind natürlich auch gleich, wobei sie allerdings nicht so viel Whiskey wie er trinken muss. Vielleicht hätten sie einen Hund, mit dem sie ausgiebige Spaziergänge und tolle Urlaube am Strand machen würden – einen Golden Retriever vielleicht. Und selbstverständlich gibt es keinen Streit, weil sie sich in allem wortlos verstehen. Sie genügen sich selbst und lassen dem Partner so viel Raum wie er beansprucht. An einigen Tagen sprechen sie nur Dänisch, an anderen nur Litauisch oder eine andere Sprache, die sie gelernt haben. Und beide überraschen den anderen immer wieder mit kleinen Zärtlichkeiten und anderen Freuden. Es ist die perfekte Harmonie, nämlich permanenter Einklang und das richtige Verhältnis in allen Angelegenheiten. Alles andere wäre banal und dem Untergang geweiht. Das gemeinsame Ende finden sie nach einem erfüllten Leben in ein paar Kapseln einer tödlichen Dosis.

Über das Alter war er sich nicht im Klaren. Normalerweise bevorzugte er Fünfzehn- bis Zwanzigjährige, weil diese noch über eine frische und straffe Haut verfügen und sich noch keine Cellulite breitgemacht hatte, die unter anderem auch Faulheit signalisierte. Es waren diese jungen und zarten Brüste, die ihn immer wieder anlockten, da Schlaffes und Ausgelutschtes oder Spitzes und Gekünsteltes sowie Faltiges ihn abstieß, was auch für Gesicht und alle anderen Hautpartien galt. Allerdings konnte er von diesen jungen Reizen keine fünf Sprachen geschweige denn Gespräche über philosophische Fragen erwarten. Also musste es eine etwa Dreißigjährige sein, die diese Voraussetzungen erfüllen konnte. Das bedeutete also, dass sie unbedingt auf ihren Körper achten musste – so wie Carla und Bettina es machten, damit er die Geschmeidigkeit und Ansehnlichkeit einer Zwanzigjährigen behielt.

Und dann waren da noch Sprache und Stimme. Natürlich musste sie ein einwandfreies Hochdeutsch sprechen und keinen von diesen fiesen Dialekten, die immer etwas Bäuerisches und Ungebildetes an sich haben, obwohl sich ja auch Schiller und Goethe nicht ganz frei davon machen konnten. Aber es war ihm schon oft so gegangen, dass er einer attraktiven Frau gegenüberstand, an der alles zu stimmen schien – bis sie zu sprechen begann und irgendein geschlossenes a, das sich eher wie ein o anhörte, oder ein st in einem Wort, das wie ein scht klang, ihrem Mund wie eine grünbraune Schlange entkroch und jeden positiven Eindruck zunichtemachte. Die Stimme, die auch alle seine Verflossenen hatten, war ruhig und etwas tiefer. Eine Stimme, die ihn nicht reizte, sondern eher beruhigte. Er zuckte oft zusammen, wenn er eine schrille oder laute, nach Quatschtante klingende Kakophonie vernahm, die viele Frauen verbreiten. Und weil ihm Harmonie so wichtig war, verspürte er manchmal in diesen Augenblicken in der U-Bahn oder auf der Straße den Drang, diese Stimmen einfach nur totzuschlagen, damit sie verstummen. Daher konnte er auch jeden Mann verstehen, der aus

Gereiztheit allein deswegen seine Partnerin tötet, weil sie eine viel zu hohe Quietschstimme hat und ihn damit schon viel zu lange nervt. Stimme ist ja so wichtig.

Und das alles musste in ihrer Natur stecken, musste natürlich sein. Das bedeutete auch, dass sie keine Schminke benutzte oder falsche Fingernägel trug oder irgendwo durchstochen oder tätowiert war. Das alles gehörte für Olos zu einer unsicheren und eh schon hässlich geborenen oder gewordenen Frau, die sich in Zeitschriften darüber informiert, was sie mit ihrem Körper zu machen hätte, und allen Moden und Trends folgt. Carla und Dorothea sowie Petra sind solche Frauen, die einfach diese natürliche Schönheit entwickelt hatten und nichts von alledem, kein peinliches Hilfsmittel brauchten, um sich interessant oder einzigartig zu machen. Sie waren es von Geburt an – eine Art ästhetischer Geburtsadel.

Olos verließ die Brücke und wandte sich noch an das eine oder andere Gemeinsame denkend dem Heimweg zu. Dabei musste er immer wieder schmunzeln, dachte an alltägliche Situationen wie das Herausbringen des Mülls, das sie mit einem Kuss belohnen würde, oder eine gemeinsame Zigarette nach dem Frühstück, die sie entzündet hatte und ihm in den Mund steckte; sie saß auf seinem Schoß und atmete ihm ins Ohr, nahm sein Ohrläppchen zwischen die Lippen und wechselte die Position, damit das zweite Lippenpaar sich über sein erigiertes Glied stülpen konnte. Er träumte, phantasierte, genoss die einzelnen Szenen und ging im

Regen nach Hause – keinem Menschen mehr begegnend.

Mona saß in einem Café und las ‚Die Sanfte' von Dostojewski. Sie hatte sich für diesen Samstag nichts Anderes vorgenommen, wollte einfach nur einmal wieder ohne Zeitdruck in einem Café sitzen und lesen, nebenbei einen Cappuccino trinken und ab und zu aus dem Fenster blicken. Das gelang ihr auch. Sie war nach dem Ausschlafen gegen elf aufgestanden und nach einer ausgiebigen Dusche mit dem Fahrrad etwa drei Kilometer zum Café gefahren, das sie einmal bei einem Stadtbummel zufällig entdeckt hatte. Es gab dort kleine Tische aus altem Holz, die teilweise in einem großen, mit Pflanzen geschmückten Innenhof verteilt standen, in den bei wolkenlosem Himmel die Sonne etwa um diese Uhrzeit hineinschien. Sie war der zweite Gast und wählte den Tisch in einer Nische, der nicht von der Sonne beschienen wurde. Sie konnte zwar den Sonnenschein im Hof genießen, saß aber im Schatten und schonte dadurch ihre Augen, wenn sie auf die weißen Blätter blickten.

Die Sanfte löste in Mona eine stille Nachdenklichkeit aus, und sie versuchte die Motive für den Freitod zu verstehen. Würde sie jemals so handeln können? Gab es solche Situationen, in denen kein anderer Ausweg möglich war? Oder war das alles nur in der damaligen Gesellschaft zwingend erforderlich, um frei zu sein? Sie hatte drei Stunden gelesen und nicht gemerkt, wie die Zeit verging. Als sie ins Café kam, dachte sie daran ein paar Seiten und den Rest vielleicht am Abend oder am Sonntag zu lesen. Aber mit Dostojewski erging es ihr oft so: Wenn sie einmal angefangen hatte, konnte sie nicht aufhören, weil er diese subtile Psychologie anwandte, die sie an seinem Schreiben so faszinierte. Sie klappte das Buch zu, legte es auf den Tisch und überlegte, ob sie noch einen vierten Cappuccino trinken sollte. Sie sah auf die Uhr.

Als sie aufblickte, erkannte sie an einem der anderen Tische auf der gegenüberliegenden Seite des Innenhofes Alfred. Er war etwa zwei Stunden später gekommen, hatte sie schon beim Hereinkommen entdeckt und lange angesehen, sie aber nicht angesprochen, um sie nicht bei der Lektüre zu stören. Noch im Café hatte er einen Milchkaffee bestellt und sich daraufhin still an den weitest entfernten Tisch gesetzt, ein paar Artikel in der ZEIT gelesen und sie zwischendurch beobachtet. Aber sie las wie gefesselt und schaute kein einziges Mal auf. So ließ er sie in Ruhe und wartete.

Nachdem sie auch ihn erkannt hatte, erhob er sich und kam an ihren Tisch. Sie begrüßten sich und tauschten die üblichen Worte aus, die man in solch einer Situation austauscht. Er setzte sich auf einen der beiden noch freien Stühle, nachdem er danach gefragt hatte; und so entschied Mona sich, doch noch einen vierten Cappuccino zu trinken.

Sie sprachen über das Wochenende, ihre Lektüre und darüber, was sie beruflich machten. Nach einer knappen Stunde musste Alfred gehen, weil er seine Tochter vom Fußballtraining abholen musste.

„Oh, du hast eine Tochter?", fragte Mona überrascht.

„Ja, Lisa."

„Wie alt ist sie denn?"

„Sie wird nächste Woche zwölf."

„Und mag Fußball?"

„Ja. Sie ist ein ganz außergewöhnliches Mädchen. Wir hatten es mit Ballett und Cello versucht. Aber es hat sich schnell gezeigt, dass Fußball ihr Metier ist."

‚Ihr Metier'. Das ist ein komisches Wort in diesem Kontext, dachte Mona. Und wer ist ‚wir'? Natürlich gab es da eine andere Frau, die Mutter von Lisa. Angeblich verstanden sie sich nicht mehr so gut und würden jetzt getrennt leben. Lisa sei alle zwei Wochenenden bei ihm. Und er würde es immer besonders genießen, sich um sie kümmern zu können. Aber in Mona stieg ein leiser Verdacht auf, weshalb die Sache damit auch schon abgetan war. Leider ließ sie sich, kurz bevor Alfred ging, dazu überreden ihre Telefonnummern auszutauschen. Doch bereute sie es schon, als Alfred hinter der Tür zum Innenhof verschwand. Er schien am Anfang ja recht interessant, als sie ihn im Konzert kennen lernte. Und auch heute freute sie sich zunächst ihn wiederzusehen. Doch am Ende ihres Gespräches wusste sie, dass ein weiteres und näheres Kennenlernen nicht stattfinden würde. Es stimmte zwar das Aussehen; und offensichtlich hatten sie auch ähnliche Interessen. Aber einige seiner letzten Worte hatten Signalcharakter für sie, weshalb sie die Begegnung ad acta legte. Statt über eine Möglichkeit mit ihm nachzudenken, bestellte sie einen fünften Cappuccino und überlegte, wie ein zukünftiger Partner eigentlich zu sein hatte.

Das Alter spielte in erster Linie eigentlich keine Rolle, obwohl alles, was unter fünfunddreißig war, schon einmal ausschied. Diese Männer sind in der heutigen Zeit noch nicht allzu sehr entwickelt. Früher – zu Beethovens Zeiten – war ein Fünfunddreißiger ein gestandener Mann und hatte manchmal schon die grauen Schläfen, die sie mochte. Aber heute erschienen ihr Männer dieser Altersstufe wie unreife Früchte, die ihre beste Zeit lange noch nicht erreicht hatten. Einige versuchen mit steifen Kommentaren zu imponieren, andere geben sich besonders locker, und die dritte Gruppe spielt den Überlegenen, für den die Frau einfach nur süß zu sein hat. Von Mammi sind die meisten auch noch nicht losgekommen; und wenn doch, dann hängen sie, wie Alfred wahrscheinlich, an ihrer ersten Liebe oder ersten Ehe wie ein hartnäckiger Popel, den man immer genau an dem Finger wiederfindet, mit dem man ihn eigentlich wegschnipsen wollte.

Auf jeden Fall sollten da keine Restposten im Lager stehen, sprich Verflossene, die hier und da immer mal wieder auftauchen und alte Gefühle erwärmen. Und es muss auch unbedingt jemand sein, der nicht wie diese Lackaffen mit und ohne Krawatte ständig mit ihrem Smartphone spielen und so tun, als wären sie wichtig. Für diese Spielkinder standen ja entsprechende Spielgenossinnen zur Verfügung, die sich ebenfalls gerne ablenken lassen. Er sollte klassische Musik lieben und am besten natürlich

Beethoven bevorzugen. Überhaupt hätten sie die gleichen Interessen, weil nur das für Mona die Voraussetzung für eine vollkommene Partnerschaft ist. Diese Ausrede, dass jeder seine Freiheit bräuchte, war ja nur ein falsches Argument und Beweis dafür, dass eben doch nicht alles passte und übereinstimmte. Sie hatte mit Jörg ihre Erfahrungen gemacht und nicht vor, diesen Fehler noch einmal zu wiederholen; das war den weniger weisen Menschen vorbehalten. Weise Menschen lernen aus ihren Fehlern und sogar aus den Fehlern der anderen und begehen daher weniger als die Masse. Wenn sie daran zurückdachte, wie Jörg sich das Bier einverleibte und wie ein Zombie auf das Fußballfeld im Fernseher starrte, lief es ihr kalt über den Rücken. Und sie konnte jetzt schon kaum noch nachvollziehen, wieso sie mit ihm zusammengekommen war. Wahrscheinlich trugen primitive Gründe wie Hormone oder Vorstellungen eines kleinen Mädchens die Verantwortung dafür.

Nachdem sie bezahlt hatte und auf die Toilette gegangen war, schlenderte sie durch die Innenstadt und kam an einem Reisebüro vorbei, das im Schaufenster mit Reisen nach Litauen warb. Sie blieb stehen und schaute sich das Angebot an: Vier Tage Vilnius und anschließende Kanufahrt im Nationalpark Aukstaitija: 1.200 €. Das las sich gut. Sie dachte an Mindaugas und musste schmunzeln. Doch wurde sie schnell wieder realistisch. Es war ein schönes Erlebnis mit ihm. Aber er war doch noch viel zu jung. Sie würde sich ein wenig blöd vorkommen, mit einem Anfangzwanzigjährigen im Kanu zu sitzen. Dabei dachte sie an diese hässlichen, blonden, deutschen Frauen, die nach Zentralafrika reisen, um sich dort mit einem jungen, kräftigen Schwarzen zu vergnügen. Nein. Das war wirklich peinlich. Dazu würde sie sich nie herablassen, selbst wenn sie überhaupt keinen Partner mehr finden würde. Dann lieber mit Don Quijote und Bernarda Alba in Stille verwelken und bei dem Genuss von Lorcas Poesie einen Tee trinken.

Sie sah sich mit ihrem Traummann im Boot sitzen und die Natur genießen. Ein Entenpaar würde aus dem Uferdickicht auf sie zu paddeln und neugierig beäugen – er hinter ihr herschwimmend und sie die beiden Menschen begrüßend; Mona vorn im Boot auf die Ente eingehend und ihr Mann hinter ihr lächelnd, beide still – wie die Enten, die auch keine sinnfreien Worte äußern müssen, nur um irgendetwas Banales von sich zu geben und ewig alles zu kommentieren wie die idiotischen, ungeduldigen Menschen. Eine Stille, die einen normalerweise nur umgibt, wenn man allein ist und zufällig keine Autos oder labernde Menschen vorbeikommen. Das wäre für sie der Beweis, dass es hundertprozentig stimmte: Zusammen sein und Begegnungen erfahren, ohne dass man einen Laut vernimmt – gemeinsam schweigen können und dabei vollkommen glücklich sein.

Am Abend würden sie gemeinsam das Boot aus dem Fluss ziehen und ans Ufer tragen, wo eine Holzhütte mit ausreichend Proviant zum Übernachten bereitstünde. Sie würden ausruhen, ein Feuer machen und essen, sich am Feuer lieben und gleichzeitig einschlafen – sie mit ihrem Rücken angeschmiegt an seine Brust und seinen Bauch, und er eine ihrer Brüste mit einer seiner Hände umfassend.

Mona wandte sich vom Schaufenster des Reisebüros ab und ging in Richtung ihrer Wohnung. Danach beschäftigte sie noch die Frage, welcher Mann dazu fähig wäre, so etwas mitzufühlen – in jenem Moment genau das Gleiche zu empfinden wie sie. Gibt es solche Männer? Oder sind alle entweder bescheuert oder dumm? Das wusste sie nicht; aber sie hoffte.

9. Der Wald der Götter

Es hatte zwei Jahre gedauert, bis Mona ihren Plan umsetzen konnte, endlich einmal Litauen zu besuchen. Immer wieder war etwas dazwischengekommen wie zum Beispiel die Änderung des gesamten Prüfungsablaufes, an der sie für ihren Bereich maßgeblich beteiligt war. Sie arbeitete die gesamten Ferien hindurch und verzichtete im letzten Jahr daher auf den Urlaub, damit die Umstellung abgeschlossen werden konnte, bevor das neue Semester beginnen würde. Und sie hatte es mit ihren Kollegen und Kolleginnen auch geschafft. Doch spürte sie zum Ende des Jahres, dass ihr der Urlaub fehlte. Der Akkumulator war fast leer; und mit der restlichen Energie musste sie zumindest bis zur kurzen Dezemberpause haushalten – zwei Wochen, in denen sie nur nichts tat – also schlafen, spazieren gehen und den Computer meiden, soweit es Arbeit betraf. In dieser kurzen Auszeit trieb auch wieder

der Gedanke an Litauen, der durch Vorbereitungen, Prüfungserstellung und Konferenzen an den Meeresboden ihrer Erinnerungen gedrückt wurde, an die Oberfläche des Bewusstseins. Daher plante und buchte sie für das nächste Jahr, allerdings nicht die Reise, die sie einst im Schaufenster des Reisebüros gesehen hatte, sondern eine Woche Vilnius und eine Woche Klaipėda. Für die restlichen zwei Wochen ihres Urlaubs wollte sie sich noch etwas überlegen, vielleicht auch einfach nur wie im Dezember die Zeit zu Hause mit nichts vergehen lassen.

Jetzt war es also so weit – Ende Juli stand sie auf dem Flughafen in Vilnius und atmete Litauen ein. Mitten im Sommer angenehme siebzehn Grad und ein leichter Wind aus Westen. Etwa fünfzig andere Passagiere hatten etwa zur gleichen Zeit wie Mona irgendein Flugzeug verlassen und ließen sich jetzt von Kleinbussen oder Taxis oder bekannten Personen in die Innenstadt fahren. Mona saß in einem Kleinbus neben einer älteren Frau, die sich unablässig mit dem Fahrer unterhielt. Natürlich verstand Mona nichts, da ihr Litauisch noch nicht über das Guten Tag und das Bitte und Danke hinausgelangt war. Aber das Leben stellte vielleicht noch ein paar Jahre zu Verfügung, um etwas mehr als das Nichts zu lernen. Sie dachte an ihr Reisewörterbuch und lächelte vor sich hin. Bereits nach fünfzehn Minuten hielt der Bus vor dem Hotel, in dem sie ein Zimmer gebucht hatte. Sie bezahlte, stieg aus und zog ihren Koffer zur Rezeption, wo sie freundlich begrüßt wurde. Das Zimmer war klein und sauber – ausreichend für eine Person, ausreichend für sie, die keine besonderen Ansprüche stellte. Das

Einzige, worauf sie Wert legte, war Ruhe, Sauberkeit und zentrale Lage; und das war alles gegeben. Es gab zwar keine Minibar, aber dafür musste sie nur ein paar Schritte tun, um in einer der umliegenden Bars abends noch etwas trinken zu können.

Die nächsten sechs Tage gehörten ganz ihr – und sie lächelte. Es gab viele alte Kirchen in Vilnius; sie warben damit. Aber seitdem sie in Rom, Paris und Madrid in jungen Jahren zu viele Kirchen von innen gesehen hatte, war ihr Bedarf an dieser raumfassenden Leere mehr als gedeckt. Für sie waren alle Gotteshäuser genauso wie das Kolosseum oder eine Burgruine an der Mosel nur noch Relikte der Vergangenheit, die kulturinteressierte Chinesen fotografieren wie kulturinteressierte Europäer die ehemals Verbotene Stadt in Peking. Und wenn sie daran dachte, welche Idee dahinterstECKte, wurde ihr inzwischen sowieso fast immer ein wenig mulmig um die Magengegend, musste sie doch immer an all das viele Blut und die Betrügereien denken, die mit diesen Gebäuden in Verbindung stehen.

Aber was sie interessierte, waren die kleinen Straßen und die Fassaden der Häuser, die Parks und Museen, die Auskunft geben und ein Abbild der Menschen sind, die hier leben. Sie wollte ohne Ziel und Zeitdruck durch die Straßen schlendern und auch sehen, wie die Leute sich verhalten, wie schnell sie sich bewegen, wie lange sie sich miteinander unterhalten, was sie kaufen oder in den Geschäften ansehen, welche Blumen sie kaufen, um sie sich in ihre Wohnungen zu stellen, wie sie mit ihren Kindern umgehen, was um die Mittagszeit passiert und ob und wie lange sich die jungen Leute auf der Straße küssen. All das beobachtete sie, ohne sich Notizen oder Fotos zu machen; sie sah nur zu und speicherte alles in ihrem Gedächtnis ab. Sie hatte nie ihr einfaches Nokia-Handy dabei, geschweige denn ein modernes Smartphone. Seitdem ihr mit vierzehn Jahren die erste Kamera in Paris gestohlen worden war, hatte sie gelernt, alles, was sie erlebte, in ihrer Erinnerung aufzubewahren – hatte also auch auszuwählen gelernt, was sich aufzubewahren lohnte – eine fast natürliche Auslese der Erinnerungen. Das betraf allerdings genauso positive wie negative Erinnerungen. Der Unterschied zur heutigen Selfie-Generation besteht in erster Linie darin, dass eine Erinnerung etwas bedeutete und Bestand hatte, während die jungen Leute von heute ja am Abend nur noch wissen, was sie tagsüber alles geknipst haben, wenn sie sich die Bilder noch einmal auf dem Gerät anschauen.

Dabei fiel ihr kurz Mindaugas ein. Er wollte zum Abschied ein Selfie von ihnen beiden knipsen. Doch Mona hatte ihn gebeten darauf zu verzichten, weil sie als Dozentin immerhin einen Ruf zu verlieren habe. Er verstand und steckte das Smartphone wieder ein. Sie dachte auch vor der Reise hierher und zwischendurch immer wieder einmal an ihn. Aber sie hatte ihn nicht kontaktiert, obwohl sich seine Telefonnummer und sogar seine Adresse in ihrem Adressbuch befanden. Aber es war einfach vorbei. Sie wollte da nichts wieder aufwärmen oder ihm Hoffnungen machen. Deshalb blendete sie eine erneute Verabredung in seinem Heimatland und sogar in seiner Heimatstadt, in der er sich jetzt wahrscheinlich auch befinden dürfte, regelmäßig aus. Es fühlte sich einfach besser an, inkognito umherzuwandeln und niemandem etwas schuldig sein zu müssen. Manche Dinge macht man einfach einmal, um es ausprobiert zu haben. Aber egal, ob es angenehm oder interessant war – ein Mal reicht. „Been there, done that", sagen die US-Amerikaner. Und das wars. Die Neugier ist gestillt, das Vorhaben abgehakt, und das Interesse vollends geschwunden. Etwas Neues muss her – oder gar nichts.

Am zweiten Tag führte einer ihrer ziellosen Wege sie in eine der überwältigend eingerichteten Buchhandlungen. An der Decke des ersten Raumes hingen einzelne Bücher an bunten Fäden herab, so dass sie halb aufgeschlagen den Eintretenden zum Blättern einluden. Ein anderer Raum war wie ein Amphitheater gestaltet, auf dessen Rängen Bücher standen, die man sich daneben Platz nehmend anschauen konnte; zwei Personen hatten sich dort eingefunden und lasen. In einem dritten Raum standen mehrere Ständer, in die Bücher eingesteckt waren wie in einem dieser Postkartenständer auf der Straße. Man konnte diese Ständer nicht nur drehen, sondern auch durch den Raum ziehen, weil ihre Räder nicht festgestellt waren. Das war manchmal nötig, weil sie einem bei der Suche vor einem Regal im Weg standen. Weiter hinten führte eine Wendeltreppe in die zweite Etage, in der es wieder drei Räume gab – eingeteilt nach Farben. Im blauen Zimmer befand sich die Philosophie, und alles außer den Buchrücken war blau: Wände, Stühle, Regale, Fenster- und Türrahmen; selbst die Kaffeemaschine, an der jeder sich unentgeltlich bedienen konnte, war blau. Im roten Zimmer befanden sich

Liebesromane und der Psychoschrott für unsichere Menschen, die meinten ihr Fehlverhalten und ihr gesamtes Leben besser verstehen zu können, wenn sie in irgendeinem Psychobuch darüber lesen in der Hoffnung, dass es beim nächsten Mal einfach besser klappt. Das interessierte Mona nicht; sie schaute nur kurz um die Ecke, um sich zu vergewissern, dass die Kaffeemaschine in diesem Raum auch rot sei. Und das war sie.

Im gelben Zimmer befanden sich Werke zur Musik: Über Biographien und Epochengeschichten bis hin zur Musiktheorie konnte man hier alles finden: Unter dreitausend Büchern ein Dutzend Beethoven-Biographien, eine Geschichte des Rock ‚n' Roll, Klassische Harmonielehren und Lehrwerke über Kontrapunkt (für den, der Lust auf Komponieren und sonst nichts zu tun hat) und natürlich Partituren (für den, der keine Zeit zum Komponieren hat, aber das Komponierte der anderen studieren will). Bei der Gelegenheit stellte Mona die Buchhandlung auf die Probe, indem sie bei den Biographien ein Buch über Asger Hamerik suchte; und tatsächlich: Sie hatten sogar eine Biographie von Asger Hamerik. Mona war begeistert. Was sie aber noch innerlich überschwänglicher begrüßte, war eine Art Jukebox, die neben der obligatorischen gelben Kaffeemaschine stand. Wer den Weg bis hierher gefunden hatte, konnte aus einer Liste von etwa einhundert Titeln auswählen und die entsprechende Kennziffer über eine Tastatur eingeben, und sofort wurde das Stück über vier Lautsprecher, die sich in den oberen Ecken des Raumes befanden, leise abgespielt. Mona studierte die Liste und fand Mozarts

Klarinettenkonzert, gab die 0622 ein und freute sich wie ein Kind, das es geschafft hatte, aus dem Süßigkeitenautomaten das ersehnte Zitronenbrausepulver herauszulocken. Während die Töne in ihren Ohren prickelten, glitt sie mit ihrem Blick an den Bücherreihen entlang und genoss einfach nur den Moment in diesem kleinen Paradies, aus dem sie durch ein großes Dachfenster in den strahlend blauen Himmel schauen konnte.

Als das Konzert beendet war, verließ Mona den Raum und ging in Richtung Ausgang. Dabei kam sie noch einmal an dem blauen Zimmer vorbei, in dem Olos gerade in eine litauische Ausgabe von Aristoteles' Politeia vertieft war und überlegte, ob er dieses Buch kaufen sollte. Er hatte Teile des griechischen Originals während seines Studiums lesen müssen und natürlich die deutsche Ausgabe vollständig bewältigt. Sein Gedanke war, zu Hause in aller Ruhe die litauischen Sätze mit den deutschen zu vergleichen und so eine Abwechslung zur Grammatik und den gestellten Alltagssituationen der Lehrbücher zu erhalten. Er wollte auch einmal einen richtigen intensiven Satz lesen und nicht nachäffen, wie eine deutsche Touristin das Postamt sucht. Das Postamt interessierte ihn nicht.

Mona schritt die Wendeltreppe hinunter und verließ die Buchhandlung in Richtung Nationalmuseum, das sie an diesem Tag noch besuchen wollte.

Am nächsten Tag fuhr sie nach Kaunas und besuchte dort zum einen das Teufelsmuseum, von dem Mindaugas erzählt hatte, zum anderen natürlich die Burg und das Freilichtmuseum sowie einige andere Sehenswürdigkeiten, die sie auf ihren Plan gesetzt hatte. Am darauf folgenden Tag stand Trakai an. Und als sie aus Trakai zurückkam, hatte sie noch zwei volle Tage in Vilnius zur Verfügung, bevor sie nach Klaipėda abreisen würde, um dort nach der ganzen Kultur und Geschichte am Strand auf Neringa auszuruhen und all das, was sie in den vergangenen Tagen erlebt hatte, noch einmal zu verinnerlichen wie zum Beispiel auch den Besuch in Paneriai, einem traurigen Ort, dem sie aber einen bevorzugten Platz auf ihrer Liste eingeräumt hatte, weil sie der Meinung war, den Opfern und der Zukunft diesen Besuch schuldig zu sein – so wie es jeder Mensch schuldig ist, sich an diesen Ort oder einen dieser Orte zu begeben, um innezuhalten und zu gedenken, sich zu schämen für sein Menschsein und Besseres zu erstreben.

Olos war in den ersten Tagen ohne genaues Ziel durch Vilnius geschlendert. Er genoss die Fremde und die Tatsache, dass er hier niemanden treffen würde, den er kannte – im Gegenteil zu Madrid oder London, wo er doch tatsächlich einen ehemaligen Mitschüler und eine ehemalige Nachbarin getroffen hatte, die einen peinlichen Aufguss veranstalteten, nachdem sie ihn erkannt hatten. Zum Glück konnte er sie überzeugend anlügen, als sie danach fragten, ob sie nicht am Abend etwas zusammen essen wollten. Er spielte den bedauernden Entschuldiger und teilte ihnen mit, dass er leider am nächsten Tag abreisen und noch einige Erledigungen vor sich hätte sowie einen Kollegen besuchen müsste. Es gab kaum etwas Unangenehmeres im Ausland als Deutschen oder sogar deutschen Bekannten zu begegnen. Er hoffte, dass er hier in Vilnius davor verschont bleiben würde. Zum Glück strömten und schwappten die meisten Deutschen in Richtung Süden und verunstalteten mit ihren Körpern die spanischen Costas und italienischen Coste und zerquatschten mit ihren dummen Kommentaren die Straßen von Rom und Paris. Lass sie sich am Mittelmeer nur gegenseitig auf die Füße treten! Hier im Norden herrscht himmlische Ruhe; hier wandeln die Seligen im Licht und atmen die Schicksallosen die reine Luft des Baltikums.

Nach dem Umherwandeln in der historischen Innenstadt und einem Besuch in Paneriai, wo sich wie auch an so vielen anderen Orten vor siebzig Jahren wieder einmal die höllischen Schlünde des teuflischen Menschentums auftaten, entdeckte er am vierten Tag seines Aufenthaltes eine Bibliothek, wie er sie vorher noch nicht gesehen hatte.

An der Decke des ersten Raumes hingen einzelne Bücher an bunten Fäden herab, so dass sie halb aufgeschlagen den Eintretenden zum Blättern einluden. Ein anderer Raum war wie ein Amphitheater gestaltet, auf dessen Rängen Bücher standen, die man sich daneben Platz nehmend anschauen konnte; zwei Personen hatten sich dort eingefunden und lasen. In einem dritten Raum standen mehrere Ständer, in die Bücher eingesteckt waren wie in einem dieser Postkartenständer auf der Straße. Man konnte diese Ständer nicht nur drehen, sondern auch durch den Raum ziehen, weil ihre Räder nicht festgestellt waren. Das war manchmal nötig, weil sie einem bei der Suche vor einem Regal im Weg standen. Weiter hinten führte eine Wendeltreppe in die zweite Etage, in der es wieder drei Räume gab – eingeteilt nach Farben. Im blauen Zimmer befand sich die Philosophie, und alles außer den Buchrücken war blau: Wände, Stühle, Regale, Fenster- und Türrahmen; selbst die Kaffeemaschine, an der jeder sich unentgeltlich bedienen konnte, war blau. Im roten Zimmer befanden sich Liebesromane und der Psychoschrott für unsichere Menschen, die meinten ihr Fehlverhalten und ihr gesamtes Leben besser verstehen zu können, wenn sie in irgendeinem Psychobuch darüber lesen in der Hoffnung, dass es beim nächsten Mal einfach besser klappt. In der linken, hinteren Ecke stand auch die obligatorische Kaffeemaschine – in rot. Im gelben Zimmer befanden sich Werke zur Musik: Über Biographien und Epochengeschichten bis hin zur Musiktheorie konnte man hier alles finden: Unter dreitausend Büchern ein Dutzend Beethoven-Biographien, eine Geschichte des Rock ‚n' Roll, Klassische Harmonielehren und Lehrwerke über Kontrapunkt und natürlich Partituren.

Nachdem Olos alle Räume gesehen hatte, ging er zurück in den blauen Raum und blätterte gerade in Aristoteles' ‚Politeia', als Mona hinter ihm am Eingang des Raumes vorüberging und das Geschäft verließ. Olos überlegte, ob er das Buch kaufen sollte, um damit ein wenig Litauisch zu lernen. Es würde anstrengend sein, die einzelnen Sätze zu entziffern, aber die Befriedigung darüber einen dieser Sätze in dieser Sprache entziffert zu haben, ließ ihn den Entschluss fassen das Buch mitzunehmen.

Am letzten Tag besuchte er Trakai und kehrte am Abend wieder nach Vilnius zurück, um in der Baras Suo, die inzwischen zu seiner Stammkneipe geworden war, noch ein paar Biere und Whiskeys zu trinken. Am nächsten Morgen ließ er sich nach Kaunas fahren, wo er einen Tag und eine Nacht verbrachte, um sich daraufhin nach Neringa aufzumachen. Er fuhr zuerst mit dem Bus nach Klaipėda, setzte mit der Fähre nach Neringa über und ließ sich vom Hoteltaxi nach Smiltyne fahren, wo er die restlichen Tage ausspannen und die Bernsteinküste genießen wollte – ein für die Augen endloser Strand und für die Sehnsucht endloser Blick auf die Ostsee.

Dort ließ er die Tage vorüberziehen, indem er morgens auf dem Balkon frühstückte und schon das Meer ein erstes Mal begrüßte und lächelte. Nachdem er ein oder zwei Stunden gelesen hatte, begab er sich mit einem Handtuch und einer Flasche Wasser auf die andere Seite, von wo aus man über die Ostsee nach Westen blickte, woher bei stürmischem Seegang kleinere und größere Bernsteinklumpen ans Ufer gespült wurden. Er legte sich in die Sonne, ging zwischendurch auf Bernsteinsuche und notierte ab und zu auftauchende Gedanken und Ideen, bevor sie wieder vom Rauschen der Gischt und dem ewigen Herannahen und Zurückweichen der Wellen in die Tiefe gezogen werden würden – wie die Bernsteine, die nicht schnell genug gefunden und gesammelt oder als zu leicht befunden wurden und wieder zurückrollten.

Etwa fünfhundert Meter weiter nördlich lag Mona im Sand und blickte lächelnd in den Himmel, blinzelte oft mit den Augen, wenn die Sonne hinter einer Wolke hervorschien und ihr Licht zu stark wurde. Mona hatte für ihren Aufenthalt ein sauberes Hotel in Klaipėda gewählt und fuhr jeden Tag gegen Mittag mit einem geliehenen Fahrrad und der Fähre nach Neringa, suchte sich ein einsames Plätzchen hinter der großen Düne, über die in regelmäßigen Abständen eine Holztreppe führte und ließ ebenfalls den Tag mit lächeln, lesen und lustwandeln am Strand vorübergehen. Am Abend fuhr sie sonnendurchwärmt zurück, nahm eine Dusche und ging noch einmal in die Stadt oder zum Hafen, um dort zu Abend zu essen und der Sonne beim Verschwinden in gelben und rosa Farben zuzusehen. Olos aß meistens im Hotel in Smiltyne, weil er danach die Feierabendbiere auf der Terrasse mit Aussicht auf das Haff genoss, sich manchmal an einem Gespräch beteiligte, wenn es sich ergab, oder einfach nur das sanfte Auslöschen des Himmelscheines bestaunte.

Einmal allerdings setzte er nach Klaipėda über – es war der vorletzte Tag. Er wusste, dass er noch einmal wiederkommen würde. Aber da er jetzt schon einmal da war, wollte er wenigstens einen ersten Eindruck mitnehmen von dieser Stadt, deren Hafen einst als der nördlichste eisfreie Hafen galt und deswegen auch so vielen Menschen – Litauern, Deutschen, Russen, Juden, Christen, Atheisten – ein gewaltsames Ende bereitete. Als er am Abend neben dem winkenden Jungen am Kai stand und an Abschied dachte, saß Mona auf der Dachterrasse der Hafenbar und schlürfte gerade an ihrem zweiten Cocktail, ebenfalls die letzten Momente dieser

Reise genießend. Sie würde am nächsten Tag um 11:25 Uhr im Flugzeug sitzen und aus dem Fenster noch einmal auf das Mare Balticum blicken. Olos nahm die 15-Uhr-Maschine und würde das Gleiche tun.

10. Die Blätter fallen, fallen wie von weit...

Sie liebte diese Oktobertage, wenn die Sonnenstrahlen mit abgeschwächter Energie auf die Erde treffen und das Licht ins Goldene changiert, wenn sie durch halbentlaubte Wälder streichen und das Licht in flachem Winkel sich an den Zweigen und Blättern bricht, so dass es fächerförmig hineinscheint und herab auf feuchte Moose und verrottendes Laub. Es glitzert vor ihrem nach oben gerichteten Blick auf dem Wälderdach und verwandelt das Unterholz in trollen- und feenbewohnte Phantasiewelten.

Vor vier Tagen hatte sie ihren vierzigsten Geburtstag gefeiert. Dabei ist ‚gefeiert' das falsche Wort. Um dem ganzen Brimborium aus dem Weg zu gehen, der normalerweise um einen runden Geburtstag gemacht wird, hatte sie den Dekan gebeten, ihr eine Woche Sonderurlaub zu gewähren, was dieser auch ohne Zögern tat. „Mir geht dieses offizielle Händereiben auch immer auf die Nerven. Ich kann Sie gut verstehen.", hatte er geantwortet und noch hinzugefügt: „Genießen Sie Ihren Urlaub und den Geburtstag!"

Sie konnte nach dieser Erlaubnis kurzfristig noch für eine Woche ein Haus an der dänischen Nordseeküste mieten und saß tagsüber dort vor der Haustür an einem kleinen Holztisch, auf dem Dänisch-Lehrbücher lagen, und schaute minutenlang, wie sie zuerst angenommen hatte, auf das bis zum Horizont reichende Meer hinab. Tatsächlich hinab, weil das Haus auf eine fünfzehn Meter hohe Steilküste gebaut war und nur fünfzehn Meter vor dem Abhang stand. Und sie schaute auch nicht immer minutenlang hinaus; mehrmals überraschte es sie, wenn sie nach solch einem Hinausblicken auf die Uhr schaute, dass eineinhalb oder zwei Stunden vergangen waren.

Wie sie es sich vorgenommen hatte, verlief es auch: Sie war zwei Tage vor ihrem Geburtstag angekommen, hatte bei zwei Großeinkäufen alles besorgen können, was sie im Haus haben wollte, und war die Steilküste auf der vor dem Haus angelegten Holztreppe hinabgestiegen, um die Umgebung kennen zu lernen, konnte schon den einen oder anderen Muschel- bzw. Strandgutfund in Form eines ausgebleichten Möwenschädels vorweisen und war glücklich, dass die drei Häuser, die in einer Entfernung von jeweils einhundert Metern hinter ihrem standen, unbewohnt waren und es auch bis zum Rest ihres Kurzurlaubs blieben.

An ihrem Geburtstag frühstückte sie vor dem Haus. Die Sonne schien, und vom Meer kam nur ein lauer Wind, der auf dem Tisch keinen Zucker umherstreute und auch die Seiten der Bücher und des Notizblocks in Ruhe ließ. Sie hatte die Bücher schon vor dem Frühstück auf den Tisch gelegt, weil sie dachte, dass sie in Reichweite vielleicht eher zum Lernen aufforderten. Aber an diesem Tag blieben sie geschlossen; denn auf der anderen Seite war es ein Tag, an dem sie nicht unbedingt lernen musste und wollte. Sie wollte es einmal ausprobieren einen ganzen Tag lang nicht zu lernen oder zu lesen. Ein schwieriges Unterfangen, wie sich schon bald herausstellte. Sie ertappte sich nämlich immer wieder dabei in bestimmten Momenten am liebsten lesen zu wollen, und sei es auch nur für eine Stunde. Sie legte die Nordische Mythologie und die dänischen Erzählungen wieder aus der Hand und ermahnte sich selbst, diesen einen Tag einmal durchhalten zu wollen. Sie konnte sich an keinen Tag in ihrem Leben erinnern, an dem sie nicht etwas gelesen hätte – außer natürlich in der Zeit der frühen Kindheit.

Es war also gar nicht so leicht, nicht zu lesen. Das hatte sie nicht erwartet. Oft hatte sie sich vorgestellt, wenn sie in bestimmten Zeiten besonders viel zu lesen hatte oder sich eigene Pensa vorgenommen hatte, dass es schön wäre, nach dieser Anstrengung einen lesefreien Tag einzulegen und auch das zu genießen. Aber wenn es so weit gewesen war und sie diesen Tag hätte ‚genießen' können, hatte sie festgestellt, dass ein ganzer Tag ohne Lektüre doch nicht den ersehnten Genuss darstellte. Sie war froh gewesen wenigstens ein paar Stunden nach dem Aufstehen nicht gelesen zu haben, hatte spätestens am Abend aber doch zu einer Kopie, einem Hesse-Gedicht oder einer Storm-Novelle gegriffen und in dem Bewusstsein aufgeatmet doch noch etwas lesen zu können.

Hier und jetzt wollte sie allerdings stark bleiben – auch wenn sie leiden müsste. Aber es stellte sich heraus, dass sie gar nicht litt. Es war so wie mit dem Rauchen: Zunächst ist der erste Tag der schwierigste. Später kommen ja noch andere schwierige Zeitpunkte dazu. Aber was das Lesen betraf, wollte sie ja gar nicht länger als einen Tag aussetzen; also ging es nur um diesen einen Tag. Und nachdem sie ein oder zwei Stunden gekämpft hatte, ließ der Druck zu ihrem Erstaunen allmählich nach; ein Tag ohne Lesen schien möglich. Sie lächelte.

Anfangs wechselte sie noch oft ihre Sitzposition, war unruhig und verrichtete Übergangshandlungen: stand auf und ging in die Küche, um sich früher als sonst einen Kaffee zu holen, steckte sich früher als üblich eine neue Zigarette an, schaute auf die Lehrbücher und überlegte, ob sie ihr Vorhaben nicht doch aufgeben sollte. Aber irgendwann lösten sich diese Überlegungen und Ablenkungen auf und entschwanden wahrscheinlich mit dem Wind, der gleichmäßig über alles und jeden hinweghauchte. Für den Rest des Tages dachte sie nicht mehr ans Lesen. Stattdessen dachte sie nach. Und sie entdeckte, dass sie das bisher viel zu selten gemacht hatte. Viel zu selten koppeln wir uns aus dem Alltag und unserem Beruf aus. Viel zu selten trennen wir uns von der Routine und dem, was wir meinen noch erledigen zu müssen, weil auch die kurze Zeit am Wochenende oder am Abend immer mit etwas gefüllt wird, was uns beschäftigt oder beschäftigen soll. Dabei ist es auch wichtig sich in unregelmäßigen Abständen einfach die Zeit zu nehmen und alles andere zu blockieren, um in diesen zwei oder drei Stunden das Leben und die Fragen zu ordnen, um Antworten auf beides finden zu können.

Alles kostet Zeit. Und die meiste Zeit kosten die wichtigsten Dinge. Das Dilemma ist leider oft, dass wir uns einreden keine Zeit zu haben. Und fatal wird es in dem Augenblick, wenn wir zu spät feststellen, dass wir uns für die wichtigsten Dinge keine Zeit genommen haben – oder nicht genug Zeit investiert haben. Mona hatte diesen Aspekt zum Glück schon früher erkannt und sich immer mal wieder diese Zeit genommen – nach den für den nächsten Tag wichtigen Korrekturen oder Vorbereitungen noch zwei Stunden angehängt, obwohl sie auch früh ins Bett hätte gehen können, doch diese zwei Stunden für so wichtig erachtet, dass sie lieber auf zwei Stunden Schlaf verzichtet hatte. Sie wachte am nächsten Morgen nach vier Stunden Schlaf zwar müde auf, doch glich die Zufriedenheit darüber, dass sie sich wieder einmal die Zeit genommen und ihr Leben geordnet hatte, jegliche Müdigkeit aus. Außerdem ließ sich das Schlafdefizit meistens am nächsten Tag oder spätestens am Wochenende immer wieder kompensieren. Aber das waren bisher immer Stunden. Jetzt sollte es also ein ganzer Tag sein. Auf zu neuen Erfahrungen! Auf in neue Gewässer!

Der vierzigste Geburtstag ist wahrscheinlich für viele ein denkwürdiger Tag (also ein Tag, der würdig oder wert ist, an ihm über etwas nachzudenken), obwohl es auch schon der dreißigste oder der zwanzigste sein können. Aber im Unterschied zu den früheren Jubiläen ist man mit Vierzig zwei Schritte weiter: Die Pubertät liegt noch weiter zurück, das geliebte Haustier ist noch länger tot, die

Lehre oder das Studium haben ihr Haltbarkeitsdatum überschritten, und der Berufseinstieg und die ersten Berufsjahre sind mehr oder weniger erfolgreich bestanden, und vor allem: Das Leben ist spätestens jetzt zur Hälfte gelebt und vorbei. Also wieder die Frage nach dem halbleeren oder halbvollen Glas.

Nach anfänglicher Gedankenlosigkeit durch puren Meeresblick und absoluten Genuss der freien Zeit kam hin und wieder eine Gedankenfolge auf, die sie zum Überlegen anregte. In der sich ausdehnenden Ablenkungslosigkeit meldeten sich irgendwann die Fragen von allein. Und eine der ersten war die nach dem richtigen Beruf. Sie konnte bestätigen, dass ihr Beruf genau der richtige für sie ist. Wenn sie darüber nachdachte, warum sie sich damals für Romanistik entschieden hatte, leuchteten die Gründe heute noch genauso ein. Sie hatte die spanische Sprache in der Familie einer Freundin kennen gelernt, deren Vater Spanier war. Damals war es auch noch eine Ausnahme, dass jemand Spanisch sprach. Es war sehr exotisch, und sie mochte diese Sprache mit ihren vielen vokalischen Endungen und dem Ceceo, dem lispelnden Aussprechen des C nach E und I und dem Z generell. Hinzu kam das rollende R, das sie sich innerhalb von zwei Stunden Übung angeeignet hatte. Das hatte so etwas Bestimmendes, Konkretes und Durchsetzungsfähiges. Ihre Freundin und sie nutzten das Spanische auch als Geheimsprache, da es in der Schule niemand verstand und sie sich auf diese Weise über Lehrer und Mitschüler lustig machen oder einfach nur Kommentare abgeben konnten ohne denjenigen zu beleidigen oder in Euphorie zu versetzen. So teilte ihr Melanie einmal mit, dass sie Jonathan sehr mochte. Er stand direkt daneben, machte aber nur ein etwas dümmliches Gesicht, weil er nicht wusste, ob sie jetzt etwas Positives oder Negatives gesagt hatte.

Aber mit der Sprache spielen und sie ernsthaft inklusive Literatur, Geschichte und Kultur studieren waren zwei Paar Schuhe. Denn studieren bedeutete auch damals schon lernen, arbeiten, auf Partys und Sonnenstunden am Flussufer verzichten und vor allem Prüfungen bestehen. Viele verwechseln das Wort ‚Studium' heute wie damals ja mit den Worten ‚Spaß haben' – und scheitern daher auch. Aber Mona hatte damit in keinem Semester Probleme. Im Gegenteil: Nachdem sie die nervenden Linguistikseminare hinter sich gebracht hatte, genoss sie jede Veranstaltung, in der sie mehr über die politische Vergangenheit und die gesellschaftlichen Auseinandersetzungen erfahren konnte. Sie schwelgte in spanischen Texten und hatte einen optimalen Grund, warum sie in allen Semesterferien nach Spanien reisen musste: Recherche, Sprache lernen, guapos kennen lernen, die ganz wild nach blonden Frauen sind, und natürlich die spanische Küche und den spanischen Wein probieren. Das kann man ja am besten nur vor Ort. Denn damals gab es auch noch fast keine spanischen Restaurants in Deutschland. Also meldete sie sich alle drei bis vier Monate ab und genoss für ein bis zwei Monate in der Praxis alles, was Spanien so zu bieten hat. Die Theorie musste warten, bis das nächste Semester beginnen würde. Jedes Mal kam sie sonnengebräunt und gut gelaunt zurück und freute sich schon auf die Fortsetzung in Granada, Sevilla, Madrid oder Salamanca – wo auch immer: der Spaßfaktor war für einige Jahre garantiert. Sie hatte es nur schlauer angestellt als diejenigen, die sich hier mit BWL, Jura oder Psychologie abmühen, obwohl es sie nicht wirklich interessiert, und meinen zum Ausgleich auf jede Party gehen zu müssen, um vielleicht doch einen Versorger zu finden, wonach sie aber nur abgefüllt in fremden Wohnungen aufwachen und das für das moderne Spaßtum halten, was aber nichts anderes als das moderne Spießertum war. „Achtet auf die Worte!", sagte Konfuzius. Mona musste schmunzeln.

Ja, sie hatte alles richtiggemacht, dachte sie auch an ihrem vierzigsten Geburtstag. Später hatte sie noch Italienisch dazugenommen und das gleiche in den Semesterferien veranstaltet: Rom, Perugia, Neapel und natürlich die ragazzi, die sich im Vergleich zu den Spaniern nur ein wenig plumper, sprich schwanzgesteuerter anstellten, aber ansonsten alles erledigten, worum Mona sie bat. Durch diese Einheimischen konnte sie stets mehr sehen und erfahren als normale Studenten geschweige denn Touristen. Und das Größte war die Entdeckung der Oper, die sie nun auch textmäßig studieren konnte. Musik und Sprache vereint – welche andere Kombination konnte dagegen schon anstinken? Und das ganz offiziell durch Prüfungen und Fortschritte abgesichert, so dass die Finanzierung nicht in Frage gestellt wurde.

Was hätte sie sonst studieren sollen: Jura? Medizin? Archäologie? Sie fand kein Studienfach, das

Romanistik geschlagen hätte – außer vielleicht Skandinavistik. Aber ihre Vorlieben lagen damals woanders. Die Liebe zu Dänemark und Schweden trat erst später auf den Plan. Also hatte sie sich zu dem Zeitpunkt, an dem sie sich entscheiden musste, perfekt entschieden.

Mona leerte den Aschenbecher und feierte innerlich ihren Triumph, der darin bestand, auch nach zwanzig Jahren noch von einer ehemaligen Entscheidung überzeugt zu sein, war sie sich doch bewusst, dass viele es nicht schaffen und so weit bringen wie Emily zum Beispiel, die meinte ihren Versorger in Form eines zukünftigen Zahnarztes gefunden zu haben. Sitzt jetzt ausgelaugt von zwei verwöhnten Kindern in einer kleinen Hamburger Hochhauswohnung, geschieden, gealtert und ohne wirkliche Perspektive; oder Petra: zweimal das Studienfach gewechselt und später ganz abgebrochen, zwei Abtreibungen hinter sich und nun Geld für ausgesetzte Haustiere sammelnd; oder Monika: erst ‚glücklich' verheiratet, dann die ersten Affären ihres Mannes, die sie mit Affären beantwortete, nicht weil es ihr Spaß machte, sondern weil sie meinte sich so rächen zu können, ewig im Psychokampf mit ihrem Versorger, sich mit Kleiderkäufen tröstend (denn ewig Schmuck zu spendieren war ihrem Gemahl auf die Dauer zu teuer) und zweimal im Jahr nach Teneriffa. Was für ein armseliges Schicksal, dachte Mona, wenn man sich sowohl finanziell als auch psychisch so abhängig gemacht hat.

Nein, sie hatte alles richtig gemacht und konnte sich schließlich auch Kleider und Urlaube kaufen; nur hatte sie das Geld dazu selbst verdient, was eine ungeheure und stetige Befriedigung war und keine Möglichkeit zur Demütigung bot. Arme Frauen, die ihr immer noch denkt, dass eine Heirat und Kinder garantiertes Glück bedeuten! Allerdings ist es wohl für jene Frauen das Richtige, die keine anderen Ambitionen haben als sich aushalten zu lassen und in der Kinderbetreuung ihr Seelenheil zu finden.

Mona zog sich eine kurze Hose an und ein Hemd über, denn bisher hatte sie fast nackt vor ihrem Haus gesessen; und jetzt wollte sie an den Strand gehen und weitere Kleinodien finden.

Ein anderes Mal dachte sie über den Traumpartner nach. Das hatte sie ja schon desöfteren gemacht. Aber es ist auch gut, mehrmals über etwas nachzudenken und eine Entscheidung zu überprüfen oder überhaupt eine Entscheidung zu treffen. Doch stand sie nicht mehr unter Druck, weder unter Zeitdruck noch unter Sexualdruck. Sie war auch so ausgeglichen, da ihr geistige Befriedigung wichtiger geworden war. Und wenn sie mal Lust hatte, erfüllten Dildo oder Vibrator die gleiche Funktion wie das erigierte Glied eines lebenden Stößlings – meist sogar besser, weil sie nicht schwitzen und stinken.

Sie stellte sich einen gutaussehenden Fünfziger vor, der ihr mit sehr kurzen, blonden Haaren und sonnengebräuntem Gesicht entgegenlächelte, während er beim gemeinsam Frühstück am Meer in kurzen Hosen in der Zeitung blätterte oder ein dänisches Kreuzworträtsel löste, sie dabei manchmal fragte, ob sie die Lösung kenne – natürlich auf

Dänisch: „Hvad kalder man også „skjul"? – Det ved jeg. Det er ‚gemmelig'. – Tak skal du ha', min engel! – Selv tak, min stærk bjørn!" Sie würden danach am Frühstückstisch noch Geschlechtsverkehr im Sitzen haben und zu einem langen Spaziergang am Strand aufbrechen, bei dem sie sich vielleicht über ein gelesenes Buch oder eine tagespolitische Neuigkeit unterhalten würden.

Über das gemeinsame Wohnen (außerhalb der Urlaubszeiten) war sich Mona noch nicht sicher. Wahrscheinlich wäre es besser, wenn beide ihre Wohnungen behielten. So konnten sie sich effektiv aus dem Weg gehen, wenn sie allein sein wollten oder mussten. Außerdem wäre eine Trennung reibungsloser zu vollziehen, wenn sie sich wieder trennten. Sie dachte zwar noch vor dem Beginn dieser wundervollen Beziehung schon gleich an Differenzen und das Ende, aber sie war inzwischen so weit herangereift zu wissen, dass es eine pausenlose Verliebtheit nicht gibt beziehungsweise von vielen mit Anhänglichkeit verwechselt wird. Und weder sie selbst noch ihr Partner sollten in die Falle tappen und sich durch permanentes Anfassen und Ansprechen auf die Nerven gehen, was eben schnell zu Überdruss und Überfluss des Partners führt. Der Partner müsste jegliche Regung verstehen und schweigen können. Er müsste tolerieren, dass sie ihn manchmal nicht sehen wolle – genauso wie sie es bei ihm tolerieren müsste. Es ekelte sie an sich erklären zu müssen: „Warum willst du mich denn nicht sehen? Habe ich etwas falsch gemacht? Bin ich dir nicht mehr wichtig genug?" etcetera blabla. Verstehen ohne zu fragen, akzeptieren ohne

Hintergedanken zu hegen, lieben auch ohne es ständig zeigen zu müssen – das wäre der richtige Partner. Es war ihr klar, dass es schwierig sein würde solch einen Menschen zu finden; und vielleicht würde sie ihm auch nie mehr begegnen. Aber sie wollte Ausschau halten und neugierig bleiben; auf jeden Fall keinen Ersatz mehr in ihr Leben lassen. Tofu-Käse oder Pflanzenklopps schmecken auch scheiße. Dann lieber echten Esrom von einer richtigen Kuh und ein saftiges Steg von einem echten Jungbullen. Und aus dem Spanischen wusste sie: ‚Lieber allein als in schlechter Gesellschaft.‘ Das hatte sich auch in anderen Situationen schon oft bewährt. Die meisten Menschen sind keine gute Gesellschaft. Also gab es auch in dieser Frage keinen Korrekturbedarf. Sie fühlte sich, wenn sie an die Vergangenheit dachte, alleine besser und sehr wohl. Sollte dieser Herr Perfectus einmal auftauchen, müsste er die jetzige Situation und das jetzige Denken zu toppen in der Lage sein. Sie war gespannt. Dabei erinnerte sie sich an eine Aufführung der Turandot in Münster, bei der es auch nur einen Mann gibt, der dieser Prinzessin gewachsen ist. Mona lächelte.

Am vorletzten Tag dachte sie noch einmal über die Kinderfrage nach. Mit zwanzig war sie trotz Pille schwanger geworden – ein ungutes Gefühl. Natürlich musste sie die Abtreibung vornehmen lassen, keine Frage. Sie wollte studieren und einen Beruf ergreifen; da hätte ihr so ein kleines Füttere-mich-Monster nur die nötige Zeit und die nötigen Nerven geraubt, die für das Studium Voraussetzung sind. Sie sah es ja ständig an diesen modernen Möchtegern-Müttern, die meinen alles auf einmal schaffen zu können und doch reihenweise scheitern – spätestens im zweiten Semester. Alles auf einmal geht eben doch nicht, auch wenn man Eltern und Krippenplatz hat, die einem die wichtigsten Aufgaben in Bezug auf das Kind abnehmen. Die Frage ist ja auch: Warum bekomme ich eigentlich ein Kind, wenn ich mich nicht darum kümmern will? Das war übrigens auch einmal eine sehr schlaue Frage einer bolivianischen Studentin, die ihre Frage speziell auf die deutschen Frauen bezog. ‚Ein schlaues Mädchen', dachte Mona auch heute noch.

Mit achtundzwanzig wurde sie von Jörg schwanger. Damals sagte sie sich: Warum eigentlich nicht? Das Studium war beendet und sie hatte die Assistentinnenstelle bei Professor Liebermann bekommen, der sie in allem so weit unterstützte, wie es in seiner Macht stand – ein wirklich netter Mann. Urlaub und Vertretung war alles schon geregelt. Doch es kam im vierten Monat zur Fehlgeburt oder Totgeburt; die Spezialisten sind sich da nicht so ganz einig, wie sie es nennen sollen. Spielt am Ende aber auch keine Rolle, weil es nur darauf ankommt, dass das Ding eben nicht mehr zum Säugling heranwächst, sondern frühzeitig im Müll des Lebenskreislaufes landet.

Nach der ganzen Hektik, die darum veranstaltet wurde, wusste Mona nicht, ob sie traurig sein oder sich freuen oder gar nichts empfinden sollte. Sie ließ die Behandlungen über sich ergehen – sogar das Geschwafel der Psychologin, die keine Kinder hatte und sich das alles nur „vorstellen" konnte, wie sie sagte. Aber darauf hätte Mona auch verzichten können. Denn mit „vorstellen" hatte das in ihrem Fall nichts mehr zu tun, sondern mit „erlebt haben". Es war, als wenn ein Schwein die Minerva belehren oder eine Ziege dem Bauern vorschreiben möchte, wie er seinen Hof zu führen habe. Psychologinnen eben, die, wie Annette ihr einmal gestand, eigentlich nur Psychologie studieren, um sich selbst kennen zu lernen, um in der Praxis, wenn sie anderen helfen sollen, regelmäßig zu versagen. Annette hatte daher auch nach ihrem abgeschlossenen Psychologie-Studium auch die Ausbildung zur Erzieherin gemacht und war nun glücklich. Allerdings konnte sie das auch nur durchziehen, weil ihr Vater Verständnis und das nötige Geld hatte, um ihr diese lange Ausbildungszeit zu finanzieren. Aber er sagte sich einfach: „Soll sie das machen, wozu sie Lust hat, und was sie am Ende auch befriedigt! Egal, wie lange es dauert. Ich habe schließlich auch erst eine Drucker- und Setzerlehre gemacht und erst später Jura studiert, weil mir andere Leute geholfen haben." Ein vorbildlicher Vater.

Heute sah Mona das alles als Menetekel, als eine Abfolge von Hinweisen, dass sie nicht dazu bestimmt war, nur Mutter oder auch Mutter zu sein. Sie hätte, wie gesagt, ihren Weg nicht gehen können, wenn da dauernd ein schreiendes und störendes Etwas gewesen wäre, dass sie nur vom Wichtigen abgehalten hätte. Und jetzt, da sie vierzig ist, hat sich die Frage auch erledigt. Denn jetzt noch ein Kind bekommen grenzt schon an Leichtsinn und Unverantwortlichkeit. Sie dachte an all die verschrumpelten Frauen, die noch einmal jung sein wollen und das auf Kosten unschuldiger Föten veranstalten. Einfach abstoßend, wenn jemand seinen unbeherrschten Drang ausleben will und dabei keine Rücksicht mehr nimmt! Wenn sie so eine gealterte Milchsäule sieht, fragt sie sich immer, welcher Mann so bescheuert gewesen war diese Person als Mutter seines Kindes zu wählen, oder welcher Arzt so skrupellos gewesen war, dieser Ausrangierten doch noch ein paar Spermien zu spritzen oder Eizellen zu implantieren. Grässliche Vorstellungen über die zukünftigen Generationen schüttelten sie. Und daher war sie sich auch sicher und glücklich darüber, dass dieser Kelch an ihr vorübergegangen war. Natürlich musste ihr eventueller Zukünftiger genauso denken. Und so schloss sich wieder ein Kreis, während sie in der Abendsonne vor ihrem Ferienhaus saß, einen Whiskey genoss und Schumanns Cellokonzert hörte.

Olos hatte seinen Geburtstag fast vergessen. Vor lauter Aufträgen war er lange nicht zur Ruhe gekommen. Seitdem er über die Hanse und die untergegangenen Städte der Nord- und Ostsee geschrieben hatte, waren seine Artikel nicht nur in Deutschland, sondern auch in England und Skandinavien heiß begehrt, so dass er in manchen Wochen gleich fünf Aufträge erhielt über irgendeine Zeit irgendeiner Region zu schreiben – mehr als er leisten konnte. Daher nahm er sich vor, einmal ein halbes Jahr oder vielleicht auch länger auszusetzen und einfach mal nichts zu tun außer nachzudenken.

Viel zu selten koppeln wir uns aus dem Alltag und unserem Beruf aus, dachte er. Viel zu selten trennen wir uns von der Routine und dem, was wir meinen noch erledigen zu müssen, weil auch die kurze Zeit am Wochenende oder am Abend immer mit etwas gefüllt wird, was uns beschäftigt oder beschäftigen soll. Dabei ist es auch wichtig sich in unregelmäßigen Abständen einfach die Zeit zu nehmen und alles andere zu blockieren, um in dieser Zeit das Leben und die Fragen zu ordnen, um Antworten auf beides finden zu können. Und jetzt wollte er einmal richtig Pause machen – ein Sabbatical einschieben und vielleicht über neue Themen nachdenken, über das Vergangene nachdenken – eine Art Manöverkritik an seinem bisherigen Leben üben. Daher vertröstete er die Zeitungen auf eine unbestimmte Zeit, erklärte seine Gründe und sein Vorhaben und schaltete sein Mobiltelefon aus.

Eine der herausragendsten Ideen am Anfang dieser Auszeit war eine Reise zu machen. Natürlich! Was auch sonst? Aber es war keine Reise wie die bisherigen geplant, auf denen er sich doch irgendwie beruflich verpflichtet fühlte, weil er das Angenehme dort gleich mit dem Artikel verband, den er verkaufen wollte. Das sollte diesmal nicht stattfinden. Er wollte einfach nur reisen und gucken, reisen und atmen, reisen und ausruhen. Wie er in einer bestimmten Sekunde plötzlich auf die Idee dieser spezifischen Reise kam, wusste er nicht mehr genau. Er saß eines Abends in seinem Lesesessel über der Lektüre von Goethes ‚Dichtung und Wahrheit', als er auf einmal den Duft seiner Mutter wahrnahm, ein Gemisch aus verbrauchter Schlafzimmerluft und ungenießbar gewordenen, gekochten Kartoffeln sowie einem Hauch von Schweiß. Das war das erste

Mal gewesen, dass er seine tote Mutter gerochen hatte. Seinen toten Vater hatte er schon mehrmals in seiner Wohnung gerochen; und manchmal schien auch Quinnh sich in Erinnerung bringen zu wollen, eine vietnamesische Studentin, die er vor einigen Jahren kennen gelernt und zwei Monate lang geliebt hatte, bis sie zurück nach Vietnam ging und dort bei einem Autounfall ums Leben kam. Sie wollte dort eine Familie gründen, weil er es hier mit ihr abgelehnt hatte.

Und kurz nachdem er seine Mutter gerochen hatte, musste sich in ihm der alte Fluchtreflex geregt haben, der sich früher immer eingestellt hatte, wenn sie ihn mitten in der Nacht bei der Schreibtischarbeit oder weinhaltigen Reflexionen gestört hatte, um von ihm das unverzügliche Schlafen zu fordern. Wenn sie das Zimmer wieder verlassen hatte, ging er meistens aus dem Haus und setzte seine Reflexionen an der frischen Luft fort.

Er legte den Goethe aus der Hand und ging zum Schreibtisch, um dort etwas nachzuschlagen. Dabei wurde sein Blick wohl von der Europakarte, die als Schreibunterlage diente, angelockt und fiel direkt auf Helgoland. Von dort sprangen sein Blick und seine Gedanken innerhalb einer Sekunde zu den Hebriden und von dort gleich zu den Färöern und von dort nach Island. Und damit war die Reiseroute festgelegt. In den folgenden Tagen setzte er sich hin und plante, verglich, informierte sich und buchte für den nächsten Monat, wurde so an einem Tag dreitausend Euro für Unterkünfte und Flüge los und freute sich wie ein Kind. Und in dieser gesamten

Reiseplanungs- und Vorfreudesituation wäre ihm fast sein Geburtstag abhandengekommen.

Einen Tag vorher schaute er noch einmal auf den Kalender, was er seit vier Wochen nicht mehr getan hatte. Und da fiel es ihm auf: Der nächste Tag war der 1. Oktober. Nun waren die Reiseplanungen abgeschlossen, so dass das konzentrierte und konzertierte Abstimmen der Flüge und Aufenthalte unter Dach und Fach waren. Seinen Geburtstag begann er wie schon oft in der Vergangenheit mit Lachs, Kaviar und Toast und ein paar Bechern Kaffee, hörte Cellomusik mit Rostropovich und schaute in den blauen Himmel – überlegend, wo er seinen ausgedehnten Spaziergang machen könne. Er entschied sich für das rechte Isarufer in Richtung Wolfratshausen. An einem Mittwoch wären dort fast keine Menschen unterwegs – eine Vorstellung, die seine blauen Augen schon vor dem Aufbruch aufleuchten ließ. Und als er ankam, erfüllte sich sein Wunsch nach menschenleerer Natur und fahrradlosen Wegen, die still und verlassen vor ihm lagen. Buchfinken und Eichhörnchen trauten sich wieder hervor, und Entenpaare gründelten unbesorgt am Ufer des Flusses, wo sonst Kinder und jugendliche Schreihälse die Ruhe zerstörten. Die Sonnenstrahlen trafen mit abgeschwächter Energie auf die Erde, und das Licht changierte ins Goldene, als sie durch die halbentlaubten Wälder strichen und das Licht in flachem Winkel sich an den Zweigen und Blättern brach, so dass es fächerförmig hineinschien und herab auf feuchte Moose und verrottendes Laub. Es glitzerte vor seinem nach oben gerichteten Blick auf dem Wälderdach und verwandelte das Unterholz in trollen- und feenbewohnte Phantasiewelten.

Nach vier Stunden kam er wieder zu Hause an. Die Beine waren etwas schwer geworden und der Durst groß, so dass er den ersten Liter klaren Wassers ohne abzusetzen hinunterschluckte, den zweiten danach mit etwas mehr Zurückhaltung trank. Er legte sich auf das Bett und ruhte aus, schlief eine ganze Stunde und überlegte, nachdem er ohne Wecker wieder aufgewacht war, was er zum Abendessen kochen könnte. Seine Wahl fiel diesmal auf ein saftiges Pfeffersteak mit grünen Bohnen und Kartoffelbrei. Also ging er einkaufen und besorgte das Nötige für den kulinarischen Genuss am Abend – außer dem Essen noch zwei Flaschen spanischen Rotwein und eine Packung Cigarillos.

Als er nach dem fast vergangenen Tag wieder zu dem Goethe griff, den er vor seiner Reise noch durchlesen wollte, las er nur eine Seite und legte das Buch wieder auf die Ablage. Seine Gedanken richteten sich nun ausschließlich auf die Reise. Er stellte sich die Gegend vor, die er schon auf Bildern angesehen hatte, packte in Gedanken zum dritten Mal seinen Koffer und überlegte nicht nur welche Bücher, sondern vor allem ob er überhaupt Reiselektüre mitnehmen sollte. Dabei schienen ihm vier Wochen ohne jeglichen gedruckten Text eine sehr lange Zeit zu sein – vor allem dort oben, wo er kaum Menschen träfe und für Wochen eine Menge Wasser vor sich und um sich herum hätte und wegen des Wetters viele Stunden im Innern von Gebäuden verbrächte.

Am 1. November hatte er seine Reise angetreten – den dicken Norweger und die grüne Regenjacke im Gepäck und den Wind bereits auf der Stirn fühlend. Und am 1. Dezember war er zurückgekehrt. Es waren vier Wochen des Staunens gewesen, eine Periode, wie er sie so in seinem Leben noch nicht erlebt hatte, ein außergewöhnlicher Monat der ununterbrochenen Weite, eine Zeit der Beruhigung und Kontemplation. Und es hatte gutgetan. Es war genau die richtige Entscheidung zur richtigen Zeit. Denn er war jetzt fünfundfünfzig und hatte eigentlich sein Leben hinter sich.

Eine der wichtigen Fragen, die er sich auf der Reise gestellt hatte, war nicht die nach dem Sinn des Lebens, sondern natürlich die nach dem Sinn seines Lebens. Dabei lässt sich die Frage schnell damit beantworten, dass ein Menschenleben zunächst einmal keinen Sinn erfüllt, weil wir an der Spitze der Nahrungskette stehen und uns niemand als Futter und Lebensgrundlage braucht. Alle anderen Lebewesen haben uns das voraus, dass ihr Leben einen Sinn ergibt. Sie spenden ihr Fleisch oder was sie sonst so an ihrem Körper haben für die Aufzucht von Jungen und damit für den Erhalt einer anderen Art. Wir Menschen dienen leider zu nichts und niemandem außer Friedhofswürmern, wenn sich Leute altmodisch noch beerdigen lassen, anstatt vernünftigerweise die Feuerbestattung zu wählen. Und die Würmer fänden wahrscheinlich auch ohne uns noch genug zu fressen. Also aus die Maus: Unser Lebenssinn ein Nichts.

Er hatte sich nie in der Situation befunden, aus fehlendem Lebenssinn Kinder zeugen zu müssen, um sagen zu können, dass man ihn als Vater brauche, weil das Leben sonst nichts mehr hergab. Das kann man natürlich machen, wenn man keine anderen Ambitionen mehr hat. Man sollte sich in dieser Situation aber lieber einen Hamster oder einen Hund anschaffen, da diese Rechtfertigungsgründe kurzlebiger als Kinder sind und auch nicht bis kurz vor dem Tod so viel Energie und Geld für sich abzweigen und darüber hinaus nach dem Tod nicht noch auf Erbbares hoffen. Götter hat es auch nie gegeben; daher brauchte er auch ihretwegen nicht zu leben, um sie anzuhimmeln oder ihre virtuelle Existenz als Grund für seine Machtausübung zu phantasieren. Denn ein Machtmensch war er nicht. Er wollte in Frieden gelassen werden, seine Arbeit machen dürfen und sein Leben selbst gestalten können.

Einen nicht geringen Teil seiner Honorare spendete er an wohltätige Organisationen. Doch die bekamen auch so genug Geld von anderen, das sie veruntreuen oder verschwenden konnten. Das zählte mit Sicherheit nicht zu den Gründen, warum man von einer allgemeinen Sinngebung des eigenen Lebens sprechen könnte. Und sich moralisch vorbildlich zu verhalten gehört einfach zu einem zivilisierten und gebildeten Leben, wie er eines führte, dazu. Das ist Voraussetzung, aber nicht Sinn.

Was bleibt also, wenn wir alles streichen und verneinen, was man uns als Menschenrekruten eingebläut hat, weil es einfach nicht stimmt? Es bleibt entweder der Opfertod, wie ihn so viele schon gewählt haben, oder der Freitod, wie ihn so viele schon gewählt haben. Oder es bleibt die Entscheidung, dass wir nur für uns leben. (Das machen die anderen allerdings auch, nur verstecken sie den egoistischen Gedanken hinter Worten wie Familie, Freundschaft und Liebe.) Das bedeutet ja nicht, dass wir wie die Rücksichtslosen jeden stören und alles zerstören, was uns umgibt. Es kann und sollte bedeuten, dass wir uns auf uns selbst besinnen und nicht (außer dem pflichtbewussten Zahlen von gemäßigten Steuern) anderen Mächten dienen, denen wir nur als Steuerzahler oder Soldaten dienen sollen. Es bedeutet, dass ich mein ganzes Leben lang versuchen kann das zu erreichen, was ich erreichen will: Musikinstrumente erlernen, Fremdsprachen benutzen, Länder erkunden, sich durch das Studium der Geschichte an der Gegenwart erfreuen, die Natur genießen, sich die Zeit für das eigene Leben nehmen und an dessen Ende den Tod müde und lächelnd begrüßen.

Natürlich muss ich erst einmal herausfinden, was mein eigenes Leben ist. Aber dafür brauche ich eben Zeit für mich und keine Ablenkung wie Kinder oder falsche Freunde, selbstsüchtige Sexualpartnerinnen oder überflüssige Mathematikstunden.

Zum Glück hatte Olos – mehr aus Instinkt als aus überlegtem Handeln heraus – den Großteil seines Lebens so verbracht. Am Anfang stand natürlich die Unterjochung durch Eltern, Schule, Militär und Wirtschaft sowie das Ausprobieren und Testen menschlichen Zusammenlebens. Aber er redete sich diese gefängnisgleichen Gemeinschaften überzeugend dadurch schön, dass er argumentierte, ein Säugling müsse schließlich auch erst einmal zum Menschen gemacht und deshalb erzogen werden, um in dieser

Welt, die nicht die beste aller Denkbaren ist, bestehen zu können. Wie eng und engstirnig und engherzig Menschen in vielen Regionen der Erde sind, hatte er deutlich auf den Färöer entdeckt, wo es ein ‚Eng' nicht gab.

Und er hatte gelernt – hatte sich erziehen und fit machen lassen – hatte sich teilweise unterworfen und geduldet. Aber er hatte nicht jeden Scheiß mitgemacht – hatte sich eine gewisse Freiheit bewahrt: Studium nach Vorlieben, keine Heirat, keine Kinder, keine Kredite, keine Vereine, keine Stammtische, keine so genannten Freundschaften und vor allem kein Glaube. Und er hatte richtig gelegen. So viele sah und sieht er täglich schuften und schinden und scheitern für ein bisschen Rechtfertigung. Aber die Zeiten haben sich geändert: Wir brauchen die meisten Menschen um uns herum nur noch indirekt und nicht wie früher in direkter Weise zum Schutz und zur Ernährung, zum bloßen Überleben. Am Ende (und zwischendurch) sind wir nur uns selbst gegenüber Rechenschaft schuldig. Und am Ende leben wir wohl nur für uns selbst.

Mit seiner Beschäftigung als freiberuflicher Journalist war er sehr zufrieden. Er verdiente genug Geld, um sich seine Wünsche davon finanzieren zu können, konnte sich die Arbeitszeit selbst einteilen, musste nicht in irgendeinem stinkigen Büro neben unangenehmen Kollegen sitzen und sich von einem unfähigen Vorgesetzten vorführen lassen, der seine eigenen Probleme durch Machtdemonstrationen kompensierte. Durch das, was er machte, ergaben sich auch keine Reibungspunkte. Entweder nahm eine Zeitung den Artikel oder nicht. Wenn nicht, würde er ihn bei einer anderen unterbringen. Sein Netzwerk war inzwischen so weit angewachsen, dass ihn eine einzelne Zeitung nicht unter Druck setzten konnte. Womit auch?

Manchmal überlegte er, ob es einen besseren Beruf gäbe. Dabei kam er aber immer wieder zu dem Ergebnis, dass es keinen besseren, wohl aber gleichwertige gibt, zum Beispiel den des Gärtners oder Eisverkäufers, vielleicht auch den des Hausmeisters, wobei es aber darauf ankam, wo und unter welchen Umständen er arbeiten könnte. Er kam zu dem Schluss, dass es eigentlich immer nur um folgende Parameter ging: Zum einen musste das Geld stimmen. Und ‚stimmen‘ bedeutet: nicht zu viel und nicht zu wenig, eben genug für die Erfüllung der eigenen Wünsche. Zum anderen musste er allein arbeiten, weil er seinen Gedanken nachhängen und nicht unterbrochen werden wollte. Ein Leben ohne Ansprache und Genörgel war ihm lieber, weil beides sinnlos ist und nur Zeit raubt, die man besser nutzen kann. Und da war noch die Nützlichkeit seiner Arbeit. Vergangenheit aufzuklären, wie er es mit seinen Artikeln machte, erschien ihm nützlich. Einen Baum zu pflanzen und einen Garten zu pflegen erschien ihm nützlich. Und Eis an Durstige oder Überhitzte zu verkaufen, erschien ihm ebenfalls nützlich. Irgendwelche überflüssigen Produkte herzustellen und sie dem Konsumenten schönzureden, erschien ihm nutzlos. Einen langweiligen Beruf auszuüben, auch wenn er dafür viel Geld bekam, erschien ihm nutzlos. Und gar anderen schaden erschien ihm ebenfalls nutzlos. Der Punkt bei Gärtner und Eisverkäufer war also nur, dass diese Berufe heute zu schlecht bezahlt sind. Also kam er immer wieder zu dem Schluss, dass sein jetziger Beruf der beste aller möglichen ist.

Auf den Färöer und den Hebriden suchte er auch nach unerfüllten Wünschen. Aber das war schwer. Denn in den vergangenen Jahren hatte er sich fast alle seine übriggebliebenen Wünsche erfüllt. Er hatte sich ein Cello gekauft und konnte kleine Melodien spielen und sowohl die tiefschwingenden als auch die hochsingenden Töne einwandfrei erzeugen und auf seine Psyche wirken lassen, was ihm völlig genügte. Er lernte Litauisch, was ihn nach all den anderen Sprachen als letzte gereizt hatte. Und mit acht Sprachen war er seiner Meinung nach auch exzellent ausgerüstet, um sich überall dort verständigen zu können, wo er sich aufhalten wollte. In früheren Zeiten hatten auch das Chinesische, das Russische und das Japanische auf sich aufmerksam gemacht. Aber diese Wünsche hatten sich irgendwann wieder verflüchtigt wie vorbeiziehende Kumuluswolken. Der Reiz war entschwunden, ohne dass er den Grund dafür hätte angeben können. Genauso verhielt es sich mit den Reisen in jene Länder. Schien es sich früher um einen noch nicht gestillten Hunger zu handeln, stellte es sich jetzt als überflüssige Nahrung dar, als ob man von dem Buffet auf einer Party fast alles probiert hat und nun die Lachsröllchen und das Lammragout unangetastet stehen lässt, weil man einfach gesättigt ist, und sich gleichgültig in Richtung Bar abwendet, um dort ein paar altbekannte Whiskeysorten anzutreffen.

Das Einzige, worüber er immer noch nachdachte, und was als letzter Wunsch eventuell noch in Frage kam, war ein kleines Haus am Meer, das er noch nicht gekauft hatte. Doch das Trugbild dieses Wunsches wurde als solches von Mal zu Mal überzeugender: Solange er als Journalist umherreiste und sowieso oft am Meer recherchierte, würde sein eigenes Haus am Meer leer stehen. Warum sollte er also so viel Geld investieren, wenn er kaum vier Wochen pro Jahr dort wäre? Der Gedanke, dass alles sein Besitz wäre, wurde immer kleiner. Er sah kaum noch einen Unterschied zwischen einem gemieteten Ferienhaus und der Einrichtung einer fremden Person oder Familie und den eigenen, mit persönlichen Gegenständen ausgestatteten Räumen. Vielleicht war es ja gerade das immer Neue, was er in den verschiedenen Sommerhäusern anderer Leute vorfand, was ihn inspirierte und zu dem typischen Meeresurlaub gehörte. Das Gewohnte, was er auch – vor allem nach einer längeren Recherche – schätzte, und was ihn wie eine lange entbehrte und lange ersehnte Person empfing, hatte er in seiner Wohnung. Wahrscheinlich würden die Aufenthalte in einem eigenen Haus am Meer ihren Reiz verlieren, wenn er schon am Anfang jede Ecke und jeden Duft kannte.

Also ließ er diesen Wunsch einfach offen, bis er sich entscheiden würde, wenn er seinen Beruf aufgäbe. Aber anderes gab es nicht mehr. Es war alles gelesen, alles gesagt, alles gesehen und alles gedacht und eigentlich auch alles gelebt. Den Rest an Jahren, die ihm vielleicht noch blieben, konnte er wie als kleiner Junge damals – sorglos durch Wälder und über Felder schweifend – ziellos verbringen und genießen. Die Jagd nach Erfolgen war vorbei;

er musste keine Prüfung mehr ablegen und keine Frau mehr herumkriegen; er musste nicht mehr dem Geld nachjagen und Pläne in die Realität umsetzen. Das war alles geschehen und als Antrieb nicht mehr zu gebrauchen. Das Ziel war erreicht. Und es stand die Frage im Raum: Was macht ein zehnfacher Champion nach seinem aktiven Sportlerleben?

Vielleicht im Schaukelstuhl sitzen und Cigarillos rauchen, in den Himmel schauen und am Abend frische Forellen grillen, die man selbst geangelt hat. Was würde er, Olos, machen, da es keine Wünsche mehr gibt? Ein paar Seiten Hesse oder Löns lesen, klassische Musik hören und den Möwen beim Fliegen zuschauen, der Natur ihren Lauf lassen und zufrieden die eigene Sonne untergehen sehen. Das ist ein beruhigender Gedanke.

11. So seltsam fremd wird dir die Welt, …

Der Anruf ihres Bruders erreichte Mona an einem Dienstag um dreizehn Uhr. Sie hatte gerade das Lorca-Seminar beendet und ihr portables Fernsprechgerät wieder eingeschaltet, als die Anfangsintervalle aus Beethovens Fünfter ertönten.

„Hallo Mona, hier ist Klaus."

„Hallo Klaus! Schön von dir zu hören. Wie geht es dir?"

„Ja, geht so. Unser Vater ist heute Morgen gestorben."

Ein paar Sekunden Stille. Mona hatte das Gesicht ihres Vaters vor Augen, das lächelte, als sie sich vor einigen Wochen das letzte Mal verabschiedet hatten. Sie wurde traurig.

„Wie ist es denn passiert?", fragte sie.

„Er wollte auf die Terrasse hinunter. Der Arzt sagt, dass er vielleicht einen Herzinfarkt bekam und dadurch gestürzt ist. Er ist mit dem Kopf auf einen der großen Steine neben der Treppe aufgeschlagen und hat sich dabei das Genick gebrochen. War sofort tot."

Wieder Stille.

„Bist du noch dran?", wollte Klaus wissen.

„Ja, ich bin noch dran."

„Ich habe schon mit dem Bestattungsunternehmen gesprochen und die ersten Schritte unternommen. Du weißt – wegen der Beerdigung."

„Ja, klar. Das ist gut. Ich danke dir. Habt ihr schon einen Termin ausgemacht?"

„Ich bin gerade dabei. Ich wollte erst mit dir sprechen. Wir können ihn frühestens am Freitag beerdigen. Aber auch Samstag geht, sagte Herr Mönteberg."

„Ach, Mönteberg. Ja klar. – Lass mich kurz überlegen, ja?! Ehrlich gesagt, wäre mir Samstag lieber. Am Freitag habe ich ein wichtiges Seminar und muss die Studenten auf die Prüfung vorbereiten."

„Ist gut. Für mich ist es egal. Dann sagen wir: Samstag, oder?!"

„Ja, das wäre gut. – Soll ich irgendwas machen. Ich meine: Wie kann ich dir helfen?"

„Nein, lass mal! Ich bin ja hier vor Ort und kriege alles auf die Reihe, denke ich. Die Anzeige in der Zeitung ist schon aufgegeben; und einige Karten an die wichtigsten Bekannten habe ich schon vorbereitet. Das Grab wird vorbereitet. Und das andere schaffe ich bis Freitag auch allein. Mach dir keine Sorgen!"

„Ich danke dir, Klaus. – Ich werde am Freitagabend kommen. Bist du in dem Haus?"

„Ja, ich werde hier übernachten. Die meisten Anfragen landen ja sowieso hier. Ich werde dein Bett beziehen."

„Das brauchst du doch nicht. Das kann ich auch selbst noch machen."

„Ja, ich weiß. Aber ich will möglichst viel schon fertig haben. Dann haben wir mehr Zeit für uns."

„Da hast du natürlich recht."

„Also dann bis Freitag?"

„Ja, bis Freitag, Klaus."

„Machs gut!" Mit diesen Worten unterbrach Klaus die Verbindung.

Nun saß Mona allein mit ihren Gedanken, die von einem Treffen mit ihrem Vater zum anderen sprangen – Gesichter, Worte, Gesten. Ein paar Tränen liefen an der Nase entlang, wurden aber von ihr mit einem Taschentuch aufgenommen, als sie es bemerkte.

Nun war es also so weit, dachte sie. Irgendwann kommt dieser Moment, an dem wir auch das verlieren, was wir nicht hergeben wollen. Irgendwann verlieren wir alles – und heute ist es der Vater. Damit waren jetzt beide Elternteile gestorben, ihre Mutter schon vor zwölf Jahren an Krebs. Das ist eine Zäsur, dachte Mona. Die Erzeuger tot, und mit ihnen die ältere Generation aus der Familie. Damit gehörte sie selbst zu der älteren Generation; war eine Stufe aufgerückt; dem Tod einen Schritt nähergekommen, obwohl der eigentlich immer da ist.

Nun gut. So ist es eben. Am Nachmittag stand noch eine Vorlesung zu Goytisolo an. Da sollte sie noch einmal über die Aufzeichnungen gehen. Aber das würde keinen besonderen Aufwand bedeuten, weil sie diese Vorlesung schon drei Mal gehalten hat. Sie musste sich nur konzentrieren und durfte sich jetzt nicht ablenken lassen. Schließlich hatte auch ihr Vater sie so erzogen, dass die Pflicht an erster Stelle steht. „Weinen kann man später immer noch, aber die Pflicht hat ihre Zeit.", hatte er gesagt. Sie musste ein wenig lächeln. Also konzentrierte sie sich auf ihre Aufgaben, wie es auch ihr Vater von ihr erwartet hätte, und wie sie es stets selbst von sich erwartet.

Am Freitagnachmittag saß sie im Zug in Richtung Bremen und las einige Briefe von ihrem Vater. Er hatte ihr manchmal ein paar Zeilen auf Papier geschrieben, weil er diese Art der Benachrichtigung immer noch pflegen wollte. Es bedeutete für ihn auch eine Form von Respekt zu äußern, wenn man sich die Zeit nahm, sich ein paar Gedanken zu machen und diese Gedanken am Schreibtisch zu formulieren, anstatt mit dem Handy eine grammatisch verstümmelte Botschaft abzuschicken und damit zu signalisieren, dass man eigentlich keine Zeit zum Gedankenaustausch habe. Außerdem freute auch er sich mehr über einen Umschlag in seinem Briefkasten als über den störenden und aufschreckenden Piepton, der oft eine Stille oder eine Beschäftigung unterbrach und nur ablenkte – eine Unhöflichkeit, die ihr Vater der modernen Welt immer wieder vorwarf. Die Menschen werden durch diese ständige Entwicklung der Technologie auch immer unhöflicher und respektloser. „Neulich hat mich dieser geleckte, junge Mann im Telefonladen doch glatt geduzt. Kannst du dir das vorstellen? Ist das jetzt hip, oder was? Für mich ist das nach wie vor respektlos. Wofür haben wir denn in unserer Sprache die respektvolle Anredeform des ‚Sie'? Um sie zu benutzen, natürlich. Oder was meinst du?"

Mona musste wieder schmunzeln. Sie hatte ihren Vater sehr gemocht. Ob sie ihn liebte, wusste sie nicht. Das mit dem Lieben ist immer so eine Sache. Was bedeutet dieses Wort schon? Und vor allem: Was bedeutet es im Zusammenhang mit den Eltern? Die religiöse Pflicht seine Eltern lieben zu müssen wurde ihr schon suspekt, als sie anfing zu denken – also etwa mit zwölf Jahren; denn vorher kann man noch nicht von ‚denken' sprechen. Und Eltern machen manchmal etwas, wofür man sie nicht lieben kann. Manche Eltern vollbringen nie etwas, wofür man sie lieben könnte. Aber zum Glück hatte Mona Eltern abbekommen, die sie mögen konnte. Und wie gesagt: Ihren Vater mochte sie sehr. Aber das Wort Liebe ließ sie besser unbeachtet. Und dankbar war sie ihm. Er hatte sie nicht nur unterstützt, sondern intensiv gefördert. Schon als kleines Mädchen führte er sie an Themen heran, die andere Mädchen erst später oder nie interessant finden. Diese weichen und süßen Pferde- und Puppenthemen fand er abscheulich, weil er der Auffassung war, dass sie Mädchen vom vernünftigen Denken und Handeln abhalten sollten, damit sie als Ehefrau, Hausfrau und Mutter besser funktionieren. Er wollte aus seiner Tochter einen unabhängigen und unabhängig denkenden Menschen machen und keine hilfesuchende Prostituierte, die sich an der Uni nur ihren Ernährer sucht. Trotzdem hatte er ihr auf ihre Bitten hin Reitstunden bezahlt, die sie auch sehr genoss. Aber die Frage nach einem eigenen Pferd kam nie auf, weil Mona selbst auf den

Gedanken kam, dass ein Pferd sie viel zu sehr von anderen Themen abhalten würde und die Kosten den Nutzen nicht rechtfertigen würden. Ein schlaues Mädchen – dank ihres Vaters, dachte sie. Sie lächelte wieder.

In Bremen stieg sie um in den Zug nach Verden, der Stadt, wo sie aufgewachsen war. Und auf den letzten Kilometern legte sie die Briefe zur Seite und schaute nur noch aus dem Fenster, um die alte Heimat zu ertasten – die vielen grünen Pferdeweiden und Felder, die Birkenhaine und kleinen Ortschaften, durch die sie fuhren. Das war ein Stück Jugend, das wieder an ihr vorüberzog. Aber es war doch schon eine ganze Weile her – ein ganzes Leben eigentlich, oder auch zwei. Am frühen Abend kam sie am Bahnhof an, wo Klaus sie abholte und herzlich umarmte. Gemeinsam fuhren sie in seinem Auto nach Eitze, einem eingemeindeten Vorort, und besprachen im Haus ihrer Eltern zuerst das Notwendige. Daraufhin konnten sie bei einem Wein auch etwas über sich erzählen, in gemeinsamen und getrennten Erinnerungen schwelgen, bei dem sie auch jeweils Dinge über ihre Eltern erfuhren, die sie bisher noch nicht kannten. So erzählte Klaus zum Beispiel von einem Streit der Eltern, den er mit angehört hatte, ohne dass die Eltern es wussten, bei dem ihre Mutter gesagt hatte, dass sie sich scheiden lassen wollte. Es ging darum, dass ihr Vater oft abends noch unterwegs war (er war freiberuflicher Steuerberater gewesen), um Kunden zu beraten, und meine Mutter ihm Verhältnisse mit anderen Frauen unterstellte. Egal, was damals dran war an dieser Geschichte: Der Kompromiss war, dass sie noch so lange in einem Haus wohnen wollten, bis Mona, das jüngere der Kinder, erwachsen wäre und studieren würde. Am Ende wurde dieser Streit beigelegt, nachdem sich auch herausgestellt hatte, dass an den Seitensprungphantasien ihrer Mutter keine Spur Wahrheit haftete. Ihre Eltern blieben bis zum Schluss zusammen. Und morgen würde diese Geschichte endgültig begraben sein.

Die Zeremonie in der kleinen Kapelle ließ Mona über sich ergehen: Bürgermeister und Pope hielten ihre mühsam formulierten Worte des Gedenkens. Den Gesang hatte ihr Vater untersagt, obwohl er Musik sehr mochte. Man muss eigentlich sagen: Weil er Musik sehr mochte. Nur mochte er richtige Musik, also Beethoven, Mozart et cetera und nicht das jammernde und klägliche Gefiepse und falsche Gebrumme der Gemeinde. Endlich der Aufbruch durch die Seitentür ins Licht, hinaus aus der dunklen Halle. Der Gang zur Grabstelle dauerte fünf Minuten. Der Pope sprach seinen Segen, und die Urne wurde abgesenkt. Dabei freute Mona sich noch einmal, dass ihr Vater sich doch für eine Kremation entschieden und sich damit auch körperlich schon lange vor der Zeremonie verabschiedet hatte. Sie musste zwischendurch mehrmals schmunzeln, wenn der Pope von Verabschiedung oder Eingang ins ewige Leben faselte, hatte ihr Vater ihr doch einmal offenbart, dass Jesu Tod der Beweis dafür gewesen sei, dass es keinen Gott geben kann.

Warum er denn immer noch in der Kirche sei, hatte sie ihn gefragt.

„Weil es bequemer ist.", hatte er geantwortet. „Warum soll man ein Buhei darum machen, was sich mit der nächsten Generation oder ein bisschen später sowieso von selbst auflöst. Einige Kunden würden mir nur Löcher in den Bauch fragen, warum und wieso und aus welchen Gründen. Ich habe einfach keine Lust darauf zu antworten."

Bei dem so genannten Leichenschmaus hielt sie sich nur kurz auf. Sie hatte es schon als Kind abstoßend gefunden, dass die Fressenden den Toten schon nach einigen Minuten vergessen zu haben schienen und unter Alkoholeinfluss wieder anzügliche Witze erzählten oder in sich hineinschlangen, als hätten sie tagelang nichts zwischen die Zähne bekommen. Doch der Hauptgrund war, dass sie mit der ganzen Welt ihrer ehemaligen Kindheit nichts mehr anfangen konnte. Viele Leute sprachen sie an und drückten ihr Beileid aus. Doch sie stellte fest, dass die alten Nachbarn, eigene Schulkameraden und andere aus dem ehemaligen Bekanntenkreis ihr wie gealterte Masken erschienen, denen sie nichts zu sagen hatte. Außerdem ging ihr das sorgfältig vorgetragene Mitleid und die geheuchelte Meinung über ihren Vater auf die Nerven. Sie wusste, mit wem und weswegen ihr Vater Streit hatte, und wie sie über ihn dachten. Und jetzt wollten sie ihr weißmachen, dass sie gute Bekannte gewesen seien. Einfach widerlich.

Deshalb zog sie sich nach einer knappen halben Stunde dieses Theaters, das sie nur ihres Bruders wegen über sich ergehen lassen hatte, ins Haus zurück, blätterte in alten Fotoalben und ließ die Wohnung so, wie ihr Vater sie verlassen hatte, auf sich wirken. Dabei konnte sie ihn zeitweise noch riechen und erschrak, als sie sich umdrehte, aber niemand hinter ihr stand. Nebenbei überlegte sie auch, welche Dinge sie mitnehmen sollte oder wollte. Klaus hatte sie darum gebeten. Denn er wollte den Haushalt so schnell wie möglich auflösen, um das Haus zu verkaufen.

Am frühen Abend kam Klaus vom Leichenschmaus nach Haus und zog erschöpft das Jackett aus. Sie aßen gemeinsam und erzählten und besprachen noch einiges, bis beide zu müde zum Sprechen waren. Am nächsten Tag fuhr sie mit drei Fotos und einem kleinen Gedichtband, den ihr Vater vor vielen Jahren aus eigenen Gedichten zusammengestellt hatte, wieder zurück nach Köln. Mit Klaus hatte sie verabredet, dass sie in drei Wochen noch einmal mit einem Mietwagen vorbeikommen würde, um einige Bücher und die Miniwendeltreppe mitzunehmen, die in der Bibliothek ihres Vaters stand.

Im Zug schaute sie zunächst wieder aus dem Fenster und verabschiedete sich von der Landschaft, die immer schneller an ihr vorbeiglitt. Sie schlug den Gedichtband auf und blätterte darin, bis sie auf folgende Zeilen stieß:

Verdammt

Verstoßen, verachtet, ins Dunkel verbannt,

so schmachte ich Wochen und Jahre. –

Körper und Geist sind von Qualen verbrannt!

Wann bringt ihr mir endlich die Bahre?

Ich träumte vom Leben, von glücklicher Zeit,

von Arbeit für spätre Geschlechter! - -

Nun liegt in dumpfiger Zelle mein Leib

Und harrt der Tyrannen Gelächter. - -

Zeiten und Räume sind eingestürzt. –

Ich kenne nicht Tage, nicht Nächte. –

Die Sonne, die sonst mir die Foltern verkürzt,

sie dringt nicht herab in die Schächte! - -

Nur Stunden noch weil ich in diesem Land,

dann kommen die Henker - zu würgen.

Ich fliege befreit zum fernen Strand

Und stelle Euch Bleibenden – B ü r g e n!

Lebt wohl denn, Ihr wackeren Recken zuhauf!

Und ist unser Kampf auch zu Ende - .

Es stehen nach uns unsere Söhne auf

und geben dem Schicksal die Wende!

*(Geschrieben im Spätsommer 1947 in Moskau in Er-
innerung an eine Exekution.)*

Monas Vater hatte fast nie vom Krieg erzählt. Erst sehr spät (etwa zwei Jahre vor seinem Tod) hatte er begonnen, auf die eine oder andere Frage zu antworten – aber immer nur sehr knapp, und nicht lang. Denn immer noch waren ihm nach kurzer Zeit die Tränen in die Augen gestiegen. Mona hatte in diesen Momenten abgebrochen und ein anderes Thema oder eine andere Beschäftigung für sie beide gesucht.

Im Zug stellte sie sich jetzt wieder vor, wie es gewesen sein musste, nach dem Überleben als Soldat auch noch neun Jahre russische Kriegsgefangenschaft überlebt zu haben, nachdem man so viele hat sterben sehen.

„Ich träumte vom Leben, von glücklicher Zeit,

von Arbeit für spätre Geschlechter!"

– das hatte er doch noch erhalten, obwohl er seine eigene Exekution schon vor Augen hatte. Aber wie glücklich kann man noch werden, wenn man d a s einmal erlebt hat? Und die Arbeit für spätre Geschlechter hatte er wahrhaftig geleistet – hatte Kinder gezeugt und aufwendig erzogen oder erziehen lassen, hatte sich für die Gemeinde eingesetzt und viel freie Zeit dafür geopfert, hatte an Städtepartnerschaften teilgenommen und den Kontakt zu jüdischen Deutschen und deutschstämmigen Israelis gepflegt, die es auch überlebt hatten und seit der Flucht oder der Befreiung in Israel wohnten.

Mona hatte ihren Vater stets als geduldigen und ruhigen Mann kennen gelernt. Es war anfangs schwierig gewesen sich vorzustellen, dass er Soldat der Wehrmacht war und in einem Nebelwerfer-Regiment gedient und kurz vor dem Ende sogar Haftminen an fahrende russische Panzer angebracht hatte. Aber je mehr Gedanken sie sich darüber und über die Zeit machte, desto verständlicher wurde das Ganze. Dass er kein überzeugter Nazi und kein Parteimitglied war, bestätigte sich bei ihren Recherchen über ihn. Denn als Tochter eines solchen Mannes interessiert es eine natürlich schon, möglichst viel zu erfahren.

Ihr Vater war damals siebzehn Jahre alt, als er sich freiwillig meldete, um sein Heimatland zu verteidigen, wie er dachte. Wenn sie daran dachte, was sie mit siebzehn getrieben, und mit welchen Dingen sie sich beschäftigt hatte, und sich mit ihrem Vater verglich, überkam sie manchmal schon Ehrfurcht und Bewunderung – nicht vor dem Dienst unter Hitler, sondern vor dem Mut und der Entschlossenheit, die ihr Vater mit siebzehn gehabt haben musste. Und natürlich hatte sie einige Bücher zu diesem Thema gelesen und sich informiert, sich immer wieder gewundert, gelernt – am Ende aber doch verstanden.

Nun hatten sie ihm endlich die Bahre gebracht. Und wenn sie beide auch nicht an Götter oder ein Leben nach dem Leben glaubten, so beruhigte Mona doch der Gedanke, dass man – ihr Vater und auch ihr Bruder sowie sie selbst und alle, die sie mochte – am Ende im Tod die endgültige Ruhe finden. Sie war erst dreiundvierzig; aber sie spürte bereits diesen Hauch um sich herum, den man nur empfinden kann, wenn man lange genug über den eigenen Tod nachgedacht und in seinem Leben alles erreicht hat. Und manchmal sehnte sie sich sogar nach dieser ewigen Ruhe. Hin und wieder traf sie auf ältere Menschen um die achtzig, die bestätigten, dass man irgendwann keine Lust mehr hat zu leben und den Tod als Erlösung und willkommenen Abschluss erwartet und bereit ist. Es wunderte sie nur, dass sie mit dreiundvierzig schon so dachte und empfand.

Was für eine Fügung, dachte Olos. Es gab solche Momente, deren Koinzidenz man nicht erklären kann. Etwas geht vor sich, und gleichzeitig passiert etwas Dazugehöriges. Eigentlich, das heißt mathematisch, kein Wunder. Denn bei den zahlreichen Vorgängen auf der Erde ist es kaum verwunderlich, dass sich darunter auch zwei Zusammengehörige befinden – genauso wie die Tatsache, dass jeder Mensch statistisch gesehen mindestens einen DNA-Zwilling hat. Einer von diesen Vorgängen spielte sich ab, als er als etwa Zwölfjähriger am Strand von Blåvand stand und die Frage aufwarf, ob es einen Gott gebe. Dabei schaute er auf zum Himmel. Und siehe da: Die Wolken formten sich zu einem eindeutigen NEIN. Damit war für ihn die Frage erledigt, und er bräuchte kein Schwert in die Hand zu nehmen, um andere vom Gegenteil zu überzeugen.

Dieses Mal saß er abends gegen elf Uhr in seinem Lesesessel und hörte das Requiem von Fauré. Das ‚Libera me' lenkte seine Gedanken zu seiner Mutter, die im achten Jahr ihrer Demenz immer noch nicht gestorben war und in dem Seniorenheim saß oder meistens lag und nicht sterben durfte, weil Ärzte und Pflegerinnen ihr Herz mit Medikamenten in Bewegung hielten, um den Körper noch ein bisschen länger für den eigenen Gelderwerb zu nutzen. Kommunizieren konnte Olos schon lange nicht mehr mit seiner Mutter. Die Beziehung hatte aufgehört, nachdem sie ihn bereits im zweiten Jahr nicht mehr erkannt hatte. Sie hatten sich voneinander verabschiedet, ohne dass es ihnen wirklich klar war. Der Verbindungsfaden wurde ohne Vorankündigung durchschnitten. Natürlich wussten beide schon vorher, nämlich als die Krankheit diagnostiziert war, dass das Ende relativ nah war und sie sich bald nicht mehr sehen würden. Aber den genauen Zeitpunkt konnte niemand festmachen. Nur im Nachhinein wusste er jetzt, dass die Verabschiedung bei seinem letzten Besuch der eigentliche Abschied war. Den Rest der Atmungszeit überließ er den Pflegerinnen. Denn es erschien ihm keinen Sinn zu ergeben, mit einer Person kommunizieren zu wollen, die mit der Beziehung zu ihm nichts mehr anfangen konnte und ihn wie einen Fremden betrachtete. Und von seiner Seite gab es keine Notwendigkeit ein schlechtes Gewissen zu befriedigen oder einen besonderen Eindruck auf die Umstehenden zu machen und deshalb den noch nicht gestorbenen Körper seiner ehemaligen Mutter aufzusuchen. In seinen Augen hatte sie den richtigen Moment verstreichen lassen, in dem sie sich noch hätte selbst das Leben nehmen können – nehmen müssen, um allen und vor allem sich selbst dieses traurige, sich hinziehende Ende zu ersparen. Er hatte zwei Mal mit ihr über den Freitod gesprochen und hatte vor allem auch dargelegt, in welchen Situationen er sein Leben beenden würde; dazu gehörten auch bestimmte Unfälle und Krankheiten wie Demenz. Seine Mutter hatte ihm beim zweiten Gespräch zugestimmt und geäußert, dass sie es ebenso machen wolle. Nur blieb es dabei. Sie machte sich keine Gedanken mehr darüber und traf auch keine Vorkehrungen dazu. Sie ließ die Monate vergehen, bis es zu spät war.

Das war jetzt gut sieben Jahre her. Das Requiem klang gerade aus, als um 23:45 (auch eine Zahlenkombination, in der man Zeichen und Wunder sehen kann) das Telefon klingelte und sein ältester Bruder ihm mitteilte, dass ihre gemeinsame Mutter gestorben sei. Endlich war diese moralisch unhaltbare Situation beendet, dachte Olos. Endlich hatte ihr Körper gegen die moderne Medizin und ihre Handlanger gewonnen. Endlich brauchte er sich nicht mehr mit dem Gedanken zu quälen, seine Mutter doch noch einmal zu besuchen, um die noch vorhandenen Funktionen ihres Körpers sanft zu stoppen.

Der Tod ist das Ende jedes Lebewesens. Pflanzen und Tiere, selbst Häuser und Staaten akzeptieren das. Nur Menschen scheinen in dieser Frage beschränkt zu sein und in ihrer fragwürdig überheblichen Intelligenz zu meinen, dass dies nicht für sie gelte und sie sogar den Tod beseitigen könnten. Seltsame Blüten hat die Mutation des menschlichen Gehirns vor zwanzigtausend Jahren schon getrieben. Aber diese ist bei weitem die merkwürdigste. Das kommt halt davon, wenn man sich von der Natur und ihren Regeln entfernt, dachte Olos. Wir haben zwar die Concorde und die Atombombe, aber oft nicht den gesunden Verstand; kümmern uns um den Lack für unsere Fingernägel und Autos, merken jedoch nicht, dass ihre Benutzer gehirnlich bereits abgestorben sind.

Mit seinem Bruder besprach Olos alles Notwendige für die Beerdigung. Ihre Mutter war den alten Traditionen verhaftet und hatte sich auch keine Gedanken darüber gemacht, ob es nicht besser sei sich verbrennen zu lassen. Man wusste auch nicht, ob sie wirklich an ein Leben nach dem ersten glaubte und deshalb ihren Körper erhalten wollte. Sie hatte nur mehrmals darüber gesprochen, neben ihrem geliebten Franz zu liegen – also l i e g e n und nicht in einer Urne stehen. Daher organisierten sie alles im alten Stile: Sarg, Zeremonie, Gerede und Blumenschmuck. Nur den Leichenschmaus ließen sie weg, da weder Olos noch seine Geschwister den Hauch von Bereitschaft verspürten auch dieses verdrehte Ritual noch mitzumachen, nach dem ursprünglich die Gemeinde eigentlich ihnen den Leichenschmaus bereiten müsste. Aber die Ursprünge kennt eh kaum jemand.

Genauso dachte Olos über seine Kindheit in diesem Ort, einem kleinen, norddeutschen Dorf namens Eitze. Er konnte sich an vieles nicht mehr erinnern, was vor achtundfünfzig Jahren hier begann. Nur einzelne Eindrücke und Erinnerungen hatten sich erhalten wie zum Beispiel seine Aktion als Fünfjähriger, mit seinem Tretauto tote Vögel von der Straße in seinem Anhänger zu sammeln und sie zum Friedhof zu bringen, um sie dort zu bestatten. Eine Nachbarin sah ihn und verpetzte ihn an seine

Mutter. Und er dachte an die stundenlangen Spaziergänge mit seinem Hund durch die Straßen hinaus auf die Felder am Rande des Ortes, wo sie unter sich waren und den Wind genossen, der in ihre Gesichter blies.

Das Elternhaus stand schon lange nicht mehr. Nachdem der Vater gestorben war, wurde es, nachdem die Mutter sich endlich für eine Wohnung entscheiden konnte, verkauft, weil es im Unterhalt für alle zu aufwendig wurde. Ein paar Jahre hatte noch eine aus Russland zugereiste Familie darin gewohnt. Doch später hatte auch sie es verkauft und der neue Besitzer sich für den Abbruch des Fünf-Kinder-Hauses und den Bau eines modernen Mann-Frau-Hauses entschieden. Sein damaliges Zuhause war also auch gestorben und nicht mehr sichtbar.

Während der Beerdigung ließ Olos seinen Blick über die zahlreichen Gesichter der Leute schweifen, die gekommen waren, um von seiner Mutter Abschied zu nehmen, wie sie sagten. Und er dachte: Das ist jetzt, wo sie nichts mehr hören und sehen kann, eigentlich zu spät. Aber die Leute reden eben solchen euphemistischen Quatsch daher. Doch so sehr er sich auch bemühte irgendein Gesicht wiederzuerkennen, so wenig gelang es ihm. Manchmal dachte er an eine junge Person aus seiner Jugend, ließ jedoch wieder davon ab, da sich eine handfeste Identifikation nicht einstellte. Alles fremde Leute. Entweder nie kennen gelernt oder mit der Zeit so fremd geworden, dass man sie nicht einmal mehr erkannte – Zombies eines früheren Lebens, Mutanten einer fast vergessenen Epoche.

Auf dem Rückweg zum Friedhofsausgang blickte er kurz auf ein frisches Grab, das nicht älter als einen Tag sein konnte, denn die Kränze und Blumengestecke lagen noch frisch darauf. Er las im Vorbeigehen an einem Gesteck „Deine Kinder Mona und Klaus". Es war ein Urnengrab, und die Asche eines alten Mannes war dort eingegraben worden. Da hatten kurz vor ihm und seinen Geschwistern auch andere Kinder die letzten Schritte für einen Teil ihrer Erzeuger organisieren müssen – Geschwister, welche die gleichen Gedanken, die gleichen Gefühle vielleicht und die gleichen Handlungen hatten hinter sich bringen müssen. Geschwister im Geiste, Geschwister im Leben, bis der Tod uns scheidet.

12. Werde, was möglich ist!

Oder: Das Unbehagen in der Gemeinschaft

Und was möglich ist, weiß ich nicht und werde es nie wissen können. Also muss ich irgendwo anfangen und mich und die Möglichkeiten beobachten und prüfen, ausprobieren, scheitern oder genießen – in einem Wort: erkennen. Und alles zusammen nenne ich auch ‚Erfolg'; denn Erfolg ist nicht nur der Sieg, pekuniärer Gewinn oder Macht. Erfolg liegt auch in der Erfahrung, der Verneinung oder Aufgabe sowie in der Bestätigung, dachte Olos.

Am Anfang unseres Lebens scheint alles möglich zu sein. Doch sieht es so aus, als ob schon nach kürzester Zeit – also einige Tage oder Wochen nach unserer Geburt – fünfzig Prozent der Möglichkeiten unmöglich geworden sind, da die äußeren Bedingungen wie Klima, Ernährung und Verhalten der Eltern uns bereits prägen, und so ein Stempelabdruck auf der Stirn und im Gehirn schwer wieder zu entfernen ist.

Wer immer wieder fragt, nachfragt und hinterfragt, wird auf die Schwierigkeit stoßen eine eigene Identifikation zu finden. Wir können immer nur wieder feststellen, dass wir uns verändern, größer und kleiner werden, wachsen und schrumpfen, sehen und blind sind, vorwärtsschreiten und auf der Stelle treten, richtig und falsch liegen. Daher tauchen auch immer wieder solche Redemittel auf wie: „Wäre ich doch lieber..." oder „Hätte ich nicht auch..." oder „Hätte ich doch lieber..." oder „Wie wäre es, wenn..."

Da die Identifikation der eigenen Persönlichkeit sehr schwierig bis unmöglich ist, greifen die Menschen – wie immer in solchen Situationen – nach einfacheren Lösungen. Sie wählen sich Anhaltspunkte wie unübersehbare Signalfeuer an irgendeiner Küste oder ferne Sterne, von denen sie teilweise nicht einmal wissen, ob sie überhaupt noch existieren, und versuchen so ihre genauen Koordinaten sowohl in der Gesellschaft als auch in der allgemeinen Meinung festzulegen. Ihnen werden Rollen zugewiesen, oder sie nehmen selbstständig Rollen ein, an denen sie sich festhalten können. Wenn ich Vater bin, kann ich mir einreden, dass ich mich erst einmal um meine Kinder kümmern muss und genau das meine Aufgabe in dieser Welt ist. Wenn ich Krieg führe, um damit irgendein Ziel zu erreichen, kann ich mir einreden, dass das meine

Bestimmung ist. Und wenn ich einen frühen Freitod wähle, kann ich mir einreden, dass diese Welt zu schlecht für mich ist und mir auf Erden nicht zu helfen war.

Für die meisten sind diese Anhaltspunkte ein sicherer Weg ein Leben zu führen. Ob es das ihre ist, sei dahingestellt. Aber es ist zumindest eins. Und ob sie damit zufrieden sind, stellt sich vielleicht irgendwann auch für sie selbst heraus, vielleicht aber auch nicht. Und wenn es sich nicht herausstellt, ergibt sich die Frage, ob sie den Mut haben etwas zu ändern – den Mut haben sich ihrer Freiheit zu bedienen. Viele schaffen es nicht sich für etwas zu entscheiden, was die Masse oder die Obrigkeit nicht goutiert oder sogar mit Strafe und Mord, Ausgrenzung und Verfolgung belegt. Denn es ist genau das, was die meisten fürchten, oder was sie in bestimmte Spuren lenkt beziehungsweise dort verharren lässt, weil sie ja auch dort verharren sollen. Dabei denkt Olos nicht daran im Winter eine kurze Hose zu tragen. Selbst da würden die Leute ja schon gucken. Er dachte an gravierendere Entscheidungen wie zum Beispiel die einer Mutter ihre Kinder zu verlassen. Ist möglich, wünschen auch einige Frauen, wird aber dermaßen verteufelt, dass die meisten lieber unter dem Druck der Gesellschaft in Lüge und Unglück verharren als den offenen Weg zu beschreiten. Oder als aufgeklärter Araber sich offen von der allahischen Idee abzuwenden, weil man den Betrug in jedweder Religion durchschaut hat.

Aber das ist immer noch eine der heikelsten Fragen in den meisten Gesellschaften. Denn diesen offenkundigen Beweis, dass es keinen Gott gibt, zu sehen, verunsichert bestimmte Gruppen und Massen und würde vielleicht zu einer unkontrollierbaren Hysterie und Panik führen. Denn viele sähen sich ihrer aufgezwungenen oder aus Überzeugung selbst eingenommenen Rolle enthoben, ihrer Welterklärung und ihres Lebenssinnes beraubt, was die gleichen Auswirkungen haben kann, als wenn man einer hungrigen Bärin begegnet, die auch noch ihre zwei Jungtiere verteidigt.

Und dann sind da noch die Feindbilder und Vorurteile. Auch das ein Lebensinhalt für manche, eine Sinngebung auch ohne Gott. Wer nicht mehr in den Heiligen Krieg ziehen kann, sucht sich angrenzende Staaten, die er angreift. Und wer keine Tiere abknallen kann, erwählt sich den Nachbarn als Zielobjekt der negativen Begierde etwas zerstören zu müssen – oder seine Frau oder sein Kind oder … oder … oder. Und am Ende tut es allen leid, und sie heulen wie die Schlosshunde und bitten um Vergebung. Da sind wir wieder bei der Religion. Sieh an!

Olos wunderte sich darüber, dass die meisten Menschen seit so vielen Tausenden von Jahren keinen Fortschritt erzielt hatten – dass jegliche Entwicklung in Richtung des Übermenschen so unendlich langsam vonstattenging. Wir sind wohl doch noch zu sehr der Aggression ausgeliefert – unserer eigenen wie die der anderer. Wenn eine Kollegin sich über unser Arbeitstempo mokiert und mit Meldung beim Vorgesetzten droht, trägt das nicht dazu bei, dass wir ihr freundlich gesinnt sein könnten.

Warum ist das alles nur so schwierig? fragte sich Olos. Weil die Menschen bei auftretenden

Problemen noch nicht so weit sind wie ich, antwortete sich Olos. Angst, Zeitdruck, falsche Vorstellungen, Eitelkeit, Gefallsucht sowie Macht- und Karrierestreben stehen ihnen im Weg. Und immer die Frage nach der eigenen Identität: Bin ich die schicke Karrieremutti? Bin ich der gutaussehende, allzeit errigierfähige Erfolgstyp? Bin ich das beliebte und anerkannte Mitglied meiner sozialen Gruppe? Oder bin ich ein Wurm oder gar ein Nichts? Niemand möchte das freiwillig sein; sieht nicht gut aus oder ist sogar unsichtbar. Überdrüssige Ehepartner wissen ein Lied davon zu singen.

So viel (Eigen-)Liebessehnsucht und Haschen nach Anerkennung auf der einen Seite! Und so viel Aggression und Kompensationsdruck auf der anderen Seite! So viel Neid! Und so viel Unwissenheit!

Da muss es doch auch eine Lösung geben, dachte Olos. Es gibt jedoch nur für Einzelne eine Lösung, antwortete Olos. Die Masse gleicht eben Lemmingen oder Schafen oder Blattläusen oder Dinosauriern – je nachdem, wie sie sich verhält.

Zumindest hatte er für sich eine Lösung gefunden. Ob das einer Identifizierung gleichkommt, wusste er nicht. Aber es war eine Lösung, die ihn zufriedenstellte. Er hatte eine Arbeit gefunden, die ihm Spaß machte und niemals langweilig war. Und wenn er unterfordert war oder Freizeit hatte, standen ihm viele andere Interessensgebiete zur Verfügung, in denen er sich austoben konnte. Irgendetwas war in seiner frühen Kindheit richtig verlaufen. Vielleicht lag es daran, dass ihm verschiedene Angebote gemacht wurden; oder dass er nicht durch

Fernsehen, Smartphone oder Fußball zu sehr abgelenkt wurde; dass er erkannt hatte, wobei die Mitmenschen ihn belogen hatten; dass er immer weitergesucht hatte und sich bei einer Sache oder einem Menschen nie sehr lange aufgehalten hatte, immer das Neue suchte, weil es so viel Unbekanntes gibt. Und irgendwann die Erkenntnis, dass sich Sachen und Menschen wiederholen und es tatsächlich nichts Neues mehr gibt und der Zeitpunkt erreicht ist, an dem man erkennt, dass man niemand anderen (mehr) braucht, weil das, was man braucht, nur in einem selbst und der Natur liegt. Alles andere und alle anderen können einen langweilen, verraten oder aus dem Leben gerissen werden. Es ist kein Verlass auf sie. Daher stellen sie nur ein permanentes Risiko und eine unangenehme Unwägbarkeit dar, die beide vermeidbar sind.

Wenn junge Leute meinen, Partys und Geschlechtsverkehr zu brauchen, so ist das ihr gutes Recht. Sie haben sich allerdings noch nicht selbst gefunden. Wenn gealterte Menschen meinen sich in Vereinen oder Flüchtlingshilfe Abwechslung verschaffen zu müssen, so ist das ihr gutes Recht. Sie haben sich allerdings noch nicht selbst gefunden. Und wenn Antisemiten oder andere Totschlägervarianten meinen ihrer Angst und ihrem Neid durch Hass Ausdruck verleihen zu müssen, so ist das ihr gutes Recht. Sie haben sich allerdings noch nicht selbst gefunden. Und alle diese Kreaturen der letzten Kategorien ließen Olos jeden Tag aufs Neue daran denken, dass ein positives Menschentum, so wie er es sich denken konnte, wahrscheinlich auch in tausend Jahren, sprich: niemals mehr Wirklichkeit werden kann, weil die meisten mit all ihren Plagen nicht zurechtkommen – zu schwach im Kopf sind, um sie beherrschen und besiegen zu können.

Und so setzte er sich am Abend oft in seinen Lesesessel und schmökerte in Goethes Gedichten oder Lessings Dramen.

Mona stand vor ihren Bücherregalen und wollte ausmisten. Aber sie fand keinen Mist. Die Bücher in ihren Regalen stellten einen wichtigen Teil ihres Lebens dar wie Fotos in einem Album, aus dem man auch nur Abbildungen von Menschen entfernt, die man inzwischen zu hassen gelernt hat. Aber unter den Büchern war keines, das sie hassen konnte. Es gab einige, in die sie wahrscheinlich nie wieder hineinschauen würde, weil sie gelesen waren und nicht mehr interessierten. Dennoch konnte sie auch diese nicht wegschmeißen wie eine durchgesessene Hose. Es war ein Teil ihrer früheren Jahre; und die kann man auch nicht entsorgen. Die werden erst mit dem ganzen Menschen am Ende seines Lebens entsorgt. Doch darum kümmerte sich Mona jetzt noch nicht.

Bücher sind Zeitzeugen der eigenen Vergangenheit. Sie bewahren Erinnerungen und Gedanken, die wiederkehren, wenn wir sie später noch einmal in die Hand nehmen oder nur ihren Einband ansehen. Sie konservieren einen Teil von uns, den wir im äußeren Leben verloren haben, und heben ihn für jene Momente auf, in denen wir wieder Zeit haben uns auf uns zu besinnen und uns zu erinnern oder auch zu fragen, ob das der richtige Weg war, den wir gegangen sind. Da standen zum Beispiel die Biologiebücher aus ihrer Schulzeit und Fachbücher über Hunde, Katzen, Pferde und Vögel samt anatomischen Beschreibungen. Sie stammen aus der Zeit, in der Mona überlegte Tierärztin zu werden. Das war einmal einer ihrer wenigen konkreten Wünsche gewesen. Nicht nur, dass sie die meisten Tiere mochte (Affen und Schlangen mag sie bis heute nicht, weil sie zu sehr an Menschen erinnern); sie wollte auch mehr Zeit mit ihnen verbringen, weil sie die besseren Menschen waren und Mona den Eindruck hatte, dass man diesen Kreaturen helfen müsse. Und diese Hilfe mit dem Beruf zu verbinden, erschien eine Zeit lang ein sinnvolles Ziel zu sein. Das war es eigentlich auch heute noch. Allerdings hatte sie nach zwei oder drei Jahren Beschäftigung mit diesem Thema während dreier Praktika in Tierarztpraxen und Tierheimen festgestellt, dass sie den Tieren nicht so helfen konnte wie sie es sich vorgestellt hatte. Anstatt eine Besserung zu sehen, stieg die Zahl der Misshandlungen und nicht artgerechter Haltungen immer weiter an. Immer mehr Leute kauften sich exotische Tiere, die in Deutschland nichts zu suchen hatten, ließen sie eine Zeit lang bei sich zu Hause wohnen und entsorgten sie später irgendwo im Wald, an der Autobahn oder im Müll. Bei ihrem letzten Praktikum hatte sie mehr Schlangen und Echsen gesehen als Hunde und Pferde. Das war nicht mehr ihre Welt; und um solche Tiere wollte sie sich nicht kümmern; dafür waren allenfalls Tierpfleger in Südamerika oder Afrika, im besten Falle jedoch der Urwald als ihre alleinige Heimat zuständig. Diese kranke Fehlentwicklung der modernen Welt wollte sie nicht unterstützen. Es gibt so viele Fehlentwicklungen, die man eigentlich bekämpfen müsste. Doch irgendwann kristallisierte sich der Hang zur Literatur am deutlichsten heraus, und das zu einer Zeit, in der Mona sich entscheiden musste: kurz vor dem Abitur.

Sie hatte diesen Weg gewählt und eingeschlagen, weil ihr zum einen das Arbeiten und Leben in einem Büro zu grau und langweilig erschienen und zum anderen die Beschäftigung mit alten Geschichten und Sorgen der Menschheit zeigten, dass die Menschen heutzutage kaum einen Schritt weiter waren als die Vorfahren vor fünfhundert oder teilweise sogar fünftausend Jahren. Außerdem konnte sie diesem Beruf großenteils alleinarbeitend nachgehen und hatte zwischendurch die Abwechslung eines Austauschs mit Kollegen oder der Weitergabe ihres Wissens an Studenten – eine ideale Kombination. Daher dachte sie auch nach den vielen Jahren jetzt vor ihren Biologiebüchern auch immer noch, dass sie die richtige Entscheidung getroffen hatte. Vielleicht müssen wir auch deshalb so viel Schrott lernen, um das Passende für uns auszuwählen, auch wenn es mühsam ist und wir uns oft instinktiv für das Richtige entscheiden. Was sollte sie zum Beispiel mit höherer Mathematik, wenn sie bereits wusste, dass sie es niemals anwenden würde. Eltern und Lehrer hatten gelogen, als sie behaupteten: „Das wirst du später sicherlich noch einmal brauchen können." Mumpitz! Sie hatte es nie gebrauchen können und wusste dies bereits als Sechzehnjährige. Und genauso verhielt es sich mit den meisten Stunden in Chemie oder Physik. Sie sollten die Jugendlichen einfach früher entscheiden lassen

– zumindest die, die sich schon früh entscheiden
können – und sie nicht noch jahrelang mit überflüs-
sigem Lernstoff belasten und belästigen. Marie zum
Beispiel würde wahrscheinlich noch leben, wenn
ihre Eltern sie nicht so in die Rolle der braven und
strebsamen Tochter gedrängt und gezwängt hätten.
Sie wäre bestimmt eine fähige Kostümbildnerin geworden. Doch fehlte ihr die Ausdauer, die lästige
Schulzeit durchzustehen, und die Hoffnung auf eine
bessere Zukunft ohne Mathematik, Physik und Chemie. Elternhaus und Schulbetrieb inklusive langwei-
liger Mitläufermitschülerinnen sorgten dafür, dass
sie ihren Weg, der noch gar nicht richtig begonnen
hatte, vor dem Schnellzug aus Hannover beendete.

Auch Flötistin wollte Mona einmal werden, aber
nur Soloflötistin. Doch auch hier stellte sich zum
Glück noch vor dem Abitur heraus, dass es eine hilf-
und abwechslungsreiche Betätigung, aber zu
schade war, um damit täglich sein Brot verdienen
zu müssen. Spätere Begegnungen mit Berufsmusi-
kern hatten ihr bestätigt, dass sie sich auch in diesem Bereich richtig entschieden hatte. Sie hatte fünf
Jahre intensiv geübt und gespielt, hatte Auftritte und
Geld verdient, hatte sogar zwei erste Preise gewonnen, aber doch gemerkt, dass ihr das Besondere
am Musizieren abgehen würde, wenn sie es machen müsste: als freiberufliche Flötistin von Orchester zu Orchester tingeln, Verträgen nachjagen, von
Stadt zu Stadt reisen, spielen, was zu spielen war
und nicht, was sie spielen wollte; also mehr Drumherum als Essenz – und die Flöte zum Werkzeug
herabgewürdigt und nicht mehr Partnerin in der Er-
zeugung schöner Melodien. Mona war sich sicher,

dass unter anderem die Ausbildung an mindestens einem Musikinstrument die Kreatur erst zum Menschen macht. Leute ohne die Fähigkeit ein Instrument zu spielen waren für sie Halbmenschen, denen leider ein wichtiger Teil humaner Existenz vorenthalten war. Es gehörte einfach zur Grundausbildung eines Jugendlichen. Heute genießt sie es, Musik zu hören, manchmal auch die Flöte wieder auszupacken und ein paar Melodien zu spielen. Aber sie genießt auch die Entscheidung an jener Gabelung ihres Weges nach links in Richtung Literaturwissenschaft gegangen zu sein. In Bezug auf den Beruf fiel ihr keine bessere Alternative ein, obwohl sie immer mal wieder mit dem einer Eisverkäuferin oder Gärtnerin liebäugelte. Aber nach kurzer Zeit war da immer wieder die eine Erkenntnis: Zu viel Drumherum und zu wenig Essenz.

Blieb noch der soziale Aspekt. Jörg war Vergangenheit. Mindaugas und die anderen Zeitvertreibe oder Versuche – je nachdem, wie man sie betrachten mag – waren vorbei und auf Dauer eben nicht das Richtige gewesen. Das Richtige war und ist immer noch das Alleinsein. Und je älter sie wird, desto weniger denkt sie darüber nach, weil es einfach passt und mit einem Partner nicht besser sein kann. Sicher, wenn der Eine käme, würde sie sofort ihre Meinung ändern und die Argumentation umwerfen. Aber das war zweitrangig oder sogar drittrangig geworden. An erster Stelle steht neben ihrer Gesundheit ihr Beruf und die Zufriedenheit darin. Darauf folgt die optimale Gestaltung der Freizeit. Danach kommt der Speiseplan und Überlegungen zum nächsten Urlaub. Und erst dahinter – oder noch weiter weg – könnte ein Mann (oder auch mal eine Frau?) kommen. Aber sie war mit den ersten Kategorien meistens schon so zufrieden, dass sie nicht mehr dazu kam, über dieses Danach und Dahinter und Dann nachzudenken. Es fehlte einfach nicht. Es war überflüssig.

Genauso überflüssig ist ein Kind oder gar mehrere davon. Für ihr Leben hatte sich herausgestellt: Ein Kind ist Ballast, negative Ablenkung, Hindernis, Nervquelle. Sie sah es ja an ihren Kolleginnen, die selten waren und im Einzelfall auch nicht lange blieben, weil es eben doch nicht geht. Früher oder später versaut dir dein Kind das, was du eigentlich machen willst. Also besser verhüten, noch besser sterilisieren lassen und am besten die sexuelle Notdurft selbst befriedigen. Kein Mann ist so gut wie ein selbst geführter Vibrator.

Was soll auch diese überflüssige Frage nach einem Kind? Natürlich hatte sie auch (in ihren naiven Jahren als Zwanzigerin) darüber nachgedacht, versucht es sich vorzustellen, erlag virtuell ihren Hormonen und dem blinden Säuglingssog für eine kurze Zeit, aber schaltete rechtzeitig ihr Gehirn wieder ein, um festzustellen, dass dieser Ausraster auch nur eine euphorische Übertreibung war, der es Einhalt zu gebieten galt. Sie hatte es geschafft – zum Glück – und war nicht auf das Abstellgleis der Mutterschaft geraten. Vielleicht hätte sie inzwischen auch ihr Kind getötet oder wie die meisten anderen einfach vernachlässigt, um doch ihren eigenen Interessen nachzugehen, egal was aus dem Kind wird.

Nein. Auch bei diesem Versuch einmal wieder auszumisten beziehungsweise einige Bücher loszuwerden blieben alle Bücher dort, wo sie standen. Mona mochte keinen Monat und kein Jahr aus ihrer Erinnerung herausreißen. Sie war zufrieden mit ihren Entscheidungen und schaute, bevor sie sich auf einen Spaziergang im Park begab, in den Spiegel vor der Wohnungstür, sah ihr ungeschminktes Gesicht an, jene zwei Falten an den Augen und ihr immer noch flachsblondes Haar ihren schmalen Kopf umgeben, blickte ihre schmalen Hände mit den hervorstehenden Adern und unlackierten Fingernägeln an und sagte sich: „Ja. Das bin ich. Das will ich sein. Das will ich bleiben." Sie zog den Schlüssel aus der Wohnungstür und steckte ihn in die Manteltasche, verließ ihre Wohnung und lächelte, als sie dem Hausmeister begegnete, der immer so freundlich zu ihr war. Es war herrliches Wetter: Am Himmel wehten weiße und graue Wolken vorüber, und selbst hier unten konnte man deutlich die Bewegung durch den Wind wahrnehmen. Eine Mischung aus Sonne und Regen, und die Temperatur etwa zwanzig Grad. Perfekt, dachte Mona. Dänisches Wetter. Besser gehts nicht.

13. Paradies oder Hölle

Mona und Olos kamen zur gleichen Zeit auf den Gedanken Kuba zu besuchen. Sie buchten beide einen Flug im April, flogen allerdings mit unterschiedlichen Maschinen – Olos am 9. Und Mona am 10.

Warum Kuba? Für Olos war es der letzte Staat, den er in seinem Leben noch gesehen haben wollte, ein lang gehegter Traum seit seiner Jugend, nachdem er zum ersten Mal mit der Lektüre über Ernesto Guevara in Berührung gekommen war. Doch den Enthusiasmus für eine freiheitskämpferische Idee, der alle intelligenten Jugendlichen irgendwie und irgendwann einmal befällt, hatte er noch als Jugendlicher in dem Moment wieder abgelegt, als er bemerkte, dass auch Che zu viel Blut an den Händen klebte. Der geistige Freiheitskampf eines Schiller war ihm doch angenehmer als das massenhafte Niedermetzeln von tatsächlichen und auch vermeintlichen Gegnern. Andererseits schien ein unblutiger Weg im damaligen Kuba nicht möglich gewesen zu sein. Dort wie auch an jedem anderen Ort der Erde, wo Menschen wohnen, schienen die meisten Veränderungen bisher nicht ohne Blutvergießen möglich gewesen zu sein. Wie auch Professor Kurt Huber festgestellt hatte: „Ohne Blut geht es nicht."

Der wichtigste Grund allerdings war festzustellen, welche Atmosphäre auf Kuba nach der Besetzung durch die Spanier, den Import von Schwarzafrikanern, der Vermischung mit den Ureinwohnern und deren Ausrottung herrschte, und nachdem Demokratie und verschiedene Diktaturen ausprobiert worden waren. Das musste ein lustiges Ländchen sein, dachte Olos, das so unterschiedliche Impulse erhalten hatte. Etwas Vergleichbares gibt es in Europa nicht.

Er hatte sich im Hotel ‚El Encanto de Perseverancia' (Der Zauber der Ausdauer) ein Zimmer genommen. Bei der Auswahl am Bildschirm hatte ihn weniger der Preis als vielmehr dieser putzige Name angezogen, den er in Verbindung mit der sozialistischen Idee auf dieser geografischen wie politischen Insel als leise Ironie verstand. Aber es war auch das Wort ‚Ausdauer' an sich, das für ihn eine der wichtigsten Eigenschaften widerspiegelte, die ein Mensch sich aneignen sollte. Für die wichtigsten Dinge im Leben wie Ausbildung, Wissen und Glücksfindung brauchen wir Ausdauer; für die unwichtigen wie Geschlechtsverkehr, Nahrungsaufnahme und Nachbarschaftskontakt reicht auch ein Schnellschuss.

Warum Kuba? Mona reizte zunächst das karibische Flair, worunter sie Klima und Lebensweise der Menschen verstand. Das Wandeln unter Palmen an hellblauem Meer und das nichteuropäische Fremde an Früchten und Frauen schienen ihr verlockend genug, um einmal auf den frischen skandinavischen oder baltischen Norden im Urlaub zu verzichten. Und das Wort ‚Kuba' war schon in ihrer Jugend ein Synonym für Exotik und Unbeschwertheit, obwohl sie später natürlich erfahren hatte, dass davon nichts übrigbleibt, wenn man sich mit der Geschichte und der Realität befasst – wie überall und immer. Doch wollte auch sie nicht sterben ohne einmal auf dieser Insel gewesen zu sein.

Nun war sie also da, saß auf dem Bett des Zimmers 302 im Hotel ‚El Encanto de Perseverancia' und blickte neugierig aus dem Fenster auf das, was sie in den nächsten Tagen erwarten würde: El Malecón, Calle Obispo, Callejón de Hamel und natürlich die Gebäude und Plätze, die sie sich zu sehen vorgenommen hatte.

Am ersten Abend erlebte sie leider etwas Unangenehmes, als sie allein auf dem Malecón schlenderte und zwischendurch stehenblieb, um dem Verschwinden der Sonne zuzuschauen. Neben ihr standen regelmäßig junge Paare, die sich umarmten und das Phänomen gemeinsam genossen, als plötzlich ein schwarzer Mann neben ihr auftauchte und ihr nach kurzem Gerede mit eindeutiger Gestik den Geschlechtsverkehr mit ihm anbot. Ihr Lächeln und die Stimmung vergingen, als wenn ein brasilianischer Ureinwohnerknabe seiner Angebeteten einen farbenschillernden Papagei mit dem Giftpfeil vom Baum geschossen und ihr das tote, noch zuckende Tier als Zeichen seiner Liebe auf Händen kredenzt hätte. Mona wandte sich von dem Schwarzen ab, der sie aber nicht gehen ließ und weiterhin zu überreden versuchte. Zum Glück kam ein Polizist mit gezogenem Knüppel und vertrieb den Bedränger unter lauten und unflätigen Ausrufen, bevor er sich für das Benehmen seines Landsmannes entschuldigte und ihr einen noch angenehmen Abend wünschte. Mona hatte darüber gelesen, dass weiße, europäische Frauen oft Objekt der Begierde seien und unverhohlen angesprochen würden; dass es aber so schnell und so penetrant vonstatten ging, hatte sie nicht erwartet. Sie fühlte sich ein wenig unwohl und kehrte daher auf direktem Wege zum Hotel zurück – überlegend, ob sie sich das nun jeden Abend bieten lassen musste, oder ob es eine andere Möglichkeit gab, diesem primitiven Gebalze aus dem Weg zu gehen.

Olos saß am ersten Abend in der Straße ‚Empedrado‘, deren Namen er auch wieder putzig fand, denn ‚empedrado‘ bedeutet nichts anderes als ‚Straßenpflaster‘ – ein sehr einfallsreicher Name für eine gepflasterte Straße, dachte er. Aber es kam auch mehr auf die Bar an, in der er den Abend verbrachte; es war nämlich die Bodeguita del Medio, in der Hemingway so manches Getränk verinnerlicht und vernichtet hatte. Und diese Bar war ein passender Einstieg für den Besuch in Havanna. Olos hatte sich für den Rest des ersten Tages weiter nichts vorgenommen, denn Stress wollte er tunlichst vermeiden; und dafür war dieser Ort sehr gut geeignet. Er lernte im Laufe der vier Stunden, die er blieb, neben dem Cocktailmixer noch einen US-Amerikaner kennen, der zum Glück nach einer knappen halben Stunde besoffen aus dem Lokal geschmissen wurde, leider auch einen Deutschen, mit dem er sich nicht unterhalten wollte, der aber glücklich war, einen anderen Deutschen gefunden zu haben, und schließlich, nachdem auch der Deutsche verschwunden war, weil ihn seine Frau aus dem Lokal gezerrt hatte, einen Schotten, der entgegen des Vorurteils der Knauserigkeit handelte und jedes zweite Getränk der beiden übernahm. Nachdem

Olos den US-Amerikaner und den Deutschen überstanden hatte, gestaltete sich der Abend mit dem Schotten und dem freundlichen Cocktailmixer zu einem entspannenden und unterhaltsamen Prolog dieser havannischen Szene in seinem Leben und einem weiteren Beweis dafür, dass sich Ausdauer immer wieder lohnt, wenn man ein Ziel erreichen möchte; und das Ziel war: ankommen, entspannen, nicht genervt werden sowie Neues sehen und hören.

Bei ihren täglichen Wandelgängen durch die alten Straßen fielen Mona regelmäßig die bunten Santería-Läden auf, in denen man Figuren, Kräuter und Amulette anschauen und kaufen konnte. Mona musste nicht nachdenken, um beim Anschauen zu bleiben, war doch dieser gesamte Religionsnippes auch nichts anderes als der Ausdruck unbeholfenen Aberglaubens wie in allen Religionen: Der eine knetet mit seinen Fingern Rosenkranz, Mala oder Misbaha – je nach Religionszugehörigkeit, der andere scheuert sich die Knie auf Gebetsbänken oder blankem Stein auf, der Dritte knallt Menschen ab oder füttert hungrige Kinder. Alles nur, um ein besseres Leben zu haben. Doch bringen tut das alles nichts. Sie lenken von ihrer selbstverschuldeten Unzulänglichkeit ab und glauben lieber an Gespenster als an die Unwichtigkeit ihres Lebens.

Und hier nun also die Santería, eine besondere Form einer Bauchladenreligion, in der man sich aussuchen kann, was einem so gerade gefällt, ein Flohmarkt abgegriffener Objekte, die auch ihrem vorherigen Besitzer kein Glück gebracht hatten – außer ein paar Dollar oder Euro, also Bargeld. Aber auch das gehört ja zur Religion: Ein bisschen Abracadabra und betäubende Gerüche, um einer Minderheit von Priestern und Herrschern ein stressfreies Leben zu ermöglichen – gegründet auf den Schultern der anderen – für lau – für eine Ewigkeit, die es für keinen Menschen gibt. Der Mensch ist sterblich und verrottet. Während seines Lebens stinkt er nur von innen; nach seinem Tod fängt alles an zu stinken, wenn man ihn nicht gleich verbrennt; und auch das stinkt, aber nur eine kurze Zeit. Und die Religionen? Stinken zum Himmel, weil an der ganzen Sache etwas faul ist. Kein Wunder also, dass so viele Menschen nicht die frische Brise eines freien Geistes verspüren und ordentlich durchatmen können, stattdessen lieber in ihrer weltabgewandten Anbetungsgülle und streitschaffenden Scheißhausideologie vor sich hinmüffeln.

Passt zu Kuba, dachte Mona. Religion besitzt die größte magnetische Anziehungskraft auf sowohl geistige als auch materielle Armut. Wer sich diese Erkenntnis zunutze macht, kann edelsteinreich wie die katholische Kirche werden. Die sind das richtig angegangen.

Als Olos durch den Almendares-Park wandelte, musste er unweigerlich ans Paradies denken, besonders als er an eine Brücke kam, auf der gerade ein Fototermin stattfand und eine hellbraune Schönheit mit langen Augenbrauen und bis zum Bauch aufgeknöpfter Bluse posierte und ihre rechte Brust zur Kamera drehte. Sie hatte ihre langen, schwarzen Haare hochgesteckt und ihre linke Hand auf den flachen Bauch gelegt; ihre rechte hatte sich auf dem Kopf im zerwühlten Haar vergraben, und durch die weiße Bluse konnte man deutlich die Brustwarze ihrer linken Brust sehen. Der Amorbogen lag ruhend auf ihrer vollen Unterlippe, die zusammen an gleichförmige Schwestern zwischen den ebenso hellbraunen Schenkeln hinter der weißen Baumwollhose denken ließen. Ihre schwarzen Augen blickten gelassen verführerisch in die Kamera; und jeder Adam vom Gecko bis zum Halbgott hätte sich ihre Brüste in seine Hände und ihre Lippen um seinen Penis gewünscht.

Aber das war noch nicht das Eigentliche, weshalb Olos ans Paradies denken musste. Das war eine Augenweide und schneller Samenerguss, aber nicht das Wesentliche, worauf es bei der Suche nach der Glückseligkeit ankommt. Vielmehr kam er beim Anblick der üppigen und ruhigen Natur auf den Gedanken, dass der Mensch selbst schuld daran war, dass er das Paradies – eher unbewusst – verlassen hatte, wenn es denn jemals eines gegeben hat. Die Menschen tragen den Verlust und die Sehnsucht nach diesem Urzustand in sich und versuchen krampfhaft durch Religion und andere Scharlatanerie ein Glück zu finden, das eigentlich vor ihrer Haustür liegt. Denn was sind die Voraussetzungen für Glück und paradiesische Zustände? Wenn wir einmal von den dummen und schnelllebigen Vorstellungen Ungebildeter absehen, die an Geld und schnelle Autos, eine Menge hübscher Frauen und grenzenlose Untätigkeit denken, liegt das, was auch Besitzlose als Glück empfinden, vor allem in der Gesundheit, der gesicherten

Versorgung mit Nahrungsmitteln und Unterkunft sowie vor allem in der inneren Zufriedenheit und dem äußeren Frieden unter den Menschen und Staaten. Und genau da liegt das Problem. Die Menschen gönnen sich gegenseitig diesen Frieden nicht, oder sie gönnen ihn dem Nachbarn nicht, weil sie selbst unzufrieden und neidisch sind. Und dann fängt einer an Stress zu machen, worauf der andere reagieren muss – und schon sind wir wieder mitten in der Hölle des Krieges, der Fehden und Beleidigungen, anstatt mit ethischer Gelassenheit die auftretenden Probleme gemeinsam und friedlich zu lösen. Man stelle sich einmal vor, der Mensch würde weder psychische noch physische oder gar militärische Gewalt kennen und hätte nur die Möglichkeit einer ruhigen und bedachten Lösungsfindung! Sicherlich würde ihm eine bessere Welt gelingen. Aber da ist noch zu viel Mensch, zu viel Aggressivität, zu viel Neid und Missgunst, zu viel Gier und Zügellosigkeit in unseren Neandertalergenen, so dass wir uns ständig selbst das Leben zur Hölle machen statt es in eine paradiesische Zeit zu verwandeln.

Olos hatte sich in etwa zwanzig Meter Entfernung zu der Fotofrau auf einen kniehohen Stein gesetzt, der vor der Brücke aufgestellt war, und seinen Gedanken und Gefühlen freien Lauf gelassen. Auch seinen Samen hatte er beim Anblick dieser schönen Brüste sich ergießen lassen. Und mit der angenehmen Erektion sowie der darauffolgenden, entspannenden Ejakulation war die Lust auch ohne die Berührung der fremden Haut und ohne das Eindringen in feuchte und warme Höhlen ein großes Stück weit zurückgewichen und für die eine und andere Stunde befriedigt.

Auf dem riesigen Friedhof Cristóbal Colón wandelte Mona auf der westlichen Seite und betrachtete Gräber; nicht jedes einzelne, doch ließ sie ihren Blick über alle hinweggleiten und ihn dort verweilen, wo eine bestimmte Aufmerksamkeit ihn festhielt. So konnte zum Beispiel eine große Engelsfigur in Form einer schönen Frau mit nackten Brüsten ihr Interesse für einen Moment fesseln. Sie betrachtete zuerst die Brüste und verglich sie mit ihren eigenen, überlegte, wer von ihnen beiden die schöneren hätte, und kam zu dem Schluss, dass es die Engelin sei, obwohl Mona mit ihren eigenen zufrieden war. Es war die berühmte Handvoll auf beiden Seiten, die exakt zu ihrem Körper passte; nichts Hängendes oder Schlaffes, worauf sie in ihrem Alter besonders stolz war. Die Engelin hatte etwas vollere Brüste, die sich fast berührten. Monas hingegen hielten etwa zwei Finger breit Abstand, so dass man mit der Zunge oder was auch immer zwischen ihnen hindurchstreichen konnte, was sie besonders liebte.

An den jüngeren Grabsteinen waren oft Fotos der Verstorbenen angebracht, damit man sie nicht ganz so schnell vergisst. Der Mensch vergisst ja so schnell. Wenn Mona die Lebensdaten las, stellte sie oft fest, dass viele Leute gar nicht so alt geworden sind – nicht so alt wie sie; manche mit fünfundvierzig oder fünfzig gestorben, andere bereits mit achtundzwanzig oder noch jünger. Dabei stellte Mona sich ihren frühen Tod vor. Woran mögen sie wohl gestorben sein? Vielleicht wie Henning: Dem war während seiner Ausbildung eine Holzpalette auf den Kopf gefallen – und aus die Maus, mit achtzehn. Oder Peer, der mit einem Segelflugzeug einfach in die Tiefe, sprich auf den harten Boden trudelte, weil die Thermik plötzlich nicht mehr ausreichte, um das Flugzeug oben zu halten; das Aus mit fünfundzwanzig. Oder Jaqueline, die mit zweiundvierzig wegen Multipler Sklerose den Löffel abgeben musste.

Man weiß halt nicht, was kommt, und warum es an uns vorübergeht und an anderen nicht. Mit einer Göttin oder einem Gott kann es zumindest nichts zu tun haben. Denn die wären in dem Falle ziemlich blind, trifft es doch häufig die Jungen und Starken, Netten und Hilfsbereiten anstatt die Alten und Unsympathischen, die ruhig häufiger und vor allem früher unseren Erdkreis verlassen könnten. Nein, es passiert einfach. Mona war bisher noch nicht abgestürzt, weil sie eben bisher noch in kein Segelflugzeug gestiegen ist. Heute benutzen die meisten ja auch schon Motorsegler, weil wohl zu viele einfach abgetaucht sind und das Risiko zu hoch war. Schadet ja auch der gesamten Sportart, wenn dauernd einer seine Nase in die Erde bohrt. Und irgendeinen Grund wird es auch für Multiple Sklerose geben; vererbte Gene, giftige Stoffe, mit denen einer in Berührung gekommen ist oder einfach seine psychische Konstitution, die etwas hervorruft.

Dabei ist es schon interessant, welche Phantasien die Menschen entwickeln, wenn es um das Ende beziehungsweise eben das nicht akzeptierte Ende geht. Sie fangen an zu delirieren, spinnen von ewigem Leben, Göttern, Paradiesen und federleichten Seelen, die irgendwo hier noch herumfliegen und herumgeistern, als hätten sie nichts Besseres zu tun als das längst Bekannte und Langweiliggewordene immer wieder aufzusuchen. Wenn ich eine Seele wäre, dachte Mona, würde ich Weltreisen unternehmen und Orte kennen lernen, an denen ich noch nicht war, aber mit Sicherheit nicht nach Köln fliegen und da nach dem Rechten schauen. Das kenne ich doch schon. Und Neues wird es da auch nicht mehr geben. Die Menschen sind nicht so interessant, als dass sie für Überraschungen gut wären.

Auf der östlichen Seite des Friedhofs schlenderte Olos zwischen den Gräbern herum und betrachtete das eine genauer, das andere weniger genau, wunderte sich über die teilweise aufwendig gestalteten Resterampen und fand darunter auch das eine oder andere Kleinod – einen netten Gedanken der Überlebenden, der allerdings das Endgültige des Todes für ihn auch nicht wirklich verstecken konnte. Da war zum Beispiel das Grab eines sechsjährigen Mädchens: Leute (wahrscheinlich die Eltern) hatten Spielzeug neben den Grabstein gelegt und dazugeschrieben, dass sie ihren Liebling niemals vergessen würden. Schön und gut; doch versuchten sie nur sich selbst zu trösten, da ihr kleiner Liebling von dem ganzen Brimborium ja nichts mehr mitbekam, denn er war tot, also auch des Hörens und Lesens beraubt, was generell nicht das Schlechteste ist, wenn man auch wirklich ganz tot ist. Nicht hören und lesen können ist nur scheiße, wenn man noch lebt. Aber ist alles erst einmal vorbei, muss es auch guttun, gar nichts mehr machen zu müssen: Kein frühes Aufstehen mehr, keine nervigen Mitmenschen mehr, kein Straßenlärm oder Kindergeschrei mehr, keine Beiträge mehr an eine Versicherung zahlen, die sich im Versicherungsfall eh nur wieder drückt und Ausflüchte generiert. Mit einem Wort: Unendlichruhe.

Welches Grab ihn sehr beeindruckte, war das eines Menschen, über den es keine Informationen gab – keinen Namen, keine Lebensdaten, keine Fisimatenten, keinen Schnickschnack. Es wuchs lediglich ein rotblühender Rhododendron neben einem kniehohen Naturstein, auf dem nur „Está llevado a cabo" stand („Es ist vollbracht.") Es musste ein reifer und belesener Mann gewesen sein, dachte Olos. Denn anders kommt man nicht auf diesen spartanisch-frugalen Abschied, der alles beinhaltet. Wenn du fünftausend Bücher gelesen hast und am Ende auf nur vier Worte kommst, die alles aussagen, bist du verdammt gut. Diese Gestaltung gefiel ihm so sehr, dass er sie gern für sein eigenes Grab kopiert hätte. Aber zum einen wäre das Verletzung des Urheberrechts gewesen, und so etwas hasste er als selbst Kreierender wie die Pest oder Herpes genitalis. Zum anderen hatte er auch schon festgelegt und war weiterhin davon überzeugt, dass eine Seebestattung für ihn das gewünschte Endziel sein sollte: kurze Kremation, raus mit dem Schiff und ab dafür. Das war sein Wunsch. Aber trotzdem war diese Variante auch nicht schlecht – gleichwertig. Er verneigte sich vor dem Toten, obwohl auch der es nicht mehr wahrnehmen konnte.

Auf einem anderen Grabstein las er „Warum konntest du nicht warten? – Wir haben dich geliebt". Also einer von den Suizidanten, Olos' Lieblingstoten. Da konnte die Phantasie am weitesten schweifen. Warum hatten sie sich umgebracht? Und vor allem: Wie? Leider stand darüber nichts auf dem Grabstein. Das hätte ihn brennend interessiert. Aber keine Information, kein Wort an die Presse, keine Aufklärung, also auch kein Verständnis. Nur ein ,warum?' Tja, hätten sie zugehört, hätten sie verstanden. Hätten sie mitgefühlt, hätten sie nachvollziehen können. Hätten sie nachgedacht, hätten sie unterstützen können. Aber so ist das eben mit den Eltern und so genannten Freunden und Partnern. Sie verstehen nicht, sie hören nicht zu, sie fühlen nicht mit. Und dann passiert es, und alles ist zu spät. Das blöde ,warum?' hilft auch nicht mehr weiter, zeigt nur das idiotische Staunen eines Dinosauriers, der den Meteor auf sich zurasen sieht und nur das Maul öffnet. So sind halt die Menschen: Tun so, als ob sie sonst was wüssten, haben aber eigentlich keine Ahnung.

Eines der aufschlussreichsten Treffen wäre für Olos die Zusammenkunft von Suizidanten, natürlich unter Ausschluss aller Suizidäre, denn der gescheiterte Versuch oder die berechnete Androhung zählen nicht; nur die Vollendung, die Tatsache ist von Wert und Bedeutung. Wen könnte man da nicht alles treffen: Hemingway, Seneca, Kleist, Benjamin und Tschaikowsky, aber auch Virginia Woolf und Adda Ravnkilde oder Hitler und Varus nebst vielen jungen Schülern und Schülerinnen, deren Eltern sie in den Freitod getrieben haben. Was für Gespräche könnten stattfinden, was für ein Austausch an Methoden und Möglichkeiten! Das dumme war nur, dass er selbst sich vorher würde umbringen müssen. Aber naja, mal sehen!

Er ging in symmetrischen Mäandern in Richtung Friedhofsmitte, schaute von links nach rechts und wieder nach links, dann geradeaus. Mona kam ihm von der anderen Seite in fast gerader Linie entgegen. Bevor sie allerdings in Sichtweite geriet, bog sie links ab und ging den breiten Hauptweg in Richtung Norden dem dortigen Ausgang entgegen. Sie wollte noch einen Bummel durch die Altstadt machen, die sie schon recht gut kannte. Olos hatte sich parallel zum Hauptweg ebenfalls nördlich gehalten und ging etwa fünf Minuten nach Mona durch das Ausgangstor. Als er zur Bushaltestelle ging, um sich nach der nächsten Abfahrt zu erkundigen, fuhr Mona in dem gerade abgefahrenen Bus an ihm vorbei, ohne dass ihre Augen sich trafen.

Auf den vorletzten Tag ihrer Reise hatten beide den Besuch der Finca Vigía gelegt. Mona war früh aufgestanden, saß schon um acht Uhr beim Frühstück und nahm kurz vor neun den ersten Bus, der dorthin fuhr. Olos ließ sich etwas mehr Zeit. Er hatte nachts zuvor in der Bodeguita zu seiner Überraschung die Fotofrau aus dem Almendares-Park kennen gelernt und sich später auf seinem Hotelzimmer für zweihundert Dollar eine halbe Stunde lang mit ihrem aphroditischen, schokoladebraunen Körper beschäftigen dürfen. Doch müde war er erst durch die Flasche Rum geworden, die er danach allein am Fenster sitzend und vor sich hinlächelnd noch getrunken hatte. Es war ein Stück Paradies, was die Kleine (sie hatte das Alter einer möglichen Enkelin) ihm vermittelt hatte.

Also schlief er aus und nahm den Bus um kurz vor zwölf, als Mona schon fertig war und den Rest des Tages an den Playas del Este verbrachte, um noch ein bisschen Karibik-Sand-Faulenzer-Atmosphäre mitzunehmen. Olos stand nun auch hier, wo der große Hemingway gelebt und geschrieben hatte und wohl von Jahr zu Jahr immer unglücklicher wurde, aber auch befreiende Stunden auf dem Meer verbracht hatte. Auch er ein Nachdenker und am Ende konsequent Handelnder. Abgesehen von Hemingway empfand Olos für alle konsequent Handelnden großen Respekt, insbesondere wenn es um den Abschied aus dem Leben geht. Als Fünfzehnjähriger hatte er die ersten Geschichten gelesen und war von den konzentrierten Aussagen beeindruckt. Danach hatte er alles von Hemingway gelesen, sich für sein Leben interessiert und viele Biographien verschlungen, bis er irgendwann als reifer Mann zu der Erkenntnis kam, dass auch die größten Vorbilder zu Menschen schrumpfen und der Mythos um sie herum immer mehr zerbröckelt, wenn man sich lange genug mit ihnen beschäftigt. Aber sie bleiben trotzdem Vorgänger, die etwas geleistet haben; und vor allem haben sie erfolgreich das hinter sich gebracht, was noch vor einem liegt. Auch darin bleiben sie Vorbild.

Am Abend lieh Olos sich eines dieser typischen, schwarzen Fahrräder und fuhr kreuz und quer durch die Altstadt, da ihm diese Form der Erkundung immer etwas Neues vor Augen führte und eine Erfahrung war, die die meisten Touristen nicht machen, weil sie einfach nicht auf die Idee kommen, obwohl das gar nicht so schwierig ist. Er fuhr den Malecón entlang und setzte nach Habana del Este über den Canal de Entrada über, radelte dort herum, bis die Sonne unterging, und gab das Fahrrad wieder im Verleih ab. Er freute sich auf eine Dusche und den letzten Abend in der Bodeguita.

Am nächsten Tag saßen Mona und Olos im gleichen Flugzeug – sie in der fünften Reihe am Fenster, er in der fünfunddreißigsten am Gang. Gesehen hatten sie sich auch dieses Mal nicht, da zu viele Leute am Übergang zum Flugzeug gewartet hatten und sie nur schubweise in die Maschine gelassen wurden, Olos also als einer der ersten hineinging und Mona gar nicht sehen konnte, als sie ihren Platz erreichte, weil fast alle Passagiere noch im Gang standen und ihr Gepäck verstauten oder Kleidung an- und ausziehend oder Lektüre beziehungsweise eine Kopfstütze aus ihren Taschen kramend sich auf den Flug vorbereiteten und die Sicht versperrten. So verbrachten sie die nächsten neuneinhalb Stunden meistens mit Schlaf und Lektüre sowie Gedanken an das Erlebte und Vorausschauen auf das Kommende, bis sie zunächst in Madrid und kurze Zeit später in Düsseldorf landeten.

14. Nichts erhoffen, nichts fürchten - ...

... frei sein.

Der Mensch hat grundsätzlich keine Rechte. Es gibt sie nicht, diese viel beschworenen Rechte auf Leben, auf Arbeit, auf Bildung oder auf Glück und Freiheit. Was bedeutet es schon, wenn ein Kind bei der Geburt stirbt und die Produzentin daneben heult und etwas von Recht faselt? Was will ein Arbeitsloser, wenn seine Qualifikationen nicht ausreichen, um einen Job zu erledigen? Wozu einen Dummen auf die Universität lassen, wenn er nicht einmal das erste Semester schaffen würde? Und wozu einem Menschen Glück und Freiheit überantworten, wenn er damit nicht umgehen kann? Denn die meisten können damit nicht umgehen. Also ist es besser, wenn sie es gar nicht erst in die Finger bekommen.

Mona diskutierte diese Fragen mit ihren Studierenden in jedem zweiten Semester und war jedes Mal aufs Neue überrascht, mit welcher Selbstverständlichkeit einige junge Menschen ihre Rechte beanspruchen, und zwar meistens in dem Moment, wenn sie sich benachteiligt fühlen und andere besser sind, schöner aussehen, mehr Geld von ihren Eltern bekommen und daher oder aus noch anderen Gründen beliebter sind. Es ist eine Art von Glück, wenn man als Kind wohlhabender Eltern aufwächst, die einem eine vernünftige und vorteilhafte Ausbildung ermöglichen. Dazu gehört nun mal eben das Erlernen eines klassischen Musikinstruments. Dazu gehören in der Jugend schon diverse Reisen ins Ausland und zur Erlernung mindestens einer Fremdsprache ein mehrmonatiger Sprachaufenthalt. Dazu gehört vielleicht auch Reitunterricht oder Skifahren samt eigener Ausrüstung. Und wenn die Eltern es richtig anfangen und die ersten Monate im Leben ihres Kindes nicht verpatzen, formen sie aus dem Klumpen, der da aus der Vagina geflutscht ist, einen selbstständig lernenden und interessierten Menschen, der in diesem Fall seinen Weg gehen wird und jede weitere Stufe mit ein wenig elterlicher Hilfe schaffen wird. Sind die ersten Monate allerdings verpatzt, weil Mami und Papi beide arbeiten wollen und den Klumpen jeden Morgen in der Kita abgeben und sich auch sonst kaum um ihn kümmern, tauchen halt spätestens ab der siebten Klasse, wenn es zum ersten Mal ernst wird, die ersten Probleme auf. Die Chance auf Gymnasiumbesuch und Universitätsstudium ist zu dem Zeitpunkt bereits vergeigt, und alle können froh sein, wenn der Klumpen es wenigstens noch zu irgendeinem Abschluss bringt. Also kein Recht auf hohe Bildung, wenn ich nicht die Voraussetzungen von Zuhause mitbekommen und das Lernen gelernt habe. Es ist keine Frage des Geldes, sondern eine der richtigen Zuwendung vonseiten der Eltern ab der Geburt.

Olos hatte sein fünfundsechzigstes Lebensjahr erreicht und stellte sich nach der wiederholten Lektüre von Nikos Kazantzakis die Frage, ob er jemals in seinem Leben gehofft hatte und beantwortete sie sich nach fünf Minuten mit einem eindeutigen Nein. Er hatte oft abgewartet, ob sich etwas ergibt oder nicht, aber nicht gehofft. Das meiste hatte sich ergeben: die verschiedenen Mädchen und Frauen, die er eine Zeitlang begehrenswert fand, das Abitur, die Führerscheinprüfung, die Offiziersurkunde, der Magistergrad, Beruf und Gelderwerb und viele andere schöne Dinge, die er sich leisten konnte. Doch niemals hatte er gehofft, dass er es auch erreichen würde. Vielleicht lag das an seiner positiven Einstellung und generellen Zuversicht. Warum sollten sich die Dinge auch nicht ergeben, wenn man dafür und daran arbeitet und sich darauf konzentriert? (Fehlt heute immer mehr Menschen, dachte er. Deswegen ergibt sich für so viele heute so wenig.) Zu dem Thema, was er nicht erreicht hatte, fiel ihm nichts ein. Denn sein Leben war, verglichen mit allen anderen, fast vollkommen – so gut es eben geht, denn absolute Vollkommenheit gibt es nicht, sonst müssten wir nicht so viel Dummes und Lautes ertragen. Sicher wollte er als Knabe später wie Chris Roberts sein oder als Jugendlicher wie Ernest Hemingway, hätte noch später gern mit Emma Watson und Angelina Jolie geschlafen. Gut, man muss Abstriche machen. Aber außer diesen blinden Wünschen, die sich übrigens in der Regel auch schnell wieder verflüchtigten, fiel ihm wirklich nichts ein. Daher bezeichnete er sich immer wieder als glücklichen Menschen. Was hätte er sonst noch machen, wonach streben, was noch erreichen sollen? Am Ende seines Lebens in der Lage sein zu sagen, dass man ein vollkommenes Leben führen konnte und ein glücklicher Mensch geworden ist, bezeichnet die Qualität des eigenen Werdegangs.

Was Glück und Freiheit für die jungen Menschen bedeutet, überraschte Mona auch immer wieder. Für die biedere Muslima wie Fatma gehörte zum

Glück ein gesunder Ehemann, der ausreichend verdient und über einwandfreien Samen verfügt, um gesunde Kinder zu zeugen. Mona fragte die zwanzigjährige Türkin, warum sie in diesem Fall überhaupt studiere. Die Antwort war: „Weil ich meinem Ehemann ebenbürtig sein möchte." Das konnte man akzeptieren, auch wenn ansonsten die Kosten für ihr Studium aus dem Fenster geschmissen waren.

Für Alexander waren genug Geld für mehrere Autos ausschlaggebend, die er an den verschiedenen Wochentagen fahren würde. Auf die Bemerkung hin, dass er mit Romanistik in der Regel aber nicht so viel Geld verdienen könne, antwortete er lächelnd, dass er das nur nebenbei mache und in etwa zehn Jahren die Firma seines Vaters übernehmen werde. Bis dahin müsse er sich noch gedulden, studiere deshalb erst einmal Romanistik, weil ihn die Sprachen interessierten, würde sich aber später noch auf BWL konzentrieren, weil er das schließlich für die Firma bräuchte.

Erst Lisa brachte das Gespräch auf eine höhere Ebene, indem sie Glück und Freiheit mit Zufriedenheit in Verbindung brachte. Sie sagte, wenn man zufrieden wäre, würden sich Freiheit und Glück von selbst einstellen. „Oder ist es anders herum?" Sie korrigierte sich und ließ die Frage offen im Raum stehen, weshalb die anderen nachdachten. Julian brachte daraufhin den synthetischen Gedanken ein, dass Glück und Freiheit für jeden etwas anderes bedeuteten und man daher diese Worte nicht in allgemein gültigen, konkreten Dingen ausdrücken könne. Er war es auch, der die Begriffe ‚Teilglück' und ‚vollkommenes Glück' in die Runde einführte und dadurch den Anstoß zu einer lebhafteren Diskussion gab. Viele der bisher stillen Studenten und Studentinnen trugen mit Kommentaren etwas bei, so dass Mona die erste Veranstaltung positiv beenden und jedem und jeder Teilnehmenden ein freies Thema als Präsentationsaufgabe mit auf den Weg geben konnte. Sie sollten sich einen bestimmten Bereich, wenn möglich mit literarischem bzw. philosophischem Bezug, aussuchen und den Inhalt, den Glück und Freiheit für sie hatten, in den verbleibenden Wochen des Semesters möglichst eindeutig in maximal einer halben Stunde darstellen.

Die Angst hatte sich für Olos weitestgehend verflüchtigt. Wahrscheinlich würde er sie noch empfinden, wenn plötzlich eine hungrige Anakonda oder eine angriffslustige Kobra durch sein geöffnetes Balkonfenster auf ihn zu schleichen würde. Doch die vielen Phobien, unter denen eine große Anzahl an Menschen heute leiden, hielt er für lächerlich. Warum sollte er sich vor Spritzen oder Ausländern fürchten, bei der Ansicht von Spinnen einen Angstschrei loswerden oder in der Dunkelheit oder einem engen Raum Schweißausbrüche bekommen. Natürlich hatte er im Laufe seines Lebens auch Ängste, vor allem diejenige länger als einen Tag auf Alkohol verzichten zu müssen. Aber man kann alle Ängste bekämpfen und dadurch überwinden.

Als er in frühen Jahren, nachdem er gerade seiner Nyktophobie ins Gesicht geschlagen hatte und sie daraufhin leblos zu Boden sank, bemerkte, dass es nur des Nachdenkens und konsequenten Handelns bedarf, eine Angst loszuwerden, konnte ihn keine Angst mehr länger als eine Woche stören. Er entdeckte, dass die eigene Phantasie einem das Leben schwermachen kann und der Austausch negativer Elemente gegen positive sowohl das Sesam als auch das Buch der sieben Siegel öffnete und man ab sofort keine Angst mehr zu haben brauchte. Ängste sind wie Schatten, von denen wir uns erschrecken lassen, obwohl kein Schatten da sein kann – eine optische Täuschung oder geistige Störung, von denen sich nur optisch Getäuschte oder geistig Gestörte leiten lassen. Das warf für Olos natürlich die Frage auf, ob die meisten Menschen geistig gestört seien. Die Antwort schob er noch ein wenig auf.

Was für ihn aber klar war, ging die Lüge der Religionen an. Einzig und allein die Angst vor dem Tod und ewigen Schmerzen konnte es ermöglichen, dass Religionen die Macht erhielten, die sie bis heute über einen Teil der Menschen ausüben. Er hatte auch die Götter, die im Laufe der Menschheitsgeschichte erfunden wurden, auf die Probe gestellt. Und siehe da: Keiner von ihnen hatte sich gezeigt oder seine Macht demonstriert. Knifflige Fragen wurden einfach nicht beantwortet – es blieb still; und wo eigentlich eine göttliche Strafe hätte erfolgen müssen, zeigte sich nichts anderes als ein sommerlicher Dauerregen oder ein Dreier im Lotto – also nichts Aufsehenerregendes.

Und was den Tod angeht, war die Sache von Anfang an klar: Alles, was entsteht, vergeht. Und warum sollte ein Mensch ewig leben und ein

Schmetterling nicht? Warum sollte ein Mensch über eine unsterbliche Seele verfügen, wenn ein Dinosaurier dies auch nicht tut? Den meisten Menschen fehlt halt nur die rationale Gelassenheit ihr eigenes Nichtsein einzusehen. Das eigene Dasein wird als so egozentrisch-zentralistisch betrachtet, dass eine Umwelt ohne uns oder wir ohne die gewohnte und jahrzehntelang angewöhnte Umwelt nicht mehr denkbar scheinen, so dass es einfach ein Weiter und Weiterso geben muss. Die Welt ohne mich? Undenkbar. Nein. Für Olos stand fest: Uns steht eine gewisse Zeit Existenz zur Verfügung, und danach ist endgültig Schluss. Die Funktionen des Körpers werden eingestellt, die Materie wird zersetzt und geht in Molekül- oder Atomgröße in der Allgemeinheit der Elemente auf. Aber kein weiteres Leben, geschweige denn ein Paradies, kein Gott und leider auch keine wunderschöne Göttin oder zweiundsiebzig Jungfrauen, mit denen man schlafen könnte. Allerdings kann man auch einen Sardinenkopf anbeten, wenn man daran glaubt. Und wer ernsthaft und lange genug nachdenkt, wird an den Punkt kommen, irgendwann auch einmal keine Lust mehr auf das Leben zu haben. Körper und Geist werden müde, wenn man alles gehabt und alles gedacht hat. Am Ende sehnt sich alles nur noch nach Abschluss und endgültiger Befreiung.

Mona kam mit ihren Studierenden auch auf den Gedanken, dass Wünsche uns oft zu Bestien machen und wir zu Sklaven unserer Wünsche werden. Das beginnt schon im Kindesalter mit dem Fressneid. Wir scheuen nicht davor zurück das andere

Kind zu schlagen, um das begehrte Stück Schokolade zu ergaunern, das wir fressen wollen. Und armselige Gläubige töten sogar andere Menschen, um ihren Wunsch in Erfüllung gehen zu sehen, was aber leider nicht möglich ist. Deswegen ist alles umsonst; und sie gehen nur als brutale Schlächter in die Familiengeschichte ihrer vielleicht ehrenhaften Väter ein.

Angelika ging auf den ‚gemeinen' (wie sie ihn adjektivierte) Kinderwunsch der Frau ein, der deswegen so gemein wäre, weil er die Frau oft in eine nachteilige Lage brächte und aus dem erwünschten Kind später auch nichts anderes werde als ein ungezogener und undankbarer Haufen eigener Gene. Und was treiben die Frauen nicht alles, um an ein Kind zu kommen. Sie belügen ihre Männer, indem sie behaupten, sie hätten die Pille genommen – wohl wissend, dass sie sie absichtlich abgesetzt haben. Hässliche und fette Frauen laufen zum Arzt und lassen sich künstlich befruchten, um ihre Hässlichkeit zu tradieren; und die Ärzte geben dem aus falschen Gründen auch noch nach. Manche Frauen wollen mit einer späten Schwangerschaft das kaputte Verhältnis zu ihrem Partner kitten, was in der Regel nicht funktioniert. Und dann sitzen sie als Alleinerziehende da und können dem Wurm gar kein anständiges Leben bieten und verbringen ihr eigenes in ständiger Unzufriedenheit, weil sie ihre anderen Wünsche zurückstellen müssen, da sie das Balg nun einmal am Hacken haben und sich darum kümmern müssen, wenn sie nicht einen auf Borderline machen und sich der Verantwortung entziehen. Allerdings begeben sie sich damit gleich wieder in die nächste Falle, weil sie unfähig sind auch alles andere in ihrem Leben auf die Reihe zu bekommen. Und das alles nur, weil sie sich ein Kind gewünscht haben.

Angelikas Vortrag war sehr beeindruckend, so dass wohl kaum eine junge Frau in dem Seminar mehr Lust hatte ein Kind zu bekommen. Andere Teilnehmer sprachen von Hausbau und Familiengründung mit dem traditionellen Anspruch ein vollwertiges Mitglied der Gesellschaft zu werden. Dabei setzte Jonathan den Schwerpunkt auf das Thema ‚Tradition' und kam zu dem Schluss, dass die meisten Traditionen hohle Rituale seien, die in der heutigen Zeit keinen nützlichen Wert mehr hätten außer den ideenlosen und schwachen Mitgliedern einer Gruppe gesellschaftlichen Halt zu geben. Bei über sieben Milliarden Menschen auf der Erde sei es auch höchst unverantwortlich, überhaupt nur ein Kind in die Welt zu setzen; denn es würde mit seiner Bananen- und Schokoladefresserei auch nur dazu beitragen, den CO_2-Gehalt zu erhöhen und das Leben unerträglicher zu machen. Er brachte auch Beispiele aus seiner Familie: Sein Vater und sein Onkel hätten zum Beispiel einmal zugegeben, dass sie eigentlich keine Familie gewollt und lieber das Leben eines freien Mannes gelebt hätten. Und sie hätten ihm den Rat gegeben, bloß auf kein Geschwätz der Mütter oder anderer Frauen hereinzufallen und sich die Selbstständigkeit zu erhalten. Lieber masturbieren als für das Bisschen schlechten Sex und die Vorstellung ein verantwortungsvoller Ernährer zu sein die Untertanenrolle einnehmen. Da sei der Euro plötzlich nur noch zwanzig Cent wert. Auch den Satz ‚Die Kinder sind unsere Zukunft' entkräftete der Referent, indem er vorrechnete, dass Kinder in der Regel mehr kosten als sie uns zurückzahlen. Dieses Modell hatte nur in einer landwirtschaftlich orientierten Gesellschaft eine Bedeutung, in der Kinder als billige Erntehelfer gebraucht wurden – eine Gesellschaftsform, die es aber seit einhundertfünfzig Jahren kaum noch gibt.

Nach Jonathans Vortrag wollte wohl keiner der Studenten mehr Vater werden.

Worauf kam es also an im Leben? fragte sich nun Olos. Man muss allerlei Hindernisse überwinden. Das scheint unsere Hauptaufgabe zu sein, angefangen bei der Geburt und dem Atmen über die Erlangung eines selbstständigen Lebens in Form von Ausbildung und bestandenen Prüfungen bis hin zur Überwindung von Ängsten einschließlich der vor dem Sterben. Dabei ist es völlig egal, was ich am Ende erreicht habe, ob ich als Bettler den Löffel abgebe oder als bekannter Schauspieler abtrete. Denn ob ich gelebt habe oder nicht, spielt keine Rolle. Ich habe die Chance bekommen nach meinen Vorstellungen zu leben. Ob ich das geschafft habe, ist am Ende ohne Wert. Nur während ich lebe, kann ich einen gewissen Grad an Zufriedenheit erreichen. Und was mich zufrieden macht, kann ich nur erfahren, wenn ich auf mich selbst höre und mich selbst frage. Am Ende also wieder einmal die Erkenntnis: Wichtig allein nur für uns selbst.

Auch in Monas Seminar kamen sie zu dem Schluss, dass man an sich selbst denken, dabei aber nicht die anderen vergessen geschweige denn ungerecht behandeln solle. Gerechtigkeit ist vielen jungen Menschen ein wichtiger Aspekt für ein zufriedenes Leben. Das heißt aber nicht, dass man sein eigenes Leben für andere opfern muss. Also ein friedvolles Miteinander. Familienegoismus und Religionsfehden stehen dem diametral entgegen. Als Abschlussmotto für das diesjährige Sommersemester schrieben die Teilnehmer auf die Projektor fläche: Es leben die Frau und der Mann in friedvollem Miteinander, aber nicht in Abhängigkeit und zu eng aufeinander!

15. Erdbeermund und böse Geister

Nach genau fünfzig Jahren erhielt Olos zum ersten Mal Besuch von einem Schulkameraden, mit dem er zusammen musiziert und einige Erlebnisse während der späten Jugend geteilt hatte. Alexander war damals zunächst nach Berlin gegangen und danach nach Australien ausgewandert, wo ihm als Opernsänger eine passable Karriere gelang. Er war kein Weltstar geworden. In dem Falle hätte Olos sicherlich von ihm gehört. Aber er konnte gut von seinen Auftritten leben und regelmäßig in die Rentenkasse einzahlen, so dass er sich mit fünfundsechzig zurückziehen und den Rest seines Lebens mit gutem Essen, ausgiebigen Reisen und in den Tag hineinleben genießen konnte. Am Ende seines Lebens hatte er sich vorgenommen, noch einmal die Orte seiner Jugend aufzusuchen und vielleicht den einen oder anderen Bekannten wiederzusehen. Einige

waren bereits gestorben oder auf andere Weise unauffindbar; doch bei Olos hatte er Glück, weil dieser
durch seine Reportagen und Bücher bekannter war;
und so konnte Alexander über den Verlag Kontakt
aufnehmen und zeitnah ein Treffen vereinbaren.

Da stand er also – fünfzig Jahre älter als beim
letzten Mal, aber unverwechselbar. Weniger Haare,
Altersflecken an den Händen und Falten im Gesicht;
aber sein Lächeln genauso sympathisch und seine
Augen genauso strahlend blau wie damals, als er
von den Schönen des Gymnasiums keine ausließ,
bis er bei Mascha hängenblieb und sie auch später
heiratete.

„Wie kam das? Ich dachte, ihr hättet euch getrennt, als die Sache mit Vera anfing."

„Ja, das stimmt. Aber Vera war auch nur eine
kurze Episode. In Mascha muss ich mich irgendwie
intensiver verliebt haben, denn wir kamen eine Zeitlang nicht voneinander los. Ich ging zuerst zum Militär wie du ja auch. Wo warst du eigentlich?"

„Zuerst in Bamberg und nach der Grundausbildung in Mittenwald, Gebirgsjäger."

„Mannomann, bist du damals wirklich so fit gewesen? Hätte ich dir gar nicht zugetraut. Das musst
du mir später unbedingt noch erzählen. Jetzt erst
einmal die Geschichte von Mascha und mir. Das ist
seltsam tragisch. Aber eins nach dem anderen. Wo
war ich? Genau, Bundeswehr. Ich war zuerst in
Hannover und danach in Sonthofen auf der Burg bei
den Feldjägern. Dauerte insgesamt zwei Jahre. Und
während dieser ganzen Zeit hatte ich seltsamer-

weise keine Freundin. Hat sich irgendwie nicht ergeben. Aber hübsche Mädels hatten die da unten
auch; hat sich gelohnt. Aber wie gesagt: Ich hatte
keine feste Freundin. Und das führte dazu, dass ich
immer wieder an Mascha und sie wohl auch an mich
denken musste. Und obwohl wir uns wegen Vera
zerstritten hatten, fasste ich eines Tages den Mut
sie anzurufen und um ein Treffen zu bitten. Ich
sagte, ich sei bei meinen Eltern, und wir könnten
uns doch kurz auf einen Kaffee in der Stadt treffen.
Sie war damals noch in Verden und machte eine
Ausbildung zur Physiotherapeutin. Naja, nach ein
paar mürrischen Antworten und schnippischen Angriffen willigte sie doch ein, und wir trafen uns. Zuerst haben wir uns unterhalten, was wir so machen,
wie es so geht und so weiter. Am Ende haben wir
uns aber heftig umarmt und geküsst, als sollte es
das letzte Mal sein."

„Und? Es war natürlich nicht das letzte Mal."

„Nein, das wollten wir beide nicht. Ich habe gemerkt, dass da mehr war als bei den anderen. Und
zwar diese Sehnsucht; die hatte ich bei den meisten
anderen nicht. Kennst du das? Du denkst ununterbrochen an sie und kannst dich kaum auf etwas anderes konzentrieren. Immer ist sie anwesend, und
immer willst du sie sprechen, sie treffen und sie um-
armen. Nun ja, wir waren zwar fürs Erste getrennt;
aber das sollte ja nur eine bestimmte Zeit dauern.
Also trafen wir uns wieder häufiger. Einmal bin ich
sogar an einem Samstagmittag losgefahren – wir
hatten Strafdienst wegen irgendeiner Sache – erinnere mich jetzt nicht mehr, was es war. Auf jeden
Fall konnte ich erst am Samstag los; bin mit einem

Kameraden die knapp tausend Kilometer wie ein Verrückter die A7 hoch, habe die Nacht mit ihr verbracht; und am Sonntag wieder zurück – eine richtige Ochsentour, sag ich dir. Aber das mit Mascha funktionierte irgendwie, und wir gingen daran eine gemeinsame Zukunft zu planen. Ich wollte sie in meiner Nähe haben, und das ging ihr mit mir genauso. Ich erzählte ihr von Berlin, und dass ich da meine Ausbildung zum Sänger machen will. Sie sagte nur, dass sie ihre Anschlussausbildung auch in Berlin machen könne. Also sind wir nach Berlin. Da haben wir auch geheiratet – einfach so – beide eigentlich Studenten noch. Aber es hat gepasst. Also sind wir zum Standesamt und haben gesagt: Wir wollen heiraten. Fanden die auch irgendwie gut.

So. Und dann kam der Gedanke an Australien. Ich wollte wieder etwas Neues und am besten ein neues Land. Weißt du, Berlin und Deutschland sind nicht schlecht; aber ich wollte einfach raus. Also bin ich rübergeflogen und habe vorgesungen, was das Zeug hielt, bis es tatsächlich bei einem kleineren Haus klappte. Sie sagten ‚you can start immediately'; und das tat ich – naja, einen Monat später. Mascha war auch mit ihrer Ausbildung fertig und arbeitete bereits in einer Praxis in Berlin. Aber für sie war auch klar, dass wir die Gelegenheit beim Schopfe packen sollten. Schließlich bekommt man Australien nicht jeden Tag vorgesetzt. Ja, und nach einem halben Jahr kam sie nach, und wir sind dort geblieben. Es war eine schöne Zeit."

„Wieso w a r eine schöne Zeit?"

Alexander schwieg einige Sekunden. Er antwortete: „Weil sie vorbei ist."

Olos ließ ihn eine weitere Pause machen. Er dachte an Maschas Tod durch Unfall oder irgendeinen anderen Schicksalsschlag. Alexander blickte sehr ernst vor sich hin. Er blickte ihn an und lächelte ein wenig.

„O nein; nicht das, was du denkst. Sie lebt. In Köln oder Düsseldorf, glaube ich. Vielleicht ist sie auch schon wieder umgezogen. Kann sein. – Nein, die Sache war die: Erinnerst du dich an Milena, ihre größere Schwester?"

„Ja, natürlich. Auch eine Hübsche."

„Genau. Und was ist passiert? Als wir noch in Berlin waren – sechs Jahre insgesamt – haben sich die beiden oft besucht. Milena kam zu uns, oder wir fuhren nach Köln, wo sie damals lebte. Und scheiße: Wir haben uns ineinander verliebt. Ich sag dir gleich, da war nichts, wir haben nicht miteinander geschlafen, nicht ein einziges Mal. Aber wir kamen uns verdammt nah, verstanden uns ohne Worte, hatten den gleichen Humor und – naja – haben uns auch oft umarmt und geküsst, wenn uns niemand sehen konnte. Aber es war für uns beide ausgeschlossen, daraus mehr werden zu lassen. Sie liebte ihre Schwester, und ich liebte Mascha ja auch irgendwie. Aber es war schmerzhaft, sehr schmerzhaft – für beide.

Eigentlich hätte ich Mascha verlassen müssen, um Milena zu heiraten. Aber selbst wenn ich das getan hätte... Sie hätte mich nie geheiratet. Sie hätte mich wahrscheinlich sogar gehasst, wenn ich ihre kleine Schwester sitzengelassen hätte. Das schrieb sie mir einmal. Also blieb alles beim Alten, und wir schmachteten uns im Phantasiereich entgegen und ließen unsere Lieder durch die Nacht dem anderen entgegenflehen."

„Schubert."

„Richtig. Der alte Schwerenöter! – Also, es war nichts zu machen. Ich blieb mit Mascha zusammen. Nach ein paar Jahren stellten sie bei Milena Krebs fest. Sie nahmen ihr die linke Brust ab; aber das half nichts. Es wurde immer schlimmer. Ich war damals voll im Geschäft und hatte jeden dritten Tag einen Auftritt, konnte also kaum weg, obwohl ich es versuchte. Aber Milena bat mich nicht zu kommen. Das, was entschieden sei, sei entschieden, und ich solle sie so in Erinnerung behalten, wie ich sie gesehen hatte. Mascha reiste so oft es eben ging nach Deutschland und blieb so lange es eben ging. Das ging etwa sieben Jahre so. Das letzte Mal blieb sie, bis Milena eingeschlafen war, und kam auch nicht mehr zurück."

„Wieso das?"

„Sie hatte die Geschichte mit Milena und mir rausgekriegt. Zwar hatte Milena nichts gesagt. Aber so etwas kann man nicht geheimhalten. Mascha schrieb mir noch einen Brief und teilte mir mit, dass sie von der Sache schon länger gewusst hätte. Sie hatte Briefe von Milena bei mir und nach dem Tod ihrer Schwester auch welche von mir gefunden. Es war jetzt endgültig aus. Sie fühlte sich verarscht, über Jahre hinweg von mir betrogen. Und nichts als

Vorwürfe – bis hin zu der Sache, dass ich für den frühen Tod Milenas verantwortlich sei, weil ich ihr Herz gebrochen hätte."

„Sie ist nicht mehr nach Australien zurückgekehrt?"

„Nein. Ich sollte ihre Sachen schicken. Und das wars dann. Hab ich auch gemacht. Seitdem nichts mehr gehört."

„Und? Willst du sie auch noch besuchen, solange du in Deutschland bist?"

„Nein, die Sache ist durch. Noch einen Anfang schaffen wir nicht. Wozu auch? Es dauert jetzt eh nicht mehr so lange. Und es würde auch nicht mehr funktionieren. Es steht einfach zu viel dazwischen."

„Das tut mir sehr leid."

„Danke, mein Freund. Aber das hilft mir jetzt auch nicht."

„Ich weiß. Ich wollte es nur gesagt haben."

„Ja, ich weiß. Deshalb noch einmal: Danke!"

Sie hatten während dieses Gesprächs Whiskey getrunken und Beethoven und Sibelius gehört. Nach einer längeren Pause fragte Alexander plötzlich:

„Sag mal: Hast du die Toteninsel von Rachmaninoff da?"

Olos lächelte. „Natürlich. Wer das nicht hat, ist kein Mensch." Er ging zur Musikanlage und legte es ein. Die gesamten zwanzig Minuten schwiegen sie.

Alexander schien bei Mascha und Milena zu sein – vielleicht auch nur bei Milena. Olos hörte einfach nur zu und war bei sich. Nachdem das Stück beendet war, ließen beide noch einige Minuten vergehen, ohne ein Wort zu sagen. Als Erster nahm Alexander das Gespräch wieder auf.

„Ich danke dir, mein Freund. Das tat gut."

„Möchtest du es noch einmal hören?"

„Nein. Einmal reicht. Lass uns jetzt von anderen Dingen reden. Die letzte halbe Stunde habe ich geredet. Jetzt bist du dran. Aber bevor wir das machen, habe ich noch eine letzte Frage an dich zu diesem Thema: Bin ich schuld? Oder habe ich Schuld?"

Olos dachte ein wenig nach. „Nein, ich denke nicht. Was hättet ihr tun sollen? Die Gefühle sind eben so, wie sie sind. Und schließlich habt ihr beide, ich meine Milena und du, Rücksicht genommen. Ich glaube, es war sehr weise von Milena die Sache auf jene Art zu stoppen, auch wenn sie selbst daran zugrundegegangen ist. Aber das war ihre Entscheidung. Und gleichzeitig hat sie dich davor bewahrt dich noch schlechter zu fühlen. – Die ganze Sache an sich ist tragisch, wie du ja vorhin auch selbst gesagt hast. Und gegen Tragik kann niemand etwas tun. Das passiert einfach. Uns bleibt nichts anderes übrig als damit klarzukommen. – Du hast zwei tolle Frauen geliebt. Und? Soll man dich dafür jetzt verbannen? Es ist, wie es ist: Ein Stück Leben – ein Stück deines Lebens. Konzentriere dich auf das Positive! Das Negative nimmt sich sowieso seinen Teil."

„Da hast du recht. Manchmal stelle ich mir vor, wie es gewesen wäre, wenn ich nicht zuerst Mascha, sondern Milena kennen gelernt hätte. Wir waren im gleichen Jahr geboren. Ich wurde durch meine späte Geburt im Oktober nur ein Jahr später eingeschult und saß daher auf dem Gymnasium mit Mascha in einer Klasse. Milena war genau eine Klasse über uns. Ein Jahr früher eingeschult hätte ich also mit Milena in einer Klasse gesessen. Und mit Sicherheit hätten wir uns da schon ineinander verliebt; und ich hätte Mascha später nur als die kleine Schwester kennen gelernt."

„Darüber kann man nachdenken. Aber es bringt nichts, weil es nicht so war und auch nicht zu ändern ist. Vielleicht wärst du mit Milena zusammen gewesen und hättest dich später in Mascha verliebt. Hätte genauso auch so herum ablaufen können."

„Stimmt. Wenn ich sowieso beide geliebt hätte, ist die Reihenfolge auch egal. – Verdammt! Das Leben ist einfach so, und nicht immer gerecht. Skål!"

„Skål, Alexander!"

Alexander blieb noch zwei weitere Tage – länger als geplant. Sie hatten sich viel zu erzählen und machten ausgiebige Spaziergänge, genossen die Zeit des ruhigen Nachdenkens und ungehetzten Austausches. Keine Konzerte oder Kinobesuche. Das wäre Zeitverschwendung gewesen. Stattdessen ausgedehnte Essen in abgelegenen Wirtshäusern und Gasthöfen – einmal sogar eine zweistündige Kutschfahrt durch den Englischen Garten. Man konnte zwei ältere Herren sehen, die ihr Leben gelebt hatten und Vieles revuepassieren, die letzten

Sonnenstrahlen in ihre Gesichter scheinen ließen und es am Ende so hinnahmen, wie es geschehen war.

Keiner von ihnen sagte: Wir hätten uns öfter sehen sollen. Denn dieses eine Mal war das eine Mal, da sie sich austauschen konnten. In den vergangenen fünfzig Jahren hatten beide Anderes, Wichtigeres zu tun gehabt und hatten es getan – das, was ihnen wichtig erschien und getan werden musste. Was sie in diesen Momenten fühlten, von denen sie wussten, dass es für beide das letzte Treffen sein würde, war die Überprüfung und Bestätigung einer Kalkulation, die aufgehen kann und bei ihnen beiden aufgegangen ist. Zweifel gibt es immer. Aber Zweifel kann man ausräumen. Und glücklich, wer am Ende sagen kann: Hier stehe ich und habe alles richtig gemacht. Andere Entscheidungen hätten sie vielleicht auch glücklich gemacht, vielleicht aber auch unglücklich. Wichtig nur, überhaupt eine Entscheidung zu treffen, sie zu bestätigen oder zu revidieren.

Und so verabschiedeten sie sich am Flughafen mit einem tiefen, eigene Zufriedenheit und gegenseitige Bestätigung ausdrückenden Blick vor der Sicherheitskontrolle, bevor sie sich wieder auf ihre eigenen Wege begaben, die sie noch ein Stück weiterführen sollten. Beide waren froh, dass sich dieser letzte Augenblick für sie ergeben hatte. Alexander flog nach Spanien, um einen ehemaligen Kollegen auf dessen Finca zu besuchen. Olos kehrte in seine Wohnung zurück, um die benutzten Gläser abzuspülen und den Abend in Gedanken an seinen Bekannten ausklingen zu lassen. Sie fühlten ähnlich.

Sie verstanden sich ohne Worte. Aber das Leben war vergangen, ohne dass sie hätten Freunde werden können. Egal. Die drei vergangenen Tage waren auch wieder eine Auferstehung.

Es klingelte an Monas Wohnungstür, und davor stand Elisabeth, eine Kollegin, die sie schon einige Jahre lang kannte – oder besser gesagt: seit einigen Jahren kennen lernte. Denn immer, wenn sie sich trafen, ergab sich ein neues Bild von dieser Frau. Und immer wieder fügte sich eine neue Facette an das schon bekannte Bild. Sie bezeichnete Elisabeth nicht als Freundin, weil sich noch nicht die Situation ergeben hatte, in der sie ihre Freundschaft hätte unter Beweis stellen können. Das ergibt sich ja sowieso selten und oft genug auch nie im Leben eines Einzelnen, um entscheiden zu können, wer ein wirklicher Freund oder eine echte Freundin ist. Mögen die dummen Weibsen auch alle und jede gleich als Freundin oder beste Freundin bezeichnen – Mona hatte noch nie eine gefunden. Elisabeth war eine gute Kollegin, mit der sie einige Ansichten teilte und sich hin und wieder traf, um einen netten Abend miteinander zu verbringen. Und das reichte vollkommen aus. Heutzutage braucht ein starker Mensch auch keine Freunde mehr. Er braucht nicht einmal Familie. Das sind Anachronismen, die obsolet und tot in unsere moderne Zeit hineingähnen.

Der Abend war vor einer Woche ausgemacht worden. So konnte sich Mona in Ruhe darauf vorbereiten, dass sie ihn nicht für Lektüre oder ein gemütliches Bad einplante, und ein paar Spezialitäten einkaufen, die sie nur selten besorgte; so würden die Stunden auch kulinarisch etwas Außergewöhnliches werden.

Zuerst plauderten sie über den Alltag und offene Fragen, was das Seminar betraf. Aber das war schnell abgehakt; denn beide wollten auch nicht in ihrer Freizeit noch über die Arbeit reden. Das sollte wirklich außenvor bleiben; dafür war die Zeit zu schade. Nach der zweiten Flasche Wein kam Elisabeth wieder einmal auf das Thema ‚Kinder' und stellte Mona die Frage, ob sie es nie bereue keine Kinder bekommen zu haben – gerade jetzt, wo sie beide in dem Alter waren, in dem frau mit Sicherheit kein Kind mehr bekommt – zumindest nicht mehr bekommen sollte. Mit fünfzig ist es zwar medizinisch noch machbar, aber moralisch unter aller Sau. Welches Kind möchte denn, wenn es zu denken anfängt, eine Halbgreisin zur Mutter haben? Das ist ja wie Goethe, der als über Siebzigjähriger tatsächlich noch eine Neunzehnjährige heiraten und natürlich schwängern wollte. Irgendwann muss aber auch mal Schluss sein.

Mona erinnerte die Fragestellerin daran, dass sie schon mehrmals über dieses Thema gesprochen hätten und sie nach wie vor überzeugt sei, ein besseres Leben ohne Kinder gelebt zu haben. Elisabeth schwieg einige Minuten und schaute starr in eine Ecke des Zimmers, als ob sie überlegen würde. Nachdem sie wohl zu einem Entschluss gekommen war, fragte sie Mona, ob sie ihr etwas erzählen dürfe, was aber unbedingt in ihren vier Wänden bleiben müsse. Mona schaute überrascht in Elisabeths Augen und überlegte, was da auf sie zukommen könnte. Schließlich sagte sie sich, dass es so schlimm schon nicht werden würde, und stimmte zu.

„Das habe ich noch niemandem aus meinem jetzigen Bekanntenkreis erzählt. Aber ich möchte es jetzt dir erzählen, weil ich wissen möchte, was du darüber denkst. Ich fühle mich manchmal schlecht oder – wie soll ich sagen? – vielleicht auch böse, also innerlich böse. Verstehst du?"

„Nein. Wie kommst du darauf?"

„Also, du weißt das noch nicht. Aber ich hatte einmal ein Kind, eine Tochter."

„Das hast du nie erzählt."

„Nein, aus gutem Grund. Ich wollte eine lange Zeit lang nicht darüber reden. Aber ich glaube, jene Zeit ist jetzt vorbei und eine neue Zeit reif dafür."

„Erzähl. Ich verspreche dir, dass ich nichts weitersagen werde. Du weißt auch, dass du mir vertrauen kannst."

„Ja, das weiß ich. Ich bin dir für damals heute immer noch dankbar. Und weil ich das weiß, sollst du es auch von mir erfahren. Also, ich hatte eine Tochter – Mala. Eigentlich wollte ich, wie du, auch nie Kinder haben. Aber mit Mala ist es irgendwie passiert; plötzlich war ich doch schwanger und hatte am Ende nicht den Mut abzutreiben. Also behielt ich sie und trug sie aus. Aber es lag von Anfang an etwas Unheilvolles in unserer Beziehung. Mal wollte ich sie liebkosen, und sie wehrte es mit ihrem Arm ab. Dann wiederum sah ich sie hasserfüllt an, wenn sie wieder ein Problem erzeugte und meine Lebenszeit verschwendete. Sie schien das auch zu spüren, denn gehässig blickte sie mich an, wenn sie sah, dass ich für sie da sein musste und nicht meinen Aufgaben nachgehen konnte. So ging das jahrelang, eigentlich schon seit ihrer Geburt. Ich hatte da etwas in die Welt gesetzt, das nicht gut für mich war, das ich aber auch nicht mehr loswerden konnte. Sie war ja meine Tochter und ich verantwortlich für sie. Und das wusste das Biest auch genau."

Elisabeth blickte wieder in die eine Zimmerecke und schwieg ob der Bilder, die sich aus ihrer Erinnerung wieder Platz in der Gegenwart verschafften. Sie schien angespannt zu sein.

Mona ließ ihr Zeit und sagte nichts, fragte nicht nach und zeigte auch keinerlei andere Anzeichen von Ungeduld. Sie wartete einfach ab.

„Eines Tages passierte es. Man fand sie tot unter einem Baum im nahegelegenen Park."

„Was war passiert?"

„Wie die Polizisten mir später mitteilten, hatte sie mit anderen Kindern dort gespielt – naja, was sie ‚spielen' nannte. Sie war plötzlich auf die Idee gekommen, auf einen dieser riesigen Bäume zu klettern, um die Nester mit den frisch gelegten Eiern der Krähen zu zerschlagen. Die anderen Kinder wollten sie davon abhalten. Aber sie ließ sich nicht abhalten, kletterte immer höher und verhöhnte die anderen als Feiglinge. Die Kinder gingen teilweise weg, weil sie das nicht mit ansehen wollten. Zwei oder drei blieben stehen und versuchten weiter Mala davon abzuhalten. Als sie eines der Nester fast erreicht hatte, flogen drei Krähen auf sie zu und attackierten sie. Logisch, das hätte ich als Krähenmutter ja auch getan – normalerweise. Die Kinder, die unten standen, hörten plötzlich einen Schrei von Mala und sahen sie auch schon herunterstürzen. Sie schlug mit dem Kopf auf eine der harten Wurzeln am Boden und blieb regungslos liegen. Vor Schreck rannten die anderen Kinder weg und nach Hause. Dort erzählten sie es ihren Eltern, die natürlich sofort den Notarzt zu jener Stelle im Park riefen. Aber Mala sei schon tot gewesen, nachdem sie gefallen war, sagte der Arzt. Genickbruch."

„Das ist ja schlimm. Du, das tut mir wirklich leid.", sagte Mona mitleidsvoll.

„Muss es nicht. Aber ich danke dir für dein Mitgefühl. Doch das, was ich dir eigentlich erzählen will, ist Folgendes: Natürlich war ich zuerst geschockt. Und ich wusste nicht, was ich denken sollte. Ich fühlte in dem Moment gar nichts – absolute Stille in mir. Später jedoch nahm ich immer stärker und immer öfter ein Gefühl der Erleichterung wahr. Kannst du dir das vorstellen?"

„Nein."

„Doch. Das ist es ja, was ich meine. Es hört sich vielleicht komisch an. Aber am Ende war ich froh, dass es sie nicht mehr gab. Ich hatte sie überstanden. Und sie hatte durch ihre Boshaftigkeit ihre Strafe erhalten."

„Glaubst du an einen Gott?", fragte Mona daraufhin.

„Nein. Aber vielleicht gibt es doch so etwas wie eine ausgleichende Gerechtigkeit – auch ohne Gott."

Mona war sich nicht sicher, ob Elisabeth vielleicht in eine Klinik gehörte. Auf der anderen Seite fing sie langsam an, das Gefühl nach all den Beleidigungen und anderen Gemeinheiten nachvollziehen zu können. Dennoch wusste sie im ersten Augenblick nicht, was sie denken, geschweige denn sagen sollte. Es entstand eine lange Pause, in der beide Frauen nachdachten, Mona eine neue Flasche Wein holte, sie öffnete, nachschenkte und beide schweigsam einen Schluck tranken.

„Weißt du: Es tut gut es einmal jemandem erzählen zu können. Danke, dass du zuhörst! Ich habe danach natürlich diese ganzen psychologischen Betreuungsgespräche durchgemacht. War vielleicht auch gut; hat aber am Ende nicht so viel gebracht, weil ich über meine eigentlichen Gefühle und Gedanken ja nicht sprechen konnte. Sie hätten mich wahrscheinlich gleich eingesperrt. Also ließ ich sie reden, reagierte, wie sie es von mir erwarteten und war irgendwann frei davon. O ja, im wahren Sinne des Wortes: FREI.

Es kommt nämlich noch etwas hinzu, musst du wissen."

Mona öffneten sich die Augen schon wieder weiter, als Elisabeth zu sprechen fortfahren wollte.

„Das ist die Geschichte mit meiner Großmutter. Die erzähle ich noch kurz. Und dann bist du entlassen. Ich hoffe, das ist möglich."

„Ja, erzähl nur weiter!"

„Meine Großmutter war ein Nazi-Schwein. Sie hat mehrere Juden – Kinder und alte Menschen – und politisch Verfolgte an die Gestapo verraten. Das habe ich irgendwann einmal erfahren, als ich in der Lage war bestimmte Fragen zu stellen, nachdem ich bestimmte Fotos gesehen hatte, und als jemand – genau genommen mein Großonkel – endlich bereit war, auf diese Fragen wahrheitsgemäß zu antworten. Die Betonung liegt auf ‚wahrheitsgemäß'. Denn vorher hatten sie alle schön die Schnauze gehalten und vom Thema abgelenkt. Aber da erfuhr ich es. Und ich habe mich so dermaßen geschämt, in solch eine Familie hineingeboren worden zu sein, obwohl man mir sagte, dass mein Großvater mit der ganzen Sache nichts zu tun hatte. Er war zu der Zeit an der Ostfront, schimpfte auf Hitler und ließ sich von seiner Frau sofort scheiden, nachdem er 1953 aus der russischen Kriegsgefangenschaft gekommen war und es von den ehemaligen Nachbarn erfahren hatte. Aber diese Großmutter! Einfach nur abstoßend.

Jetzt kannst du mich vielleicht besser verstehen. Wie oft habe ich an diese Großmutter denken müssen, als Mala wieder einmal ein selbst getötetes Tier mit nach Hause brachte und es mir mit ihrem hämischen Lächeln auf den Küchentisch warf."

„Wie alt war sie, als sie starb?"

„Zehn. – Zehn Jahre meines Lebens hat mich dieser Teufel gekostet. Wie die zehn biblischen Plagen vergingen diese zehn Jahre. Ich war zwischendurch schon drauf und dran verrückt zu werden, so dass ich sogar einmal daran gedacht habe sie zu töten und es wie einen Unfall aussehen zu lassen. Aber das Schicksal ist mir zum Glück zuvorgekommen. Und dafür bin ich ewig dankbar."

Wieder entstand eine Pause, in der Mona erst bewusst wurde, wie aufgewühlt sie von dieser Geschichte war. Sie ging an die Balkontür und öffnete sie weit, um ein paar Mal die frische Nachtluft, die ein leichter Wind bewegte, tief einzuatmen.

„Ich hoffe, du bist nicht allzu verstört von dem, was ich erzählt habe."

„Nein. – Ich habe so etwas nur noch nie gehört. Das ist schon … ." Mona fiel kein passendes Wort ein. Seltsam genug.

Es ergab sich noch das eine und andere Wort, das sie wechselten – die eine oder andere Frage, die Mona später noch einfiel, nachdem sie die ganze Geschichte etwas verdaut hatte. Doch um halb zwei waren beide so müde, dass Mona ihrer Kollegin anbot bei ihr zu übernachten, was Elisabeth auch dankbar annahm.

Am nächsten Morgen betrachtete Mona ihre Kollegin als anderen Menschen und mit anderen Augen. Sie konnte nicht genau beschreiben, was es war – eine Mischung aus Mitgefühl und Mitleid, Genugtuung über den Fall des Bösen und eine bestimmte Freude darüber und Hoffnung, dass Elisabeth ihr weiteres Leben erleichtert und mit vielen guten Erlebnissen für die schreckliche Vergangenheit belohnt führen könnte.

16. Kein anderes Gefäß als den Frieden

„Kein anderes segenerhaltendes Gefäß als den Frieden" steht im Talmud.

Olos hatte lange überlegt, ob er einmal nach Israel fahren sollte. Das Land hatte ihn anfangs vor allem wegen seiner militärischen Stärke fasziniert. Auch er hatte Dienst getan und wusste, was es bedeutete den Sieg zu erringen: vor allem Blut und töten, Kampf ums Überleben. Und nachdem die moslemischen Länder meinten Juden in ihrer Nachbarschaft nicht akzeptieren zu müssen und seit 1948 immer wieder angriffen, hatte Israel ihnen die Leviten gelesen – jedes Mal aufs Neue. Diese Redewendung gefiel ihm in diesem Zusammenhang besonders gut.

Er hatte zwar keine Lust, von einer religiösen Banalität zur anderen zu schwitzen, da sie für ihn keine Bedeutung haben. Allerdings könnte er sich von Avi, einem Bekannten, den er einmal in Italien kennen gelernt hatte, herumfahren lassen, im Toten Meer liegen und sich von Avi Besonderheiten zeigen lassen, die vielleicht nicht jeder Reisende zu sehen bekommt. Also nahm er Kontakt auf und vereinbarte eine Woche im Oktober, wenn die Temperaturen angenehm wären.

Er traf Avi in Tel Aviv, wo der ihn vom Flughafen abholte. Avi arbeitete bei Ha'ir, einer lokalen Zeitung, hatte sich für Olos aber eine Woche freigenommen, um ihm nicht nur Tel Aviv, sondern auch Haifa und Jerusalem zu zeigen. Natürlich interessierte ihn auch Massada, wo sich eine ganze

Bevölkerung das Leben nahm, als die Römer die Stadt zu erobern im Begriff waren. Eine bewundernswürdige, tolle Entscheidung!

Avi war ein aufgeklärter Mann, der sich auch nichts mehr aus Religion machte, sondern sie genauso wie Olos als historischen Klotz am Bein einer freien Menschheit sah. Aber er war überzeugter Jude, was bedeutete, dass er jeden Tag auf seine Weise für die Existenz Israels kämpfte und auch sein Leben dafür geben würde. Aber es ging ihm nicht um die militärische Überlegenheit, die der Staat an jedem Tag sicherstellen muss, sondern um die Aussöhnung und Austöchterung mit den palästinensischen Mitbewohnern. Auf ihrem Weg durch das Land trafen sie einige sehr gute Bekannte (Avi nannte sie demonstrativ ‚Freunde‘), die teils palästinensischer, teils deutscher, israelischer oder russischer Herkunft waren. Es gab unter ihnen nicht nur atheistische Wohldenker; aber die Religion spielte für Sergej und Mohammed die Rolle, die sie zu spielen hat als rein private Angelegenheit und Erste-Hilfe-Maßnahme ausschließlich im eigenen Wohnzimmer.

Alle waren sich einig, dass Religion im politischen Bereich nur Unheil angerichtet und als arrogant-ausschließlicher Maßstab für eine ethische Ausrichtung der Menschheit nur Lüge und Ungerechtigkeit erzeugt hat – eine vielköpfige Hydra, der man das Herz herausreißen muss, damit keine neuen Köpfe mehr nachwachsen können. Aber sie waren sich auch alle darin einig, dass die Masse zu dumm sei ohne Religion leben zu können. Vor allem die Armen im Geiste und die Verlierer auf der Welt hatten ja in der Religion genauso wie die Nazi-Anhänger das Schöne und Belohnende in der fernen Zukunft beziehungsweise nach dem Tode vor Augen – Kurzsichtige eben mit phantastischem Weitblick. Und die blinde Masse lässt sich nach wie vor von einäugigen Führern dazu benutzen, persönliche Macht und familiären Reichtum zu erzeugen und zu sichern. ‚Gott will es.' Welcher Gott auch immer, welcher Prophet oder Stifter auch immer, welche Ausrichtung auch immer: Am Ende immer das gleiche Lied vom Luftgeist und seinen treuen Nebelgirlanden.

Dabei stellt sich immer wieder die Frage, wie man dem dicken, dummen Kind beibringen kann, dass es die Schokolade, die es tagaus tagein in sich hineinfrisst, aus der Hand legen muss, um gesund und schlank, sprich ansehnlich und aufrichtig zu werden. Viele Denker hat es von Abu al'Allah al'Mharri bis Immanuel Kant und vielen anderen gegeben, die versucht haben, der Menschheit einen Maßstab an die Hand zu geben. Doch was nützt es, wenn die Menschheit nicht lesen kann oder lesen will, nicht denken kann oder denken will, nicht verstehen kann oder verstehen will? Da ist Hopfen verloren und Malz – und eine Besserung ebenfalls. Und so lange Herrscher (Politiker) immer wieder entdecken, dass sich Massen am besten führen lassen durch religiöse Versprechen und unwahre Gebrechen und verführen lassen durch rhetorisches Erbrechen, so lange werden die Erben auf Erden keine Besserung erwerben.

Dass Religion immer nur missbraucht wurde, um Macht, Einfluss, Geld und Vorteile zu gewinnen, ist inzwischen allgemein bekannt. Dass sich aber immer noch so viele Trottel finden, die dieser Maschinerie dienen, ist immer noch erstaunlich – im einundzwanzigsten Jahrhundert nach all den Religionskriegen, Massakern, Pogromen, Hexenprozessen und niederträchtigen Denunziationen, Selbstmordattentaten und anderen Angriffen auf die menschliche Vernunft. Blöd und brutal oder blöd und gleichgültig oder blöd und religiös zu sein scheint die Devise der Krönung der Schöpfung zu sein – auf jeden Fall blöd.

Als Olos aus Israel zurückkehrte, hatte er ein gutes Gewissen, denn er hatte seinen Wunsch einmal im Toten Meer gelegen, den Ort des Massenfreitods auf Massada gesehen und die Stärke Israels bestätigt gefunden zu haben erfüllt. Jetzt hätten ihn die Väter zu sich rufen können, wenn sie denn hätten rufen können. Derweil begnügte er sich mit dem Weiterleben.

Mona hatte ihr berufliches Ziel erreicht. Zwanzig Jahre nach ihrer Promotion, diversen Gastprofessuren und der Erstellung ihrer Habilitationsschrift war ihr Habilitationsverfahren nun abgeschlossen. Sie war Professorin für Romanische Literatur und Sprache: Frau Professor Doktor Kanzer. „Der katholische Irrglaube und seine gesellschaftlichen Auswüchse in den romanischen Ländern" ist das Thema der Arbeit, die sich mit der Habgier und Brutalität der Stärkeren und der Angst und der Unwissenheit der Schwächeren genauso beschäftigt wie mit der Ausbeutung der leichtgläubigen Allgemeinheit durch eine verlogene Minderheit und dem Hirngespinst der Religion an sich.

Und jetzt wollte sie zum Abschluss dieser geistigen Anstrengungen das Ursprungs- und Ausgangsland dieses blutigen Wahnsinns bereisen: Israel – ein Land, das interessanterweise nie das Zentrum des christlichen Glaubens war, der nach Westen und Norden ausweichen musste – dorthin, wo noch dumme Menschen lebten. Genauso, wie er sich (dies jede Religion betreffend) heute auch nur noch da ausbreiten kann, wo dumme Menschen leben. Aber dieses Thema war für Mona in seiner gedanklichen Auseinandersetzung abgeschlossen.

Sie reiste in einer kleinen Gruppe von Menschen, die sich erst am Flughafen von Tel Aviv kennen gelernt hatten: Ein älteres Ehepaar aus München (Maria und Ludwig), das genauso wie Mona ein lang gehegtes Vorhaben endlich in die Tat umsetzte, eine junge Frau (Manuela) aus Berlin, die sich nach eigenen Angaben für das Judentum interessierte, und ein zweiundvierzigjähriger Mann namens Holger aus Hamburg, der vorgab die Bibel, den Koran und den gesamten Babylonischen Talmud gelesen zu haben, obwohl er Atheist sei. Mona fragte ihn, warum er diese Strapazen der Lektüre auf sich genommen habe, woraufhin er antwortete, dass er es hinter sich haben wollte. Es seien nun einmal bekannte Werke der Literatur, über die immer noch viel gesprochen würde. Und wenn in Zukunft jemand eines dieser Bücher als Rechtfertigung für eine kriminelle Tat in seiner Gegenwart heranziehen würde, könnte er mit genau den gleichen Quellen kontern. Das sei ja eben das Schizophrene an der Religion, das sie zum Frieden gestiftet sei, aber überall nur Krieg und Hass hervorgerufen hat. „Die Menschen machen sich das Leben so schwer, wenn sie an etwas glauben, was es nicht gibt. Anstatt sich einfach nur auf das Leben zu konzentrieren und es zu genießen, solange es dauert – in guter Nachbarschaft und gegenseitigem Respekt! Aber die Religion macht alles kaputt.", sagte er.

Nicht nur mit Holger, auch mit den anderen Teilnehmern ergaben sich gute und interessante Gespräche; und alle stellten fest, dass sie doch gut zueinander passen würden – was die Reise anbetraf. Es entwickelte sich schnell ein gemeinschaftliches Verhältnis, das die Erlebnisse und vor allem die Abende sehr angenehm machte. Sie tauschten sich aus, aßen und lachten gemeinsam und entschieden solidarisch eine unplanmäßige Pause von zwei Tagen in Banias einzulegen, nachdem Ludwig einen Kollaps erlitten hatte und Ruhe brauchte. Es stellte sich schnell heraus, dass diese Entscheidung für alle die richtige war, denn was sie alle bisher als einziges störte, war die Hetze, mit der die Reise durchgeführt wurde: ein Tag, ein Ort, ein paar schnelle Infos, schnell wieder weiter im Bus, weitere Erklärungen, essen, weiter, Ankunft, essen, ein kurzer Abend, schlafen und weiter. Das erzwungene Ausruhen tat allen gut, zumal sie hier im Oktober nach den ersten Regengüssen eine wunderschöne Flora entdeckten und sich in den vielen Parks ein wenig auf den Ort einlassen konnten.

Zwischen Holger und Manuela hatte sich etwas ergeben, so dass die beiden öfter unter sich sein wollten und sich absonderten, um sich zum Beispiel in der Höhle des Pan sexuell zu vereinigen und so diesem Gott auf gebührliche Weise zu huldigen. Maria, Mona und Ludwig schauten ihnen beim Verlassen der Gruppe lächelnd hinterher und diskutierten daraufhin das Wesen des Glücks in den verschiedenen Lebensaltern. Dabei kamen sie unter anderem auch zu dem Schluss, dass viel damit zusammenhängt, was man erlebt hat und machen durfte. Israel gehörte für alle drei zu den letzten Dingen, die sie in ihrem Leben noch erledigen wollten. Und alle drei erzählten, dass sie in ihrem Leben alles gehabt und getan hätten, was sie sich vorgenommen hatten, alles erreicht hätten, was es zu erreichen gelte, ein unter dem Strich zufriedenes und glückliches Leben gelebt hätten. Die Maslowsche Bedürfnispyramide war erklimmt und ausgefüllt. Es gab da keine Lücken mehr und also keine Anlässe zur Unzufriedenheit.

Ob Mona nicht doch ein bisschen bedauere keine Kinder bekommen zu haben, fragte Maria vorsichtig. Sie könne sich das kaum vorstellen und finde die Treffen mit ihren beiden Söhnen und deren Familien immer so schön, dass sie es bestimmt vermissen würde, wenn sie damals nicht die Kinder bekommen hätte. Doch Mona legte ihre Gründe dar und führte Beispiele an, warum es für sie ohne Kinder besser gewesen war. Sie bereue nichts und würde es immer wieder so machen, denn Literatur und der freie Wille, die freie Entscheidung seien ihr immer schon das Wichtigste gewesen.

„Da hast du recht, Mona.", unterstützte sie Ludwig. Maria sah ihren Mann etwas überrascht an. „Sei mir nicht böse, Liebes!", fuhr Ludwig fort. „Aber du musst zugeben, dass wir anfangs schon auf einiges verzichten mussten. Ich finde es natürlich auch prima, dass wir die beiden haben. Ich bin sehr stolz auf sie und ihre Familien. Aber Mona hat recht. Bedenke einmal die Zeit, die wir investiert haben! Und mit dem Geld war es am Anfang auch recht knapp. Aber wir haben das geschafft. Und es geht uns gut. – Also ich kann mir sehr gut vorstellen, dass Mona das, was sie gemacht hat, mit Kindern wahrscheinlich nicht erreicht hätte."

Sie einigten sich alle darauf, dass es so ist, wie es ist, und dass jeder nach seiner Façon glücklich werden möge. Als es dämmerte, kamen auch Manuela und Holger wieder zurück, sichtlich erschöpft, aber von dem anderen großen Hunger und Durst nach dem Ess- und Trinkbaren erfüllt. Ludwig feixte innerlich und wollte die beiden mit einem kurzen ‚Wie wars?' befragen, aber er verkniff es sich und dachte derweil kurz an die polnische Architekturstudentin, mit der er geschlafen hatte, während er auf Montage in Poznan war. Er konnte Holger gut verstehen, dass er sich diese Gelegenheit mit einer zwanzig Jahre jüngeren Frau zu schlafen nicht entgehen ließ. Das hatte er damals schließlich auch nicht gemacht. Und das war Teil seines heutigen Glücksgefühls: Nichts auslassen, wenn man es machen will, damit man später nichts bereut. Das war klar. Und er schaute Holger mit einem wissenden Lächeln in dessen zufriedenes Gesicht. Nur Maria durfte davon nichts wissen.

Nach den zwei erholsamen Tagen und Abenden ging die Reise weiter nach Jericho und Jerusalem, wo die begleitete Tour offiziell endete. Sie hatten sich mit dem Reisebegleiter daraufhin geeinigt, dass sie wegen des Zwischenfalls mit Ludwig die letzte Etappe nach Tel Aviv alleine bewerkstelligen würden, so dass er in keine zeitliche Bedrängnis geriet und die nächste Gruppe pünktlich in Empfang nehmen konnte.

Sie trafen sich im Restaurant des Jerusalemer Hotels ein letztes Mal in dieser Zusammensetzung und feierten bei einem ausgiebigen Abendessen die erfolgreiche Reise und den Abschied – denn auch Abschiede kann man feiern. Holger und Manuela wollten weiter nach Jordanien und ihr Liebesglück noch ein wenig verlängern und auskosten. Wer weiß, was daraus in Deutschland werden würde. Im Regelfall löst sich so etwas nach wenigen Wochen im heimatlichen Regen und dem Schmutz der alltäglichen Pfützen schnell wieder auf. Und in Jordanien gab es auch viel zu entdecken – vielleicht ja sogar eine weitere Höhle des Pan. Für Maria und Ludwig war es genug – interessant und toll, aber genug. Zu Hause würden sie sich erst einmal von der Reise erholen und wieder einfinden müssen, sagten sie. Mona überlegte, ob sie vielleicht noch einmal zurück nach Banias fahren sollte, um die tollen Wasserfälle dort zu genießen. Oder vielleicht in Tel Aviv einfach noch eine Woche Strandurlaub dranhängen. Aber am Ende entschloss sie sich wie Ludwig und Maria, doch nach Haus zu fliegen und sich in den zwei Wochen bis zum Semesteranfang zu akklimatisieren. Da sah sie plötzlich an einem der Tische am anderen Ende des Raumes einen Mann, den sie schon einmal gesehen zu haben glaubte. Sie dachte sofort an Husum; doch schien es ihr mehr als ein Zufall, wenn es dieser Mann gewesen sein sollte. Er war älter, trug eine Brille und war auch ein bisschen dicker geworden, wenn er es denn sein sollte. Aber in diesem Augenblick wurde sie von Ludwig abgelenkt, der, da sie sich auch schon entschieden hatte nach Haus zu fliegen, den gemeinsamen Reiseplan besprechen wollte. Mona wischte diese Vorstellung aus ihren Gedanken und ging auf Ludwig ein.

Als sie wieder zurück in ihrer Wohnung in Köln war und ein paar Tage vergangen waren, fühlte sie etwas, was sie vorher noch nicht verspürt zu haben meinte. Zuerst konnte sie es nicht beschreiben: ‚Ein Punkt nur ist es, kaum ein Gefühl', dachte sie. Je länger sie darüber nachdachte, desto klarer wurde es ihr allerdings: Die Reise nach Israel, aber wahrscheinlich auch die Gespräche mit Ludwig – vor allem die, bei denen Maria nicht dabei war – hatten ihr eine endgültige Bestätigung und einen inneren Frieden gegeben, ein seltsames Gefühl der totalen Entlastung, als wenn es jetzt eigentlich nichts mehr zu erledigen gäbe – eine Art Vollendung und Eintreten in das Nirwana.

Es war ein beruhigendes Gefühl, bei dem es ihr nicht schwerfiel sich damit zufriedenzugeben. Schade, dachte sie, dass ich jetzt nicht sterbe. Zumindest sieht es nicht so aus. Natürlich hätte sie in dem Moment sterben können; aber der Freitod, wenn er denn nötig wäre, musste noch warten. Derweil ordnete sie ihre Unterlagen und Bücher für die nächsten Veranstaltungen, öffnete sich eine Flasche israelischen Rotweins und ließ die Eindrücke und Erinnerungen der letzten Reise wieder und wieder an sich vorüberziehen.

17. Die Wüste wächst.

Wenn Mona durch die Straßen Kölns ging, fielen ihr immer zwei Dinge auf: Erstens gibt es zu viele Menschen; und zweitens sinkt das durchschnittliche Bildungsniveau der Bevölkerung rapide. Dabei stellte sich ihr regelmäßig die Frage, was Bildung denn eigentlich sei. Für sie hatte es viel mit Allgemeinbildung oder Weltwissen, wie sie es heute nennen, zu tun. Aber das Wort ‚Weltwissen' schwächt den Bestandteil Bildung schon wieder ab – also wieder nur eine von diesen Bildungslügen der Politiker und Verlage.

Weltwissen ist heute die Fähigkeit sich selbstständig durch die eigene Umwelt bewegen zu können. Und da fängt die Misere auch schon an. Wenn sie ihre Studentinnen betrachtete, fiel ihr immer häufiger auf, wie unselbstständig sie eigentlich waren. Sie können nichts alleine entscheiden, sind unsicher und fragen ständig nach links und rechts und kommen durch nachdenken gar nicht zu einem eigenständigen Ergebnis; das führt dazu, dass viele das Gleiche beginnen und viele nichts erreichen. Das Herumtippen auf ihren Smartphones und umfangreiche Kenntnisse im Schminken denken sie sich als Weltwissen. Das Zitieren aus dem Internet und abgeschriebene Sätze (woher auch immer) nehmen ständig einen zu großen Platz in den schriftlichen und mündlichen Leistungen ein. Die drei großen W sind allgegenwärtig bei diesen Wissens- und Gewissenslosen: Was mache ich bloß? Wie fange ich bloß an? Wie strukturiere ich bloß mein Studium und mein Leben? Am Ende bei vierzig Prozent ihrer Studentinnen das Aus: Studium abbrechen und Kinder kriegen oder irgendetwas Neues anfangen, aber wieder ohne Plan – „Irgendetwas mit Mode oder so. Modelling oder ein Superstar sein würde mir auch gefallen". Und leider werden die Jungen auch immer mädchenhafter: „Okay. Krass. Genau." Einsilbige Äußerungen der Zustimmung und Vermengung der Sprachen ohne ästhetische Befähigung dazu und Verkürzung der Aussage durch Weglassen von Präpositionen oder Artikeln – das zeichnet viele heute aus. Es würde Mona nicht besonders stören, wenn sie ihre Gossen- oder Kanakensprache auch in der Gosse sprächen; doch Gossensprache an der Universität ist leider zu einem alltäglichen Problem geworden, was die Lehrenden zu weiteren Aussonderungen veranlasste.

Wie gern hatte sie noch vor wenigen Jahren die jungen, deutschen Männer unterrichtet, die bereits ihren Wehrdienst geleistet hatten! Die hatten nach der Beendigung der Kindheit mit dem Abitur wenigstens schon eine außerschulische Ausbildung genossen und den Ernst des Lebens kennen gelernt, waren in Situationen gelenkt worden, die nichts mehr mit Sonnenbrille und Mascara zu tun hatten, sondern eine andere Sicht auf das Leben erforderten. Die Mädchen kamen ihr damals wie heute daneben immer wie mit Puppen spielende, kleine

Schwestern vor, die man noch nicht alleine Auto fahren lassen durfte.

Und wie gern unterrichtete sie dagegen auch ausländische Teilnehmer, die sich rein sprachlich schon anstrengen mussten, das universitäre Niveau zu erreichen und zu halten. Da sah sie häufig den Unterschied zu den deutschen Studierenden: Die meisten wollen sich nicht mehr anstrengen; wollen nicht mehr auf irgendetwas verzichten, um etwas zu erreichen; wollen nicht mehr den langen Atem zeigen, um das hohe Ziel auch wirklich verdient zu haben. Sie wollen alles geschenkt bekommen, beschweren sich über zu hohe Anforderungen (dabei wurden die ja teilweise schon erheblich gesenkt) und verbringen ihre Zeit in Fitnessstudios und auf Partys. So erlangt man aber keinen akademischen Grad. Trotzdem verlangen sie es.

Jedes Mal erinnerte sie sich bei diesen Gedanken an Ane, eine norwegische Studentin, oder Ringaile aus Litauen oder Morten aus Dänemark und einige andere: Die hatten den Biss und die Voraussetzungen und schlossen am Ende auch mit ‚sehr gut' ab. Sie zeichnete ein hervorragendes, wirklich universitäres Deutsch aus. Sie hatten dieses teils schlechte Gewissen, dass ihre Eltern ihr Studium bezahlten und die Verantwortung übernommen, dafür eine entsprechende Gegenleistung erbringen zu müssen – mit Erfolg. Sie saßen nach den Veranstaltungen am Vormittag in der Bibliothek oder im Sommer irgendwo draußen, aber immer mit Büchern beschäftigt oder in Fachgespräche vertieft, kamen zu ihren Professoren und erfragten Hinweise auf weitere Sekundärliteratur. Solche Durstigen lud Mona auch gern einmal zu sich nach Hause ein, um neben einem ausgiebigen Essen auch privat mit ihr diskutieren zu können – ein Privileg, das den Betroffenen natürlich auch beim Studium enorme Vorteile verschaffte. Aber sie mussten nicht nur hoch motiviert sein, sondern auch sympathisch. Dazu gehörten Samurai-Eigenschaften wie Zuvorkommenheit und Bescheidenheit, aber auch Respekt vor allen Teilnehmern dieser auserwählten Runde und Hilfsbereitschaft nicht nur beim Abwaschen, sondern auch bei der Auffindung falsifizierter Lösungen einer gegebenen Aufgabenstellung sowie Manieren. Wem auch nur etwas davon fehlte, wurde nicht eingeladen – wie zum Beispiel Grigorji. Er war auch ein aufmerksamer Student. Doch leider legte er Wert darauf, dass er als Nachfahre von Russlanddeutschen nun mit gesetzlicher Bestätigung der deutschen Botschaft in Moskau ein richtiger Deutscher sei. Mit solchen Äußerungen disqualifizierte und manövrierte er sich permanent ins Abseits, hat am Ende auch nur mit einem knappen ‚gut‘ den Abschluss gemacht. In Monas Kreisen hätte er sicherlich auch ein ‚exzellent‘ erreicht, da er den Willen hatte einen sehr guten Abschluss zu machen; und intelligent genug war. Aber seine übrigen Qualitäten reichten eben nicht aus oder waren hinderlich auf dem Weg dorthin. Aber an Ane, Ringaile und Morten dachte sie gern. Studenten wie sie machen ihren Weg, weil ihre Eltern ihnen den Beginn des Weges ermöglichen und Dozenten wie Mona ihnen gern weiterhelfen. Bestimmen und entscheiden tun sie allerdings immer selbst. Und auch das ist etwas, was vielen deutschen Studenten fehlt.

Die entscheidende Frage einer schwangeren Frau ist: Was fange ich mit dem Kind an? Ständige Selbstbelohnung und gemeinsames Eisessengehen ist die falsche Antwort. Fördern und fordern ist die richtige Antwort – und zwar von Anfang an. Viele Mütter tun so, als hätte ihr Säugling noch kein Gehirn. Doch er hat es. Also kann man auch anfangen es zu trainieren. Mit zwei Jahren sollte ein Kind lernen, die Finger richtig auf ein Musikinstrument zu legen und nicht damit im Anus herumzubohren. Es sollte lernen sich richtig auszudrücken und nicht wauwau und muhmuh zu sagen. Es sollte ausgiebig Bewegung bekommen und nicht im Kinderwagen herumkutschiert werden. Es sollte lernen einen Fisch zu fangen und zu töten und zu essen anstatt vor dem Glas eines Aquariums zu stehen und die Maulbewegungen eines Goldfisches nachzuahmen. Denn genau das wird der Unterschied sein zwischen einem ausgebildeten und einem behinderten Kind: Das ausgebildete wird selbstständig sein. Das behinderte wird nichts alleine bewerkstelligen können, weil es die Eltern in seiner maximalen Entwicklung ständig behindert haben.

Es geht darum Interessen zu wecken – und das möglichst früh. Erziehung bedeutet Arbeit. Nur wollen sich viele Eltern diese Arbeit nicht machen. Sie gehen lieber selbst zur Arbeit und ins Fitnessstudio anstatt sich um ihre selbstverschuldete Genreproduktion zu kümmern, aus der schließlich einmal etwas werden soll. Aber so wird nichts draus – oder nur weitere Reproduzenten ohne Bildung, die so weitermachen wie bisher. Geht auch, aber es wird dadurch immer schlimmer.

Und was die Allgemeinbildung angeht, bedeutete das für Mona drei bis vier Sprachen zu beherrschen und nicht nur zu stottern, früh sein Talent gefunden zu haben, sich für alles zu interessieren und vor allem vieles wissen zu wollen, selbstständig lernen zu können. Dabei ist die Kenntnis über den Verlauf der Meeresströmungen auf der ganzen Welt genauso wichtig wie der Verlauf der Panzerschlacht von Kursk oder die Tötungsstrategie einer Spinne genauso notwendig wie die Gründe für die weltweite Migration von Menschen. Vektorrechnung dagegen ist für die meisten Heranwachsenden überflüssiger Ballast und hemmt die gesunde, spezifische Entwicklung.

Olos beobachtete die Entwicklungen sowohl mit Genauigkeit als auch mit Gleichgültigkeit. Auf der einen Seite wunderte ihn die Dummheit vieler Menschen in Anbetracht ihrer vermeintlichen Ausbildung und aufklärerischen Geschichte; auf der anderen Seite stand er einer Vernichtung der Menschheit gleichgültig gegenüber.

Der Mensch ist ein Zerstörer. Das Putzige daran ist nur, dass er selbst erkannt hat, dass er ein Zerstörer ist, und im Aberglauben an die Technik meinend die Umwelt zu schonen sie immer weiter zerstört. Genauso handelt ein Kleinkind, das sein kleines Geschwisterchen mit flüssigem Klebstoff füttert und meint es zu sättigen. Sie fahren ihr modernes Auto und haben sich einreden lassen, dass es umweltschonend sei. Wie kann ein Auto umweltschonend sein? Es hat sich auch herausgestellt, dass die Autoverkäufer gelogen haben. Natürlich haben sie gelogen, weil ein Auto nicht umweltschonend sein kann. Doch die Deutschen kann man wunderbar belügen; sie glauben einfach alles. Das wusste auch schon Adolf Hitler. Sie fahren weiter ihre stinkenden Autos, kaufen sich sogar noch größere und stinken weiter und weiter, weil jemand ihnen eingeredet hat, dass es nicht stinkt. Sie verteidigen sich mit Argumenten, die man gelten lassen kann oder nicht; es ändert nichts an der Tatsache, dass sie stinken – die Autos, die Autofahrer, die Argumente. Man suche sich das Gewünschte aus!

Viele sind so stolz darauf, dass sie sich und ihre Familie so gesund ernähren, weil sie sich und ihrem Sexprodukt regelmäßig Bananen und Kiwi in die Fresse stecken. Sie freuen sich darüber, dass ihr Nachwuchs so proper aufwächst. Leider verschmutzen sie damit auch nach wie vor die Atmosphäre, weil diese verdammten Bananen und Kiwis ja nach Deutschland transportiert werden müssen und dabei das schöne Kerosin in die Luft geblasen wird, als ob es nichts Schöneres gäbe. Dazu kommen natürlich die millionenhaften Urlaubsreisen mit dem Flugzeug oder mit dem Auto. Schön im Stau stehen und erst einmal Abgase rauslassen! Schön nach New York oder Malle oder auf die Malediven und nach Thailand fliegen, weil der Kerosinausstoß so viel Spaß macht. Einige denken dabei wahrscheinlich auch nur wieder an Sex: Wenn irgendwo etwas Weißes herauskommt, ist das geil.

Aber nicht nur die Deutschen sind so herrlich dumm. Alle Menschen, die so leben, sind es. Das Verblüffende ist nur, dass sie sich für schlau halten und dabei wie jene agieren, die Enten füttern und nicht wissen, dass die Enten daraufhin ihren See zuscheißen und an daraus resultierenden Krankheiten sterben; oder jene Idioten, die Mao gefolgt sind und alle Vögel getötet haben, so dass es zu Hungersnöten kam, durch die Millionen von Menschen gestorben sind, weil die Vögel die notwendigen Samen nicht mehr verteilt haben und also auch keine Pflanzen, vor allem Weizen, mehr wuchsen. Wie blöd kann man sein? Aber so blöd ist halt der Mensch.

Außerdem sind da noch die Bio-Trottel, die meinen gesundes Zeug zu essen ohne zu wissen, dass die Kapazitäten gar nicht vorhanden sind, um so viele Biotypen mit ihrem Wunschprodukt zu versorgen. Sie bezahlen gerne mehr und ergeben sich in den Glauben, dass sie toll sind, fressen aber den gleichen Scheiß wie allen anderen – sind nur dümmer. Abgesehen davon müssten immer mehr Wälder gerodet werden, um den extensiven Anbau, den so genannte biologische Produkte erfordern, zu ermöglichen. Noch mehr CO_2. Wir scheinen uns einfach in einem CO_2-Teufelskreis zu befinden. Schade! Also lasst uns gemeinsam ersticken! Es war schön, Freunde. Alles hat ein Ende, nur die Wurst hat zwei. Den Gnadenstoß erteilen uns die neuen Ofenbesitzer, die wieder einmal mit Holz heizen. Haben die denn gar nichts gelernt? Unsere Vorgänger haben uns durch jahrtausendelange Abholzung der Wälder riesige erodierende Regionen hinterlassen. Und jetzt fangen Neunmalschlaue oder Achtzehnmaldumme wieder damit an. Oh, wie viel Leeres ist auf der Welt, hatte schon Persius vor zweitausend Jahren geklagt.

Und was soll man zu dem Vermehrungswahn sagen? Nicht nur, dass bei der derzeitigen Gesamtbevölkerung auf der Erde eh schon jeder einzelne Säugling einer zu viel auf Erden ist. Da reisen diese geistesgestörten Gutmenschen von Ärzten in die gefährdetsten und sowieso schon überbevölkerten Zonen der Erde und helfen auch noch dabei, dass noch mehr Geburten überleben. Was soll das? Sind die süchtig nach glücklichen Müttergesichtern? Oder langweiligen die sich wie alle, die aus Langeweile heraus groben Unfug anstellen? Was will die Welt mit einer Milliarde Nigerianern oder noch einer Milliarde mehr Indern in dreißig Jahren, wo die Jetzigen schon nicht wissen, was sie fressen sollen? Immer noch mit Gott dabei, der das alles schon richten und lenken wird? Der hat sich doch vor einigen hundert Jahren schon als Illusion apotheosiert.

Die Veganer leiden auch bewiesenermaßen häufiger an psychischen Störungen als gesunde Schweinevertilger. Behaupten sie doch, dass alles gut wird, wenn alle Menschen nur Blätter kauen. Mit Koka wäre ich einverstanden. Aber zwischen den Zähnen quietschende Karotten und fader Haferschleim machen eher Lust auf Freitod und spiegeln eben nicht eine ausgewogene Ernährung wider. Sie haben Recht damit, dass es zu viele Kühe auf der Erde gibt. Aber das liegt nicht an den Kühen. Das liegt daran, dass es zu viele Menschen gibt, die Rindfleisch brauchen. Also sind wir wieder beim Menschen. Zu viel Mensch bedeutet zu wenig Luft und zu wenig Platz. Also zuerst einmal weg mit dem

Menschen! Auf diese Weise gibt es auch wieder saubere Luft und mehr Platz.

Tatsache scheint zu sein, dass es den meisten Menschen insgeheim egal ist, was nach ihnen kommt. Verwunderlich nur, dass sie trotzdem noch Kinder zeugen. Sind sie so kaltblütig zwar ihren Spaß am Nachwuchs zu haben, ihn aber ins offene Messer laufen zu lassen? Würde insbesondere zu den Deutschen passen. Aber mir kann das auch egal sein, dachte Olos. Ich lebe zwar relativ umweltbewusst. Doch in spätestens zehn Jahren bin ich weg. Und ob es dann regnet oder die Sonne scheint, wird mir egal sein – wie alles andere auch.

18. Wer die Natter am Busen nährt, …

Das Bild hatte sich gewandelt. Mona konnte sich an eine Welt in ihrer Jugend erinnern, in der die Stadt eine einzige Gemeinschaft war. Es gab dort Menschen, die alle das gleiche Ziel hatten, nämlich lernen, arbeiten und eine Zukunft aufbauen, die sowohl die eigene als auch die gemeinsame umfasste. Als Drittes, wenn die beiden ersten Bedingungen erfüllt waren, kam der Spaß hinzu – wie schon in alten Zeiten, als alle die Häuser gemeinsam bauten, die Ernte gemeinsam einfuhren und den Spaß und die Zufriedenheit um das Feuer gemeinsam zelebrierten.

Zu Zeiten ihrer Kindheit hatten die Menschen in Europa den Krieg schon überwunden, und auch in Monas kleiner Stadt sah man die europäische

Integration in den Schulen, in den Familien und in der Kultur sich ausbreiten: Es gab gemischte Ehen aus Spaniern, Franzosen, Deutschen, Polen und Italienern. Man aß Spaghetti und Paella, trank Valpolicella und Sangría und fuhr in andere Länder Europas. Wer keine Arbeit hatte, schämte sich und setzte alles daran so schnell wie möglich wieder eine Beschäftigung zu finden und war auch erfolgreich. Für die ausländischen Elternteile war es keine Frage, dass ihre Kinder Deutsch, und zwar ein einwandfreies Deutsch lernen mussten, das zu einem Studium an einer Universität taugte.

Es gab auch Griechen, Türken und Jugoslawen, die vor den Diktaturen in ihren Ländern geflohen waren. Aber die Türken hatten es schwer, weil es irgendetwas gab, das sie von den anderen Europäern unterschied und ihnen dadurch die Teilnahme an der Gemeinschaft verwehrte. Die Männer hatten bei der Arbeit nicht die Ausdauer der anderen, die Frauen mieden den Kontakt auf der Straße und hüllten sich, je älter sie wurden, in immer dunklere Kleider, die Jungen bedrohten die anderen Jungen mit Messern, und die Mädchen ergaben sich schweigend, scheu und glaubend in das primitive Patriarchat der muslimischen Kultur. Sie wurden meistens für Kinderehen wie Vieh gehandelt und verkauft. Insgesamt passten diese Fremden nicht in dieses Land. Sie waren so anders, dass es keine wirklichen Schnittmengen mit der europäischen Bevölkerung gab, weil die Geschichte und die Kulturen sich schon zu weit auseinanderentwickelt hatten und sie nicht dem allgemeinen Fortschreiten folgen wollten, sondern wie behinderte Höhlenmenschen an ihren

Ritualen und ihren primitiven Glaubensrichtungen festhielten. Das moderne Europa war schon einige Schritte weiter gegangen und war auf dem besten Weg, den Irrglauben und die falschen Lehren von Erziehung und Partnerschaft abzuschütteln und zu vernichten wie ein lästiges Insekt.

Damals gingen die paar Fremden in der großen Gemeinschaft der neuen Freunde allerdings schnell unter und fielen im Gesamtbild der Stadt nicht weiter auf. Was für einen Abstieg hat das Land aber seitdem gemacht! Massen von Unpassenden bevölkern die Straßen. Da kamen Araber, Nordafrikaner und Schwarzafrikaner, die nur die Hand aufhalten und ihr Leben nicht in den Dienst der Arbeit stellen wollen, wie es die Nord-, West- und Mitteleuropäer machen. Noch mehr Bettler, noch mehr vernachlässigte Kinder, die chancenlos aus den Gebärmüttern hier abgeladen werden, um zusätzliches Geld einzustreichen; noch mehr Menschen, die nicht hierhergehören, weil sie nicht hierher passen. Sie steigern nur die Zahlen der Arbeitslosigkeit und der Kriminalität, rauben das Geld, das anständige Menschen verdient haben und das die Regierungsstellen aus falsch verstandenem Humanismus aus dem Fenster werfen, weil sie sich noch mit dem Hitlergewissen erpressen lassen.

Fettleibige Kongolesinnen brüllen im Bus ihre verschreckten, lernbehinderten Kinder in aufdringlicher Lingála- oder Kituba-Manier zusammen und reißen ihre Augen auch noch zu einer Drohgebärde auf, wenn europäische Frauen sich daran stören. Kriminelle und nach Knoblauch stinkende Serbenmänner drängen an der Kasse andere zur Seite und werden pampig, wenn man sie darauf hinweist, dass sie keine bosnischen Kinder mehr ermorden müssen. Afghanen und Marokkaner kommen in althergebrachter musulmanischer Weise nach Europa und predigen den Islam, sprich heiligen Krieg, unterlaufen die Sicherheits- und Einwanderungsmaßnahmen und bedienen sich an (nicht nur blonden) Frauen, Supermarktregalen und Hilfsgeldern wie eine moderne Soldateska oder verkappte Bankräuber, als wenn wir diese Möglichkeiten nur für sie vorbereitet und auf sie gewartet hätten. Niemand, der selbstständig denken kann, braucht den Islam oder eine andere Religionslüge. Einige Europäer können schon selbstständig denken; Araber wahrscheinlich noch nicht. Es muss ihnen klar werden, dass Europa den europäischen Ideen gehört. Mona würde auch nicht auf die Idee kommen, mit Gewalt nach Australien oder in die USA auszuwandern, wenn sie dort nicht erwünscht wäre. Es ist doch peinlich mich irgendwo aufzudrängen, wo man mich nicht haben will, dachte sie. Und auch noch von fremdem Geld leben wollen – undenkbar. Wenn ich nicht aus eigener Kraft mein Leben bestreiten kann, sollte ich meinem Leben ein Ende bereiten. Und wenn ich nicht aus eigener Kraft mein Leben bestreiten will und kein Einsehen habe, sollten das andere erledigen. Das klingt hart. Aber leicht war es noch nie – und sollte es auch nicht sein. „Denn nur der verdient sich die Freiheit wie das Leben, der täglich sie erobern muss", schrieb Goethe. Die meisten Neger und Araber denken, dass es Wohnung, Bildung und Nahrungsmittel umsonst gäbe.

Das war nicht mehr Monas Welt. Sie war zum Glück schon über sechzig und würde die Felder ihrer Glückseligkeit in absehbarer Zeit verlassen. Daher brauchte sie sich auch nicht darüber aufzuregen, dass der Kontinent, in den sie einmal hineingeboren wurde, den Bach runterging, wenn er sich nicht mit aller Härte gegen die Infiltration des Faulen und Primitiven wehrt. Sie hatte ihren Goethe, ihren Beethoven, ihren Kant und ihren Nietzsche und war froh, dass sie diese lesen durfte und in einen Kontinent zu einer Zeit hineingeboren wurde, da dieser seine primitiven Probleme bereits bewältigt hatte. Afrika und Arabien sollten erst einmal ihre Probleme auf eigenem Boden lösen, bevor sie das Recht erhalten, mit zivilisierten Staaten auf Augenhöhe zu kommunizieren. Was sollen die hier, wenn sie nicht einmal lesen und schreiben können – wenn sie nicht einmal den ,Zarathustra' verstanden haben? Hilfsbereitschaft hat auch eine Grenze. Und Nächstenliebe betrifft eben nur die Nächsten; Afrika ist durch das Mittelmeer von Europa getrennt; also gehören sie nicht zu den Nächsten. In Europa haben wir noch genug mit uns selbst zu tun. Es ist noch nicht alles so, wie es sein sollte. Da brauchen wir die von außen, den zusätzlichen Ballast, schon gar nicht.

Olos war nun zwar fünfundsiebzig, dachte aber nicht daran, das Zeitliche zu segnen beziehungsweise seine journalistischen Tätigkeiten einzustellen – gerade jetzt, da er so viele Erfahrungen gesammelt, so viele Erkenntnisse gewonnen hatte. Das war ja gerade das Problem, dass die Menschen fast immer wieder von vorne anfangen, wenn sie nicht ununterbrochen lernen und sich für die Geschichte interessieren, um Fehler zu vermeiden – wenn sie nicht den Anspruch haben, etwas besser zu machen als ihre Eltern – ein besseres Leben unter den Europäern zu ermöglichen.

Und eines der Hauptprobleme ist, dass zu viele Menschen vergessen oder gar nicht darüber nachgedacht haben, dass man für sein eigenes Leben verantwortlich ist und es erkämpfen muss. Zu viele Menschen lassen sich gehen und andere ihr Leben finanzieren. Die Fettleibigen kosten zu viel Zeit und Geld und verschandeln außerdem das öffentliche Bild. Leider propagieren kurzsichtige Politiker und träumerische Gutmenschen die Existenzberechtigung eines jeden Individuums, also: Jeder darf leben, wie er will. Das ist aber nicht richtig. Wenn Egoismus andere belastet, darf eben nicht jeder so leben, wie er will. Dann muss man der Fettarschigen das Tortenstück mit Sahne obenauf wieder aus dem Mund reißen, das sie schon um acht Uhr morgens in sich hineinschlingt. Man muss diese Person unter behördliche Beobachtung stellen und deren Ernährung kontrollieren und überwachen – so lange, bis das Normalgewicht erreicht ist. Übergewicht und die damit verbundenen Folgen sind keine Krankheit, sondern Ergebnis eines unkontrollierten Fressens. Und wenn die betroffene Person es nicht selbst in den Griff bekommt, sollte man ihr helfen – wenn alles nicht hilft, auch durch Entzug der Daseinsberechtigung.

Das Gleiche gilt für Obdachlose. Wenn ich nicht aus eigener Kraft mein Leben bestreiten kann, sollte ich meinem Leben ein Ende bereiten. Und wenn ich nicht aus eigener Kraft mein Leben bestreiten will und kein Einsehen habe, sollten das andere erledigen. Wir sind nicht alle gleich, und schon gar nicht sind wir alle Brüder und Schwestern. Nur die sind Brüder und Schwestern, die sich gegenseitig helfen können. Aber wenn einer absolut nichts zu geben hat, ist ihm auch die moralische Möglichkeit zu nehmen entzogen. Denn die Betonung liegt auf ‚gegenseitig'. Ich helfe einem Obdach- oder Arbeitslosen gern, wenn es sich lohnt; das bedeutet, wenn er in absehbarer Zeit wieder ein vollwertiges Mitglied der Gesellschaft werden kann und vor allem werden will. Für viele ist es doch einfach nur sehr bequem sich auszuklinken und einfach nicht mehr mitzumachen. Sie schmarotzen von den Anstrengungen der Mitmachenden, die diesen Staat und seine Lebensfähigkeit erhalten. Und wohin führt das, wenn sich immer mehr für die Obdachlosenoption entscheiden und immer weniger für die Arbeitsoption? Es führt zu immer größer werdendem rechtsfreien Raum, mehr Kriminalität, Unsicherheit auf den Straßen, wirtschaftlichem Abstieg und letztendlich Chaos.

Das Gleiche gilt für Schulabbrecher. Das werden auch immer mehr. Es scheint Schule zu machen, dass man auch ohne Anstrengung gut leben kann – auf Kosten der anderen. Dabei sehen diese Parasiten den Teufelskreis nicht, in den sie sich freiwillig begeben. Die verhalten sich wie egoistische Zuwanderer, die davon ausgehen hier Geld ohne Gegenleistung zu bekommen.

Und darin läge eine Lösung, bevor man sich ihrer auf humane Weise entledigt. Es könnte eine Bildungsanstalt geschaffen werden, in der solche

Ungebildeten und Arbeitsscheuen die letzte Möglichkeit erhalten, sich anständig in die Gemeinschaft und später in die Gesellschaft zu integrieren. Man lehrt sie arbeiten, lernen und auf seine Gesundheit achten. Wer nicht gehorcht, bekommt keine Nahrung. Wer sich als besserungsunfähig erweist, bekommt das letzte Abendmahl. Aber wer seine Fehler einsieht und sich zum Besseren wandelt, den werden wir erlösen und integrieren.

An der jüngsten Entwicklung der jungen Männer ist abzusehen, dass ihnen der Wehrdienst fehlt. Dort lernen sie nämlich auch, was sie in der zivilen Gesellschaft leisten sollen: eigene Anstrengungen nützen, die Gemeinschaft unterstützen, die Schwachen schützen, das Überantwortete pflegen, die Verantwortung hegen und ein klares Bekenntnis ablegen. Dazu gehört auch der zeitweise Verzicht auf Dinge, die sie jetzt genießen möchten. Dieses Verhalten haben heutige junge Leute selten gelernt, weil ihre Eltern nicht in der Lage waren sie zu erziehen. Ein Kind zu zeugen, macht Spaß. Ein Kind aufwachsen zu lassen, läuft automatisch, wenn ich ihm regelmäßig Essen zur Verfügung stelle. Aber ein Kind zu erziehen bedarf richtigen Wissens und absoluter Konsequenz und Kompetenz, was so vielen Eltern fehlt. Das Ergebnis sind diese halbwilden Sozialmissgeburten, die unsere Straßen bevölkern.

Sie bekommen viel zu viel viel zu früh, ohne etwas dafür geleistet haben zu müssen. Das gilt übrigens auch für ausländische Schmarotzer. Aber das ist ein anderer Bereich, dachte Olos. Bleiben wir bei dem eigenen Problemnachwuchs! Eine Erziehung ohne Autorität ist wie ein monatelanges Zelten ohne einen Zugang zu Wasser. Alles versifft, alles stinkt, alles verpestet. Viele Eltern sind zu schwach für eine vernünftige Erziehung; und selbst wenn sie es einsehen, ist es zu spät, weil das Objekt ihrer Begierde ja bereits lebt. Und weil diese Verzöglinge in ihrer Kindheit alles bekommen, meinen sie später auch alles umsonst bekommen zu müssen und jammern bereits bei den ersten schwierigen Aufgaben in der Deutsch- oder Mathematikprüfung und später bei der kleinsten Leistungsanforderung im Berufsleben. Das findet man bei autoritär Gebildeten nicht. Es zeugt von einer falschen Toleranz, wenn wir alles erlauben, alles konsequenzenlos hinnehmen und alles als unabwendbar erklären. Kinder sind eben so, sagen sie. Falsch: Ihr habt die Kinder so gemacht, es nur nicht gemerkt.

Und es zeugt von einer falschen Toleranz, wenn wir alles und jeden akzeptieren, nur weil die Stimmen ungebildeter Massen oder machthungriger Führer am lautesten schreien. Es geht nicht um Bevormundung oder die Durchsetzung einer einzelnen Ideologie; es geht um Schutz gesunden Lebens und Denkens in der Bevölkerung und ein positiv befruchtendes und sicheres Miteinander. Die jetzige Situation hat mit Gesundheit und Sicherheit nur noch wenig zu tun.

19. Dichtung und Wahrheit

Viel ist über die Lüge geschrieben worden, dachte Olos: Warum Menschen lügen – dass es das Zusammenleben einfacher mache – dass man so genannte Notlügen akzeptieren könne. Doch die wenigsten klären über Lügen auf, und die wenigsten interessieren sich dafür, dass Lügen aufgeklärt werden. Da könnte er zu dem Schluss kommen, dass die meisten Menschen Lügen brauchen, um bequemer leben zu können, weil sie die Wahrheit nicht ertragen oder mit ihr nicht umgehen können.

Wenn ich einer Frau sage, dass ihre Frisur nicht meinen Ansprüchen an die Ästhetik entspricht (also scheiße aussieht), ist sie beleidigt, beschämt oder wütend. Ein gespreiztes Entgegenkommen kann ich ab diesem Moment vergessen, und alle eventuellen bisherigen Investitionen zeitigen einen negativen Gewinn (sind also auf Kies gefurzt). Läge der Wert eines Abstechers für mich also höher als der der Wahrheit, würde ich sagen: „Deine Frisur, Jacqueline, einfach super. So etwas habe ich ja noch nie gesehen. Steht dir wirklich ausgezeichnet." Wenn ich weiter bohre, eröffnet sich wahrscheinlich auch ein Zugang zu dunklen und feuchten Höhlen.

Selbst mit seinen siebenundsiebzig Jahren ertappte sich Olos noch manchmal dabei, in eine Sprache abzugleiten, die er sonst nicht im Munde führt. Das hing wahrscheinlich damit zusammen, dass er das Thema Geschlechtsverkehr und alles, was die Leute vorher und nachher treiben, und alles, was die Leute vorher und nachher dazu veranstalten als banal betrachtete – und das schon sehr lange. Natürlich hatte er in seiner Karnickelzeit, also zwischen siebzehn und fünfundzwanzig, auch allerlei lächerliches Zeug fabriziert: Blumen schenken, Komplimente machen, schwülstig daherreden, stundenlanges, dummes Gerede anhören und abnicken, Gefallen tun und … lügen, um endlich das Torpedorohr fluten und das Geschoss abfeuern zu können. Mühsal, Ausdauer, Leidensbereitschaft und vor allem Lüge – das sind die erfolgreichen Musketiere des Königs Lust, dem als falscher Berater der Kardinal Testosteron zur Seite steht. Deswegen hatten seine Beziehungen auch nur maximal neun Monate gedauert, weil er das auf Dauer nicht durchhalten konnte. Irgendwann – und eben spätestens nach neun Monaten – war die Zeit gekommen, in der die Wahrheit die Oberhand gewann und er sich und seiner jeweiligen Freundin eingestehen musste, dass alles nur Lüge war und der König eine neue Mätresse brauchte.

Also ist das ganze Thema Liebe und Ehe nur eine Ansammlung von Lügen und Missverständnissen. Manchmal geht es nur um Geschlechtsverkehr, manchmal nur um die Lebensversorgung, manchmal nur um Gesellschaft, manchmal nur um Selbstbestätigung, manchmal um Macht, manchmal um Sicherheit – und oft genug ist es eine Kombination aus einzelnen dieser Motive; aber es geht nicht um Liebe. Und das störte ihn sein ganzes Leben lang. Liebe wird geboren, lebt und stirbt wie alles andere auch. Und was Liebe ist, konnte er nicht in einem Satz definieren. Liebe hat etwas mit extremer Hingezogenheit zu tun. Liebe muss man die Freiheit lassen zu entfliehen; und wenn sie bleibt oder wiederkehrt, ist sie echte Liebe; Liebe hat etwas mit Treue zu tun und damit, dass man sie nicht als Einsatz oder als Druckmittel missbraucht. Liebe geht nicht fremd. Und Liebe erlaubt sich keinen Spaß. Liebe ist tiefe Verbundenheit und maximale Ergänzung. Wenn irgendetwas davon nicht zutrifft, handelt es sich nicht um Liebe, sondern nur um einen billigen Abklatsch der oben erwähnten Motivationen. Und bei Menschen hatte Olos eine Erfahrung mit Liebe nicht machen können.

Mona saß im Hiroshima-Nagasaki-Park auf einer Bank und genoss das sonnige Oktoberwetter und die leuchtenden Herbstfarben der Blätter an den Bäumen und Büschen. Ein weiteres Jahr verabschiedete sich; und bald war auch sie an der Reihe sich zu verabschieden. Die Ärztin hatte ihr keine Hoffnung mehr gemacht; der Tumor hatte Metastasen gebildet, so dass es zwar nicht unmöglich war etwas dagegen zu unternehmen. Aber es würde eine lange und aufwendige Therapie mit wahrscheinlich allen möglichen Nebenwirkungen werden, wenn sie sich dafür entscheiden würde. Doch auch nach allem, was man aufwenden kann, gibt es keine Garantie für die Beseitigung der Krankheit. Vielleicht hätte sie ein paar Monate gewonnen, vielleicht ein oder zwei Jahre. Aber es würde ein Leben mit der Krankheit und vor allem mit den Therapien werden – nicht angenehm zu nennen.

Mona saß und dachte nach, erinnerte sich, überlegte, sah immer wieder auf die Herbstblätter und lächelte. Viele Menschen, die sie im Laufe ihres

Lebens kennen gelernt hatte, tauchten vor ihrem geistigen Auge auf, konnten ihr aber in ihrer Entscheidung nicht weiterhelfen – kein einziger. Einige schienen aus einer anderen Welt angereist zu sein: Ihre erste beste Freundin, ihre Eltern, Jörg und die anderen Männer, ihr Doktorvater. Sie erinnerte sich an ihre Reisen nach Kuba und Israel, Sankt Petersburg, Vilnius und all die anderen. Sie hatte viel gesehen von der Welt; war sogar in die Vergangenheit und in die Zukunft gereist. Und dabei wunderte sie sich zwischendurch immer wieder, wie weit weg das alles schon war, als ob sie zweihundertundsechzig Jahre gelebt hätte und nicht erst zweiundsechzig. Da war so viel hineingepackt in ihr Leben, so viel Erfahrung, so viele Erlebnisse, so viele Tage und Jahre, dass es ihr immer einleuchtender erschien auch einmal genug zu haben, sich zufrieden zu geben mit dem, was man erlebt und gefühlt hat.

Es war auch nicht das erste Mal, dass sie über diese Sache nachdachte. Schließlich wusste sie seit zwei Jahren, dass sie an Krebs erkrankt war. Ihre Ärztin hatte ihr damals Medikamente verschrieben, die sie anfangs auch eingenommen hatte. Als sie jedoch erkannte, dass es ihr mit den Medikamenten schlechter ging als ohne und sie offenbar auch gar nichts bewirkten, hatte sie sie eigenmächtig wieder abgesetzt – und gut damit gelebt. Ohne ihre Ärztin diskreditieren zu wollen, war es doch aber so, dass Mediziner oft genug selbst nicht wissen, was sie tun sollen. Sie reden und reden und verschreiben und verschreiben und sind doch ratlos. Sie probieren nur aus und stellen die Rechnung. Das hatte Mona nicht nur selbst erfahren, sondern auch von vielen Bekannten gehört. Mit Pharmaprodukten, medizinischen Therapien und Untersuchungen mit teuren Geräten ist eben eine Menge Geld zu machen, ob sie nun nützen oder nicht. Und wo viel Geld verdient wird, wird auch gelogen und betrogen – sogar getötet.

Und was soll das alles auch, wenn man sowieso sterben muss? dachte Mona. Ob nun mit sechzehn oder mit zweiundsechzig, ob mit zweiundsechzig oder mit zweiundachtzig – am Ende ist es gleich, hören wir doch einfach nur auf zu existieren. Und das, was wir geleistet und gelebt haben, wird einerlei. Denn unser Leben gilt in erster Linie wohl nur uns selbst. Und wenn sich ein sechzehnjähriges Mädchen das Leben nimmt, weil es sich eine glückliche Zukunft nicht mehr vorstellen kann (aus welchen Gründen auch immer), konnte sie das Mädchen verstehen. Sie hatte Glück gehabt, dass ihr Vater ihr eine vielversprechende Zukunft ermöglicht hatte und sie ohne große Hindernisse eine solche leben konnte. Aber nicht alle haben dieses Glück. Schicksal eben.

Doch nun war diese vielversprechende Zukunft gelebt, ist Vergangenheit geworden – Stück für Stück, Tag für Tag und Jahr für Jahr; sie ist aufgebraucht, diese Zukunft, wie das Atemgas in einer Druckluftflasche beim Tauchen – mit dem Unterschied, dass man dieses Mal nicht mehr auftauchen kann, um weiterhin Luft zu holen. Das Leben kennt nur einen einzigen Tauchgang.

Am liebsten würde sie wie eine Möwe einfach vom Himmel fallen. Das Herz setzt aus, und das wars. Sie erinnerte sich an das eine Mal, als sie diesen Moment erleben durfte. Das war in Dänemark: Sie sah kurz nach dem Aufstehen, als sie – den Kaffeebecher in der Hand – auf die grenzenlose Nordsee blickte, von dem Wohnzimmerfenster ihres Ferienhauses aus, wie eine Möwe in etwa einhundert Meter Entfernung einfach nach unten trudelte. Sie muss schon in der Luft gestorben sein. Sofort zog sie sich vollends an und rannte an die Stelle, wo die Möwe liegen musste. Und dort fand sie sie auch – die Flügel ausgebreitet auf dem Sand und den Hals verrenkt nach hinten gebogen. Kein Zucken mehr, keine Bewegung in den Füßen und kein Glanz mehr in den Augen. Was für ein schöner Tod! dachte Mona sofort. So möchte ich auch einmal sterben.

Und nun war es bei ihr selbst so weit. Naja, noch nicht ganz so weit, aber kurz davor, wie es schien. Und in dem Moment, als sie sich an den Anblick dieser toten Möwe erinnerte, entschied sie sich auch gegen jede Therapie. Sie würde ihre Ärztin nur um entsprechende Schmerzmittel bitten und schauen, wie lange es damit gehen würde – wie lange ein Leben mit Krebs für sie möglich wäre. Und damit meinte sie das Leben, wie sie es bisher geführt hatte. Wenn es irgendwann nur noch Schmerz und keine Freude mehr gibt, sollte es so sein. Dabei musste sie nur noch überlegen, wie sie es beenden würde. Denn die Methode hatte sie noch nicht ausgewählt. Ihr Doktorvater hatte sich damals erschossen. Der hatte allerdings auch noch die Walther P38 von seinem Vater samt Munition. So etwas hatte sie nicht. Abgesehen davon wusste sie auch nicht, ob sie es fertigbringen würde abzudrücken. Außerdem würde sie sich die Waffe noch irgendwo, vielleicht im Darknet, besorgen müssen. Und da kannte sie sich nicht so aus. Noch dazu wollte sie sich auf ihre letzten Tage nicht noch strafbar machen und eventuell Probleme mit der Polizei bekommen. Denn dass einige Leute es mitbekommen würden, wenn sie über ihren Computer eine Waffe bestellen würde – davon ging sie aus, egal, was Politiker zum Datenschutz behaupten und Gesetze dazu sagen. Big brother is watching you, but not telling you – das ist der Unterschied zu damals. Also musste Mona noch darüber nachdenken, welche Methode sie wählen würde, wenn es dazu kommen sollte. Die vorletzte Aufgabe.

Es war dämmerig geworden, und die Temperatur sank in diesen Tagen schnell bei untergehender Sonne. Mona lächelte und erhob sich von der Bank, schritt langsam nach Hause wie jemand, den keine Sorgen mehr quälen; jemand, der alles gehabt hat und zufrieden ist mit dem, was er hatte.

Nach ein paar Metern sprach sie ein entgegenkommender Passant an: „Entschuldigung! Können Sie mir sagen, wie ich zum Melaten-Friedhof komme?"

Mona zeigte in nordwestliche Richtung und antwortete: „Gehen sie etwa fünfhundert Meter in diese Richtung und halten sie sich rechts. Aber sie müssen sich beeilen. Um achtzehn Uhr schließen sie dort."

„Vielen Dank!" Der Passant, ein junger Mann von vielleicht dreißig Jahren, beschleunigte seinen Schritt und war schnell verschwunden. ‚Zu früh für dich', dachte Mona lächelnd und schlenderte weiter in Richtung ihrer noch aktuellen Adresse.

,Rauchen ist tödlich.' Das stand auf der Zigarettenpackung. Olos hatte es immer wieder gelesen und immer wieder gelächelt. Das Leben ist tödlich, hatte er immer wieder gedacht. Leute, Leute, was fällt euch nur ein? Ihr heizt die Atmosphäre an, verpestet die Straßen mit Feinstaub, jubelt uns alle möglichen Giftstoffe unter und schreibt auf die Zigarettenpackungen nur: Rauchen ist tödlich. Wie lächerlich!

Wenn das alles stimmen würde, was die Ärzte, Ernährungsberater und Möchtegern-Wissenden in den Zeitungen von sich geben, wäre er schon hundertmal gestorben. Doch er lebte noch, und das ziemlich gesund. Seit sechzig Jahren rauchte er; seit sechzig Jahren trank er Bier, Wein und Whiskey – wahrscheinlich mehr als die meisten anderen; seit sechzig Jahren ernährte er sich mit dem, was ihm schmeckte: Hähnchen, Schwein, wenig Gemüse, kein Obst, Kartoffeln und Hartweizen, dazu kohlensäurehaltige Getränke und verdünnten Sirup; den Kaffee trank er seit ebenso vielen Jahren auch immer kräftig gesüßt mit fetter Milch. Und keine Anzeichen von ungesundem Einfluss auf den Körper oder den Geist; im Gegenteil: auch deshalb hatte er sich immer gut gefühlt, weil er sich von niemandem vorschreiben ließ, was angeblich gesund sei, und was man besser vermeiden solle.

Wenn er heute die Hinweise sieht, dass ein Produkt laktosefrei, glutenfrei und frei von Zusatzstoffen sei, wunderte er sich darüber, dass die Mütter so oft in die Apotheke laufen, um dort andere Zusatzstoffe für ihre allergiebehafteten Kinder zu kaufen. Wahrscheinlich sind es Helikopter-Frauen, die alles glauben, was geschrieben steht und nun vor dem Scherbenhaufen der Gesundheit ihrer Kinder stehen und einfach nur alles ausprobieren, was verschlagene Verkäufer ihnen unter die Nase reiben.

Er hatte von frühester Kindheit an viel Sport getrieben, war jeden Tag ein bis zwei Stunden mit dem Hund spazieren gegangen und hatte erst mit siebzehn angefangen zu rauchen. Er hatte nicht den halben Tag vor dem Computer gesessen oder stundenlang auf das Smartphone gestarrt und dumme Nachrichten versendet und empfangen. Es ist heute kein Wunder, dass die Gesellschaft verkrankt und schwächlich ist – sowohl körperlich als auch geistig. Die Jugend rennt mit dem Smartphone in der Hand herum und findet ihr Ziel doch nicht. Sie kommuniziert digital und findet doch keine echten Freunde. Sie gibt das Geld ihrer Eltern aus und weiß kaum, wie man es selbst verdient. Es ist ein Wunder, dass sie anstatt in ein Brot nicht regelmäßig in die Schutzhülle ihres Smartphones beißen. Doch wahrscheinlich haben sie das gerade noch gelernt.

In vielen Restaurants werfen sie blätterweise Rauke auf die Gerichte, ohne dass sie und ihre Gäste wissen, dass sie die Konsumenten mit Schwermetallen vollstopfen. Regelmäßige, unbewusste Einnahme von Arznei- und Pflanzenschutzmitteln über Fleisch, Obst und Gemüse sorgen für erhöhte Resistenz gegen die wirklich heilenden Medikamente. Und alle wundern sich, dass die Dosis ständig erhöht werden muss. Aber ein jährlicher Lebensmittelskandal lenkt erfolgreich von den allgemeinen Problemen ab, weil er auf ein einziges mit aller Kraft und allen Medien hinweist. Und die Medien machen mit, weil sie damit Geld verdienen – egal wie; Hauptsache, es kommt rein.

Wie auch immer: Olos hatte in den Jahrzehnten seines Lebens nicht wahrgenommen, dass rauchen tötet oder Senf erblinden lässt, Alkohol zu Konzentrationsschwächen führt oder Schweinefleisch ein hohes Herzinfarktrisiko in sich birgt. Was er allerdings erkannt hatte, war die Vertuschung der Wahrheit vonseiten der Politiker sowie der Lebensmittel- und Pharmaindustrie und die Unterlassung, die Bevölkerung über die Wahrheiten aufzuklären.

Obwohl Mona wusste, dass Presse und Politik oft lügen, aber vielmehr noch die Bevölkerung durch unwichtige Themen und Nebensachen vom Eigentlichen ablenken und in die Irre führen, hatte sie eine Regional- und eine Wochenzeitung noch nicht abbestellt. Sie wollte zumindest noch wissen, worüber sie lügen und mit welchen Themen sie ablenken. Für sie war es durch Übung und Nachdenken ein Leichtes geworden, die Lügen zu durchschauen. Die eigentlichen Bedeutungen der täglichen Berichte lagen wie ein offenes Buch vor ihr. Dabei empfand sie aber keinen Ärger mehr über die methodisch durchdachte Hintergehung der Bevölkerung, sondern gab die Bevölkerung selbst nach und nach auf, die keine wahren Berichte hören wollte und sich offenen Auges ablenken ließ, solange es ihr gutging. Die Wahrheit scheint unwichtig zu sein, solange die Menschen keine deutlichen Nachteile für sich selbst oder ihre Kinder verspüren und sie meinen nicht selbst betroffen zu sein.

Jede Nation wird von denen geführt, die sie verdient. Und jeder Mensch wird in dem Maße hintergangen wie er sich selbst nicht informiert. Wenn ein junger Mann mit dem Hintergedanken in mein Bett steigt und mich befriedigt, um sich nur aushalten zu lassen, und ich mich aus blanker Eitelkeit und Geschmeicheltsein nicht nach seiner Vergangenheit erkundige und seine wahren Absichten prüfe, bin ich selbst schuld, wenn er mich ausnutzt und anlügt. Wenn ich auf ein Billigangebot hereinfalle und alle möglichen Nachteile erdulden muss, bin ich selbst schuld, wenn ich den Vertrag nicht genau gelesen habe. Und wenn ich bei einer Wahl meine Stimme zum zweiten Mal der falschen Partei gebe und mich wieder wundere, dass sie nicht das macht, was sie vor der Wahl versprochen hat, habe ich selbst Schuld, wenn ich mich über die Machenschaften der Partei nicht informiere oder einfach die Augen verschließe.

‚Brot und Spiele' ist das alte, bewährte Konzept, dass auch heute noch zu den wichtigsten Instrumenten der herrschenden Politiker zählt. Sie kennen es nur zu gut. Und die Trägheit der Masse gehört dazu. Dass sich Politiker und Manager in kriminellem Ausmaß bereichern und die Rechte der anderen beschneiden und bei immensen Vergehen auch noch straffrei ausgehen, scheint die Masse nicht zu interessieren, solange in den Medien über Fußball und andere Sportarten berichtet wird und sie sich bei einem Sieg eines deutschen Sportlers vor ihren Fernsehern und Radios genauso sieghaft und geehrt fühlen. Was interessiert sie die Hinterziehung und illegale Verschiebung von Milliarden von Euros, wenn die deutsche Nationalmannschaft oder ein Einzelner den Sieg davonträgt und die Medaille erhält. Milliarde, Medaille: Das ist für viele austauschbar. Und die Regionalzeitungen berichten nur abwechselnd von Naturkatastrophen vor allem in fernen Ländern, vergleichen Gehälter, beschreiben das angebliche Sexualverhalten der Deutschen (auch im hohen Alter noch), geben den aktuellen Mietspiegel wieder, setzen einzelne, besonders brutale Verbrechen (auch an Tieren) auf die erste Seite und warnen vor fiktiven Unwettern und Krankheitswellen oder suchen sich einen Lebensmittelskandal, der keiner ist, oder wählen sonst ein unwichtiges Thema aus, das sie in regelmäßigen Abständen wiederholen – nur, damit die Masse unterhalten und abgelenkt bleibt und das wirkliche Szenario nicht erblickt. Eine ganze Menge an Papier wird da verbraucht, um eine Mauer zu errichten.

‚Rettet die Wälder!', dachte Mona lächelnd.

Olos schüttelte nicht mehr den Kopf, wenn er jemanden auf Deutsch, Englisch, Hebräisch oder Arabisch sagen hörte, dass ein Gott die Geschicke der Menschen lenkte. Er war es leid geworden auf diesen Unsinn zu reagieren. Er hatte längst begriffen, dass Hopfen und Malz für den Großteil der Menschheit verloren waren, solange sie an einen solchen Unfug glaubten.

Was Ihn allerdings immer noch wunderte, war die stoische Idiotie, mit der an solchen Ideen festgehalten wurde. Dass die Leute vor zigtausenden von Jahren keine bessere Erklärung für Blitz und Donner hatten als irgendwelche menschenähnlichen Geschöpfe in weiten Fernen, die das alles verursachen mussten, konnte er noch nachvollziehen. Und dass sich dieser Glaube umgewandelt hat – irgendjemand einmal auf die Idee gekommen war, dass das ganze vielleicht auch nur ein einzelnes Wesen mit unumschränkter Macht verübte, war aus künstlerischer Sicht verständlich. Doch dass die meisten heutzutage – nach Jahrhunderten der Erkenntnis, nach Hume, Kant, Marx und Feuerbach – sich immer noch nicht davon befreien können, liegt entweder in der beschränkten Auffassungsgabe der Mehrheit der Individuen oder in der sträflichen Bequemlichkeit der allermeisten, sich lieber einem Führer unterzuordnen, der nicht nur führt, sondern den man auch für alles verantwortlich machen kann.

Daher hatte Olos die Menschheit auch aufgegeben; denn wer nicht will, der hat schon. Und wer es ablehnt sein Leben zu verbessern, wenn er die Möglichkeit dazu erhält, und lieber im Dunkel und Morast der Religion verharren will, dem ist genauso wenig zu helfen wie einem im Moor steckengebliebenen oder zwischen Eisschollen eingeklemmten Gaul, der unweigerlich ersticken oder ertrinken wird anstatt sich eines sonnigen Frühlings zu erfreuen.

Höchst verwunderlich fand Olos, dass selbst in Zeiten, in denen die Lügen und Machtmissbräuche aufgedeckt werden – und heute sind bereits alle Lügen und Machtmissbräuche aufgedeckt, die meisten Menschen immer noch an diesem Phantasiegebilde festhalten, als wäre es ihr liebster Stoffbär, den sie um keinen Preis aus der Hand geben wollen, und fräße der Liebling auch nach und nach ihren ganzen Körper auf. Wie Ölgötzen lauschen sie in Trance den Worten dicker und dünner, mit seltsamen Frauenkleidern behängter und affigen Mützen bedeckter Prediger, die es sich als Made im Speck der Todesangst auf Kosten der Allgemeinheit gutgehen lassen.

Die Unterwürfigkeit hat schon zu dem Zeitpunkt angefangen, als der Mensch auf die Idee kam kein normales Tier zu sein – im Gegenteil: sich für das beste Tier aller Zeiten zu halten, obwohl es eine Auszeichnung vor Kameras noch gar nicht gab. Doch irgendwann muss ihm der Gedanke gekommen sein, dass er nicht wie alle anderen zu sterben braucht. Irgendein Floh hatte ihm den Virus ins Ohr gesetzt, dass er unsterblich sein müsse, weil er sich aufgrund seiner erfolgreichen Jagd- und Anbaumethoden von den anderen abhob. Es lief gut für ihn; er stellte fest, dass es da noch etwas anderes zu erledigen gab als nur geboren und gefressen zu werden wie die anderen und sogar noch mehr als nur zu ficken und zu fressen. Und da alles so viel Spaß machte, man sich nun auch vor den tödlichen Angriffen der feindlichen Tiere zu schützen wusste und Essen haltbar gemacht werden konnte, wurde dem Menschen langweilig, und er begann zu phantasieren.

Er ersann Waffen, um einfach mal den Nachbarn abzuschlachten. Er entdeckte neue Techniken, mit der man die Natur noch effizienter und schneller kaputt machen konnte. Und plötzlich fiel ihm ein zu fragen, woher das alles, was um ihn herum so kreuchte und fleuchte, in Bergen und Meeren versteckt war, denn eigentlich so kam. Und er machte in dem Augenblick den großen Fehler aufzuschauen, seinen Blick gen Himmel zu heben und zu erkennen, dass er in diese Gefilde nicht vordringen konnte. Trotzdem musste es da oben aber irgendetwas geben. Denn man konnte es sich ja vorstellen, aber nicht so genau ausmachen.

Vielleicht existierte da oben ja eine riesige Fledermaus oder ein Supermammut von einer Größe, die man gedanklich kaum fassen kann. Diese Gedanken waren aber nur von kurzer Dauer, weil der Mensch ja schon seine Fähigkeiten erkannt hatte und kein anderes Lebewesen sah, das ihm gleichkam. Also musste es ein noch größeres Etwas sein. Und etwas noch Größeres als den Menschen konnte sich der Mensch nicht vorstellen. Daher setzte er in seiner Phantasie einfach einen Menschen ein, der nur ein bisschen mehr Macht hatte als er selbst, weil er ja so weit oben wohnte. Und um nicht allzu viel von seiner irdischen Macht abzugeben, unterstellte er sich selbst auch gleich etwas von dieser göttlichen Macht, zumindest aber ein unendliches Leben.

Und damit begann ein neuer Streit. Man kämpfte jetzt nicht mehr in erster Linie um Frauen, Fleisch und Flachland, also alles, was mit Besitz und Genuss zu tun hatte, sondern auch um die Beschaffenheit, sprich Aussehen und Kräfte des unbekannten Phantasiewesens. Aussprüche wie „Meiner ist größer als deiner" und „Meiner kann mehr als deiner"

war an der Tagesordnung. Und es begann ein großer Wettlauf um die richtigen Götter, bei dem man
durch Gewalt einfach bewies, dass es den Gott des
Gegners nicht geben könne, weil sich ja ein Heilig-
tum oder gleich der Gegner selbst einfach so um-
hauen ließe, wenn man die wirkungsvolleren Mittel
besaß.

Und durch dieses Kaputtmachen der fremden
Förmchen in dem globalen Sandkasten der
Menschheit geriet man schnell zu der Erkenntnis,
dass ein gemeinsamer Gott die Gemeinschaft und
ihre Anführer noch viel mächtiger und reicher
machte sowie mehr Erfolg und Einfluss zeitigte.
Also ging es weiter: Alator gegen Odin, Allah gegen
Jahwe, Hinz gegen Kunz und Jibbiduk gegen Jab-
badek. Den Kopf hinhalten und ihr Leben lassen
mussten allerdings nur die Idioten von Menschen,
die daran glaubten. Denn ihre Führer hatten schon
längst erkannt, dass die Götter über keinerlei Existenz verfügten, wohl aber ein geeignetes Mittel zur
Machtausübung darstellten.

Und nun, da die ersten Märchenerzähler schon
lange tot und die Märchen entlarvt und entschlüsselt
sind, streut sich der religiöse Pöbel selbst den Sand
in die Augen und will unter allen Umständen nicht
sehen, was vor ihm offen ausgebreitet liegt. Es
scheint schon zu lange so zu gehen; er scheint
schon zu lange an diese Dunkelheit gewöhnt zu
sein, als dass er das Licht der Aufklärung, das Befreiende der Enttäuschung ertragen könnte. Seine
Augenlider pressen sich immer krampfhafter zusammen, je stärker das Licht in sie einzudringen
versucht. Eitelkeit und Faulheit kommen dazu: Die

Braut ist mehr in das Hochzeitskleid und die Geschenke verliebt als in den Bräutigam. Und der Bräutigam ist aufgrund seiner Jägernatur stolz auf seine vermeintliche Beute und darauf es allen zu zeigen, anstatt sich zu schämen, dass er nur noch als Schürzenjäger wegen ein paar garantierter Orgasmen freiwillig seine Freiheit opferte. Und um das offiziell zu machen, macht man bei dem religiösen Zirkus einfach mit oder gute Miene zu verlogenem Spiel.

Solche Possen hatten Olos noch nie gefallen. Er konnte im Theater oder in der Oper eine ganze Menge vertragen, ja sogar genießen, wenn es um Lüge oder Intrige ging, weil am Ende alles aufflog und die Wahrheit triumphierte. Aber dann musste auch Theater oder Oper draufstehen. Im wirklichen Leben versengte es ihm nur die Eingeweide, wenn man Lüge als Wahrheit und Religion als Realität bezeichnete.

20. Und auf der Welt …

… ist keine Befriedigung mehr.

Jetzt war es also so weit. Mona hatte das Mittel vor sich auf dem Wohnzimmertisch stehen, das ihr ein befreundeter Arzt aus Belgien – ein ehemaliger Student von ihr – hatte zukommen lassen – sogar umsonst. Den Dankesbrief hatte sie vor zwei Tagen abgeschickt und ihrem Ehemaligen alles Gute gewünscht.

Sie waren keine Freunde gewesen; aber wer einem Menschen in seiner letzten Not, nämlich zum rechten Zeitpunkt ein geeignetes Mittel zum Ableben besorgt, wenn dieser aus Gründen der Illegalität oder Ideenarmut nicht selbst in der Lage dazu ist, erweist sich am Ende als Freund. Für Mona war das ein wichtiger Indikator für Freundschaft. In ihrer nächsten Umgebung hatte sie leider niemanden gefunden, dem sie vertrauen konnte und der ihr diesen Dienst erwiesen hätte. Doch erinnerte sie sich glücklicherweise an Sven, der einmal bei ihr ein Seminar ‚Freitod und Euthanasie in der französischen Literatur" besucht hatte. Er studierte damals Medizin und war einer der wenigen angehenden Ärzte, die sich auch auf philosophischer Ebene auf ihren Beruf vorbereiteten. In den Veranstaltungen entstand nach den Präsentationen immer eine angeregte Diskussion über dieses Thema. Dabei versuchte sie als Leiterin den Gegenstand immer auf eine spezifische Frage zu lenken, denn das Thema ‚Freitod' ist an sich zu umfangreich, um nur allgemein darüber zu diskutieren. Auch blendete sie den religiösen Aspekt aus, da ein bloßes Verbot vonseiten einer klerikalen Machtelite langweilig und nicht zielführend war. So diskutierten sie zum Beispiel über Methoden und Gründe; darüber, wer es sich vorstellen könne, diesen Schritt zu gehen; darüber, ob man einer Person dabei helfen würde, oder ob man es zu verhindern versuchen sollte. Einer der aktivsten Teilnehmer in diesem Disput war Sven, der sich auch gerade als Arzt viele Gedanken darüber machte. Und was Mona in Erinnerung blieb, war seine Aussage: „In bestimmten Situationen würde ich dem Menschen auf diese Weise helfen." Mona hatte damals nachgefragt, was er mit ‚in bestimmten Situationen' und ‚auf diese Weise' meine. Und Sven hatte geantwortet, dass er zum Beispiel Menschen mit Krebs im Endstadium mit einem wirksamen Mittel zur Beendigung des Lebens unterstützen würde. Er hatte miterlebt, wie seine Mutter an Krebs gestorben ist, und möchte gerade das letzte Stadium keinem anderen Menschen zumuten. Das sei auch der Moment gewesen, als er endgültig seinen Glauben an einen Gott aufgegeben habe. Er sagte: „Hätte ich ab jenem Zeitpunkt noch weiterhin an einen Gott geglaubt, wäre ich mir vorgekommen wie jemand, der noch mit einem Menschen spricht und ihn küsst, der gestorben ist und an seiner Seite schon verwest." „Wie Johanna die Wahnsinnige", hatte Mona damals geantwortet.

Als Mona den Kontakt aufgenommen hatte, war sie überrascht, wie schnell Sven geantwortet hatte. Natürlich tat ihm die Situation leid; aber er zögerte keinen Augenblick, das Präparat zu besorgen und persönlich vorbeizubringen. Mona zögerte bei diesem Vorschlag zunächst, willigte aber ein, weil sie sich immer freute, einen Ehemaligen Jahre später zu treffen und zu hören, was aus ihm geworden und wie es ihm ergangen war. Es war trotz oder vielleicht auch wegen der außergewöhnlichen Situation ein entspannter und – man könnte fast sagen: ein lustiger Abend geworden. Beide wussten, dass sie sich das letzte Mal sahen; aber das passiert mit allen anderen Menschen auch. Man sieht sich ein letztes Mal; manchmal weiß man es, manchmal weiß man es nicht; manchmal wünscht man es, manchmal wünscht man es nicht; aber letzte Abende gibt es zuhauf in unserem Leben. Am Schluss fragte er noch, ob er bleiben und ihr die Injektion setzen solle, falls sie unsicher sei. Aber Mona lehnte mit den Argumenten ab, dass sie es erstens selbst vollbringen konnte und zweitens im letzten Moment allein sein wollte. Sven akzeptierte das und verabschiedete sich. Er übernachtete in einem Hotel und würde am nächsten Tag wieder zurück nach Antwerpen fahren.

Tja, das war Sven, dachte Mona. Was für ein Glück, dass ich ihn kennen gelernt habe und er seiner Auffassung treu geblieben ist!

Sie saß in ihrem Sessel und blickte in ihrer Wohnung umher – entlang der Bücherreihen, alle Gegenstände noch einmal betrachtend und überlegte, ob sie noch einmal etwas Musik hören sollte oder lieber in Stille versterben wollte. Nach kurzer Überlegung stand sie auf und schaltete die Musikanlage noch einmal an. Es zwang sie ja niemand es jetzt sofort zu tun. Sie hatte durchaus noch die Zeit einige Dinge zu machen und sie sogar noch zu wiederholen – es hinauszuzögern. Doch sie hatte sich diesen Abend erwählt, um ihr Leben abzuschließen. Wochen wollte sie nicht mehr warten, denn sie befürchtete, dass sie bald körperlich nicht mehr in der Lage sein würde, ihr Ende selbst zu bestimmen. Eine gewisse Eile war geboten, bevor irgendwelche Parasiten die Chance ergriffen und ihr Leben künstlich verlängerten, um Geld mit ihrem Sterben zu verdienen. Aber ein letzter Beethoven konnte es sein; das würde sie sich erlauben. Also legte sie die dritte Sinfonie ein und drückte den Startknopf. Doch schon nach den ersten Takten des ersten Satzes erhob sie sich erneut von ihrem Sessel und startete den zweiten Satz, da sie das Grandiose, Wuchtige und Triumphierende nicht mehr ertrug. Das ist etwas für Jüngere, dachte sie, die noch Kraft brauchen und etwas erreichen wollen.

Sie war müde und brachte gerade noch die Geduld auf den zweiten Satz zu Ende zu hören, den sie so oft gehört hatte. Und auch dieses ‚gerade noch' war ihr ein Zeichen, dass es Zeit wurde. Als der Satz zu Ende war, schaltete sie die Musikanlage und das elektrische Licht in der Wohnung aus. Nur eine Kerze brannte vor ihr auf dem flachen Wohnzimmertisch und war kurz davor zu erlöschen.

Sie konzentrierte sich auf das Aufziehen der Spritze und den Einstich und das langsame Nach-unten-Drücken des Kolbens. Danach legte sie die Spritze auf den Tisch und schlief langsam ein, während sie einen kleinen Tupfer auf die Einstichstelle drückte. Nach etwa einer Minute glitt ihr rechter Arm zur Seite, und ihre rechte Hand blieb bewegungslos auf dem weichen Polster liegen. Kurz zuvor hatte auch das Herz seine Ruhe gefunden.

Olos stand auf der Aussichtsplattform des Weißen Turms in Skagen und blickte auf sein Leben zurück – auf ein Meer an Erinnerungen und Erlebnissen; und je länger er auf das menschen- und schiffs-
leere Wasser hinausschaute, desto mehr Kleinig-
keiten entdeckte er in der Vergangenheit. Er sah in
die Ferne ohne zu lächeln oder zu weinen. Er betrachtete die Ereignisse als etwas, was auf diese
Weise und auf keine andere Weise abgelaufen ist –
ein Versuch, eine Möglichkeit, die sich im Nachhinein nicht mehr ändern lassen, weil man nur diesen einen Weg hatte. Sicherlich gab es zwischendurch Wahlmöglichkeiten, und er hatte sich zur Zeit
entschieden. Aber am Ende ist alles entschieden,
alles gewählt, unabänderlich und vor allem – vorbei.

Er hatte sich in der Vergangenheit schon oft Gedanken über alternative Entscheidungen gemacht,
so dass er jetzt kaum noch Zeit darauf verschwendete es noch einmal zu tun. Bei ihm hatte sich die
Überzeugung festgesetzt, dass er alles richtig gemacht hatte, oder dass alles zu seiner Zufriedenheit
verlaufen ist. Dass Katja ihr gemeinsames Kind damals abgetrieben hat, war nicht seine Entscheidung
gewesen. Katja hatte es auf eigene Verantwortung
wegmachen lassen, obwohl er für das Kind ge-
stimmt hatte. Aber seine Stimme schien kein Ge-
wicht bei ihr zu haben. Im Nachhinein war es gut so.
Denn er hatte sein Leben ohne Kind immer geliebt
und hätte mit Kind massive Störungen in Kauf nehmen müssen.

Und dass er als dritter Sohn seinem Vater gegenüber ebenso wie die anderen beiden die Nach-
folge in der Steuerkanzlei abgelehnt hatte, tat ihm

nur für seinen Vater leid, dessen letzte Hoffnung er dadurch vielleicht zunichtemachte. Aber zum einen hatte sein Vater Verständnis dafür, zum anderen hätte er wie so viele in einem Beruf gearbeitet, zu dem er sich jeden Tag hätte hinschleppen müssen – das Geld als einziges Lockmittel vor Augen. Und den falschen Job ausüben bedeutet ein falsches Leben führen, da die Arbeit so viel Raum in unserem Leben einnimmt.

Er hatte keinen Jagdschein gemacht. Das hatte ihn ein geraume Zeit interessiert. Dass er nie die rechte Zeit gefunden hätte, wäre eine Lüge. Denn wenn man etwas machen will, findet man auch die Zeit. Das ist immer nur eine Ausrede. Wahrscheinlich spielte doch der Ekel vor dem Aufbrechen der Beute eine größere Rolle als er dachte. Und immerhin überlebten einige Tiere durch diese Entscheidung, die er ansonsten mit Sicherheit abgeknallt hätte. Also fügte sich diese Entscheidung auch zum Guten.

Und dann waren da die Sprachen. Natürlich hätte er gern noch zehn andere Sprachen gesprochen. Doch da stoßen wir wirklich an die Grenzen der verfügbaren Zeit. Denn eine Sprache wirklich zu sprechen bedarf es ein paar Jahre intensiven Lernens und Übens; und das war bei zehn Sprachen einigermaßen unmöglich, wenn man sich auch noch um den Broterwerb und das Steuernzahlen kümmern muss. Und so wild war es jetzt auch wieder nicht, dass er kein Russisch, kein Finnisch und kein Ungarisch sprach. Dieser Wunsch wäre ins Unendliche gegangen wie bei einer Nymphomanin. Er hatte mit Dänisch, Spanisch und Italienisch begonnen, was er noch leisten konnte. Aber kaum sprach er diese Sprachen, um sich problemlos unterhalten zu können, keimten auch schon die nächsten Blüten auf: Ivrit, Russisch, Koreanisch und die anderen. Und eine Nymphomanin war er nicht – war er nie gewesen.

Das Einzige, was bis zum Schluss offen blieb, war der Brief an jene Mona Kanzer, obwohl eine Nichtentscheidung auch eine Entscheidung ist – eine Entscheidung für das Gegenteil. Da war diese Frau, die er das erste Mal in Husum gesehen – in jungen Jahren, und die ihn sofort angezogen hatte. Sie schien auch alleine zu leben und auf ihre Weise glücklich zu sein. Aber er hatte den Eindruck, dass sie beide sehr gut zueinander gepasst oder sich sogar ergänzt hätten. Damals nach Husum ließ er den Gedanken bald wieder fallen. Doch er sah sie in Israel wieder. Er erkannte sie genau. Und da war er zumindest erst einmal so entschlossen, den Rezeptionisten zu bestechen und ihren Namen und ihre Adresse herauszufinden. Aber es kam wieder etwas dazwischen, wie man so sagt, und er hatte eine Menge zu tun. Doch auch da liegt irgendwo ein triftiger Grund, warum wir etwas nicht angehen und Ausreden gelten lassen. Er wusste jedoch bis heute nicht, was es eigentlich war. Vielleicht doch wieder nur das gewohnte Leben in unbegleiteter Freiheit oder die Unlust irgendeine Frage diskutieren und womöglich einen Kompromiss eingehen zu müssen. Wie dem auch sei: Er hatte ihre Adresse und den Brief sogar schon fast fertig geschrieben; aber er hatte ihn nie abgeschickt. Auch ein

Entscheidung. Und auch dieses Kapitel war jetzt sowieso beendet.

Vor einem halben Jahr hatte er es bemerkt. Da fing es an: Er konnte sich an bekannte Namen und wichtige Termine nicht mehr erinnern, was man ihm am Anfang noch nachsah – er sich aber nicht. Es ging weiter mit Aktionen, an die er sich schon eine halbe Stunde danach nicht mehr erinnern konnte. Und das Allerschlimmste war: Die Worte verweigerten sich ihm. Er konnte nicht mehr formulieren, weder mündlich noch schriftlich. Es war, als ob die Worte sich klammheimlich aus dem Staub gemacht hätten, durch eine offene Kellertür in die Ferne entlaufen wären und überhaupt nicht daran dächten jemals zurückzukehren. Sie blieben einfach fort. Da half auch, wie sonst manchmal, kein geduldiges und angestrengtes Sich-erinnern-Wollen mehr.

Und das bedeutete für ihn, dass es nun so weit war. Er hinterließ seine letzten Anweisungen an Klaus, mit dem er alles besprochen hatte, reiste nach Skagen, um die letzten Tage hier zu verbringen. Und heute Nachmittag hatte er nun auch hier seinen Koffer gepackt und das Zimmer gereinigt – einen Brief an die Vermieterin hinterlassen und seinen Ausweis für die Polizei in die Innentasche seines alten, abgewetzten, schwarzen Jacketts gesteckt.

Die Welt hatte sich wieder einmal so weit gedreht, dass das Licht der Sonne dunkelrot erschien. Er stieg vom Leuchtturm hinab und spazierte zu dem Punkt, an dem Ost- und Nordsee ineinanderfließen. Natürlich war um diese Uhrzeit kein Mensch mehr hier. Olos schaute noch eine Weile auf die flachen Wellen, die gegeneinander anflossen. Ob sie sich liebten oder hassten, konnte man nicht ausmachen. Und das war auch egal. Es war einfach so.

Er zog sein Jagdmesser, dass er damals trotzdem gekauft hatte, obwohl er keinen Jagdschein machen würde, aus seinem Jackett und überlegte, ob er an alles gedacht hatte. Das war der Fall. Er setzte die Klinge mit der rechten Hand unter seinen linken Kieferknochen und unterstützte den Schnitt mit der linken Hand. Es dauerte nur eine halbe Sekunde.

==================

Vom Autoren dieses Buches sind bereits folgende Titel erschienen:

Endlich glücklich, endlich frei

Holger Kiefer

Ein alleinstehender Mann (Franz) Mitte 40 lernt im Urlaub eine Fünfzehnjährige (Iska) kennen. Im Verlauf eines kurzen Liebesverhältnisses kommt es zu einem Autounfall, nach dem die junge Frau ins Koma fällt. Franz bleibt in Iskas Nähe und rekapituliert in den folgenden zwei Jahren sein Leben. Er stellt und beantwortet sich Fragen zu seinem bisherigen Leben, zu Freundschaft, Glück und dem Sinn des Lebens. Zwischen Glück und Trauer trifft Franz auch auf alte Bekannte sowie neue Bekanntschaften, um mit ihnen das Wesentliche im Leben zu eruieren und zu diskutieren, bis er die letzte Entscheidung trifft.

Liv Rugel, eine alleinstehende, kinderlose, einundvierzigjährige Frau begibt sich mit Lumlee, einem Jack-Russell-Terrier, auf eine Wanderung durch verschiedene Länder, deren Namen nicht existieren, die aber an reale Länder erinnern. Sie begegnet einzelnen Menschen und Bevölkerungen, die sich durch bestimmte Lügen und Ungerechtigkeiten auszeichnen. Nachdem Liv und Lumlee immer wieder weiterziehen, weil sie in diesen Ländern nicht länger leben möchten, erreichen sie endlich ein Land, in dem sie sich wohlfühlen und bleiben wollen.

Liv im Lügenland

Holger Kiefer

Viele Tode - ein Leben

Holger Kiefer

tredition

Dies ist ein Buch über Harmonie und Liebe, Glück und Zufriedenheit. Der Autor erlebt während eines Komas die Begegnung und Gespräche mit berühmten Männern wie Dante und Goethe, aber auch Frauen wie Kaufmann oder Arendt. Dazu gesellen sich Bekannte aus dem persönlichen Umfeld des Genesenden. Diese illustren Gesellschaften diskutieren über die großen Themen des Lebens wie Freiheit, Demokratie, Kriminalität, Sterben und Wahrheit. Sie diskutieren aber auch darüber, warum man Romane lesen und das Schöne suchen sollte. Aus dem Koma erwacht beginnt für den Protagonisten ein anderes Leben.